Onde está você

Tammara Webber

Onde está você

Série Entrelinhas
LIVRO 2

Tradução
Cláudia Mello Belhassof

1ª edição
Rio de Janeiro-RJ / Campinas-SP, 2016

VERUS
EDITORA

Editora
Raïssa Castro

Coordenadora editorial
Ana Paula Gomes

Copidesque
Maria Lúcia A. Maier

Revisão
Cleide Salme

Capa e projeto gráfico
André S. Tavares da Silva

Fotos da capa
© oneinchpunch / Shutterstock (Casal)
© Dennis Kaya Iversholt (Nova York)

Diagramação
Daiane Cristina Avelino

Título original
Where You Are

ISBN: 978-85-7686-387-8

Copyright © Tammara Webber, 2011
Todos os direitos reservados.

Tradução © Verus Editora, 2016

Direitos reservados em língua portuguesa, no Brasil, por Verus Editora. Nenhuma parte desta obra pode ser reproduzida ou transmitida por qualquer forma e/ou quaisquer meios (eletrônico ou mecânico, incluindo fotocópia e gravação) ou arquivada em qualquer sistema ou banco de dados sem permissão escrita da editora.

Verus Editora Ltda.
Rua Benedicto Aristides Ribeiro, 41, Jd. Santa Genebra II, Campinas/SP, 13084-753
Fone/Fax: (19) 3249-0001 | www.veruseditora.com.br

CIP-BRASIL. CATALOGAÇÃO NA FONTE
SINDICATO NACIONAL DOS EDITORES DE LIVROS, RJ

W383o

Webber, Tammara
    Onde está você / Tammara Webber ; tradução Cláudia Mello Belhassof. - 1. ed. - Campinas, SP : Verus, 2016.
    23 cm.   (Entrelinhas ; 2)

Tradução de: Where You Are
ISBN 978-85-7686-387-8

    1. Ficção americana. I. Belhassof, Cláudia Mello. II. Título. III. Série.

16-29810   CDD: 813
                                       CDU: 821.111(73)-3

Revisado conforme o novo acordo ortográfico

Prólogo

Graham

— Que tal esse tipo de clareza? — perguntei, traçando sua linda boca com os dedos, sem conseguir deixar de tocar seus lábios. Eu só queria beijá-la, mas isso foi tudo o que fiz na primeira vez, e aparentemente minha intenção não ficou tão clara quanto eu pensava. Emma precisava de palavras. Declarações. Éramos mais parecidos do que eu imaginara, então confiei nessa compreensão e as dei a ela. — Eu nunca desejei ninguém além de você desde a noite em que nos conhecemos. E, por mais que eu valorize a nossa amizade... ser seu amigo não é o que eu tenho em mente.

Seus olhos se arregalaram, e a respiração ficou presa enquanto eu deslizava o nó dos dedos na pele macia de seu maxilar e envolvia seu queixo em minha mão. Quando inclinei o rosto em direção ao dela, ela fechou os olhos e, naquele movimento aparentemente trivial, senti sua entrega e aceitação. Esse foi o momento decisivo, a fração de segundo em que eu soube.

Eu me obriguei a ir devagar, inspirando a emoção por trás da reação dela com a mesma determinação com que inalava seu hálito doce.

Minha língua deslizou pelo seu lábio inferior, saboreando-a delicadamente enquanto eu me lembrava repetidas vezes de que *não* podia pressioná-la para o canto da cabine, de que *não* podia puxá-la sob mim e liberar todos os meus desejos reprimidos havia meses.

Apenas uma pequena parte da minha contenção tinha a ver com o fato de que estávamos num lugar público. Eu nunca me preocupei tão pouco com isso, para dizer a verdade.

O beijo no quarto dela na noite anterior quase me destruiu, mas estou acostumado a negar a mim mesmo aquilo que sei que não posso ter. Ela não teve nem um pouco do meu cuidado hoje de manhã. Com as mãos retorcendo minha camiseta, ela abriu a boca, estilhaçando meu autocontrole como um martelo contra o vidro. Eu a beijei profundamente, e minha mente ficou nebulosa e se recusou a permitir que meu lado lógico falasse alguma coisa. Ela se aninhou em mim, nem sei como, de modo que, de repente, éramos um nó de troncos e membros, seus joelhos dobrados na minha lateral, meus braços ao seu redor, uma das mãos na sua nuca e a outra pressionando sua lombar como se fosse possível ficarmos mais próximos.

Não era.

Meu único pensamento era mais uma sensação do que uma deliberação consciente: *Minha. Minha. Minha.*

Interrompemos o beijo para respirar, e detestei o fato de precisar de ar. Explorar sua boca era muito melhor do que respirar. Apoiei a testa na dela, nós dois ofegando como costumávamos fazer ao final de uma corrida ladeira acima. Nossas corridas diárias em Austin aconteceram há uma vida — aquelas semanas em que eu achava que ela pertencia a Reid Alexander ou que em breve pertenceria. Meus medos e inseguranças surgiram no espaço entre nós enquanto eu observava seus olhos se abrirem e focalizarem lentamente. Então me perguntei se eu conseguiria aguentar se ela fosse embora. Se conseguiria sobreviver se a perdesse de novo.

— Hum — ela murmurou, piscando os olhos cinza-esverdeados, e eu quase ri de alívio. Esse seu murmúrio era um código que eu conhecia de cor e, quando ela o emitiu naquele momento, logo soube que era um conjunto secreto de sinais livres de regras, que eu sabia exatamente como seguir. E foi o que fiz.

— Sabe, acho que eu prefiro que você mantenha esse hábito, afinal — falei, antes de puxá-la para perto e beijá-la de novo.

1

Graham

Eu tinha certeza de que nunca amaria ninguém tanto quanto amara Zoe.

Existe alguma coisa no primeiro amor que desafia a repetição. Antes dele, seu coração é vazio. Sem nada escrito. Depois as paredes são marcadas com inscrições e grafites. Quando termina, não importa quanto esfregue os juramentos rabiscados e as imagens desenhadas, você descobre que tem espaço para outra pessoa, entre as palavras e nas margens.

Algum tempo atrás, aceitei que, para mim, essa outra pessoa era a minha filha, Cara. A conclusão parecia sensata na época. Ela era a única coisa tangível que sobrevivera àquele relacionamento tumultuado, e o único pedaço de Zoe que tive permissão de guardar, no fim.

Liguei para Zoe no dia seguinte ao que ela me disse que tudo tinha acabado, para perguntar o que eu tinha feito e se podia fazer alguma coisa, qualquer coisa, para reconquistá-la. Achei que estávamos apaixonados, que eu podia consertar aquilo que a fizera terminar. Nenhum de nós sabia ainda que ela estava grávida.

— Por que você está tentando fazer com que eu me sinta mal? — ela perguntou. — É difícil pra mim também.

Inspirei de maneira controlada.

— Não parece. — Mais cedo naquele dia eu tinha passado por Zoe no corredor da escola enquanto ela estava recostada em seu armário, flertando com alguns colegas da nossa turma, garotos que o verão transformara em homens. Não se podia dizer a mesma coisa de mim. Apesar de Zoe e eu sermos do último ano, ela era um ano e pouco mais velha que eu. Meu aniversário no verão e o ano pulado no ensino fundamental significava que havia apenas quatro meses que eu tinha dezesseis anos. Eu só faria dezessete cerca de duas semanas depois da formatura.

Ela bufou um suspiro exagerado.

— Caramba, Graham. Estou no quarto ano de teatro, sabia? Eu posso *fingir* que estou bem quando não estou.

De jeito nenhum ela estava *fingindo* quando Ross Stewart, campeão da equipe de luta, fez um comentário provocante e ela deu uma risadinha para ele, juntando os cílios, com a mão pequena sobre o braço dele, que mais parecia um pernil. Tinham se passado menos de vinte e quatro horas desde o nosso término. Eu estava rouco de chorar quase a noite inteira, e ela estava sorrindo e flertando, com os olhos azuis de sempre.

— O que eu posso fazer, Zoe? Eu fiz alguma coisa errada? Se você falar comigo, se me disser o que eu preciso fazer...

— Graham, não tem nada que você possa fazer. Eu só não me sinto mais, você sabe, *atraída* por você. Essa decisão diz respeito a mim e aos meus sentimentos. Não a você.

"Não me sinto mais atraída por você" certamente parecia dizer respeito a *mim*. Eu me sentia como se ela tivesse me chutado por telefone. Zoe fora minha primeira tudo, apesar de eu não ter sido o primeiro dela — fato que nunca me perturbou. Eu tinha sido um aluno suficientemente motivado e, apesar das nossas discussões e de uma profusão de mal-entendidos, eu achava que nos dávamos bem. Até ela partir meu coração.

— Tem outra pessoa? — Eu não sabia o que esperava quando perguntei. Talvez que ela negasse imediatamente. Ela ficou em silêncio por tempo demais do outro lado. Eu sentia que ela estava pensando.

— Que merda, Zoe — sussurrei, a voz falhando por causa do choro durante a noite.

— Sinto muito, Graham. Mas não quero mais falar sobre isso com você. Não tenho culpa do que eu sinto, ou não sinto. Nunca quis te magoar, mas acabou. Você vai ter que aceitar.

Só falei com ela algumas semanas depois disso, apesar de vê-la na escola. Ainda que nosso término tenha sido inesperado e doloroso para mim, foi libertador, mas constrangedor para ela. Eu só sabia da parte *constrangedora* porque as amigas dela, Mia e Taylor, me disseram que o motivo para ela mudar de caminho entre as aulas e começar a sair do campus para almoçar todos os dias era que me ver sofrendo a deixava deprimida.

— Não estou *sofrendo*. Quer dizer, claro que estou meio deprê... eu não esperava por isso. Não posso me conformar da noite para o dia.

Mia revirou os olhos.

— Já se passaram, tipo, duas *semanas*.

Taylor sacudiu um ombro ossudo, retorcendo a boca naquele sorriso não-é-nada-de-mais que ela adorava dar.

— Você *realmente* precisa superar isso, Graham. A Zoe já superou.

Encarei as duas, perplexo.

— Foi *ela* quem terminou. Ela provavelmente já estava superando *no momento* em que fez isso. Não tive tempo pra me acostumar a ser tão descartável. Não posso sair do relacionamento como se esse último ano com ela não significasse nada.

Apesar de ter sido exatamente isso que a Zoe fez.

— Graham e seu *vocabulário-de-gênio* — resmungou Mia, num volume suficiente apenas para eu escutar enquanto elas se afastavam.

— Fala sério — concordou Taylor.

* * *

Quando Emma me beijou na noite passada, pouco antes de eu fugir de seu quarto de hotel, ressurgiu o desejo que senti por ela o tempo todo em que estávamos em Austin. Achei que tinha superado, porque era um relacionamento impossível, por vários motivos.

Para começar, ela é muito nova; tem dezoito agora, tinha dezessete quando a conheci. Mas ela tem uma maturidade que disfarça sua idade, e, assim que a conheci melhor, entendi o motivo. Com a mãe falecida e o pai emocionalmente ausente, ela teve que cuidar de si mesma durante anos. Mas eu não podia esquecer que por trás daquela máscara de maturidade havia uma garota que se apaixonara por Reid Alexander, o rei dos babacas de Hollywood. Eu a coloquei na caixinha da amizade na minha cabeça e a mantive lá à força. Eu não podia me apaixonar por uma garota que se apaixonara por Reid — motivo número dois.

Motivo número três: ela mora do outro lado do país, apesar de minha subconsciência (ok, tudo bem, minha consciência) fazer de tudo para mudar esse fato. Quando começamos a conversar sobre a faculdade e sobre seu desejo de atuar no palco e não na frente da câmera, fazia sentido sugerir universidades e conservatórios em Nova York. Foi isso que eu disse a mim mesmo enquanto pensamentos acerca de sua proximidade em tempo integral fervilhavam em minha cabeça.

Por fim, motivo número quatro: não divido Cara com ninguém, além da minha família e de alguns amigos muito próximos. Sua existência é desconhecida da maior parte do mundo, embora isso não vá continuar assim por muito tempo. Quando Emma nos encontrou na cafeteria ontem e interagiu com Cara, essa parte do meu muro começou a ruir.

Nosso beijo na noite passada simplesmente detonou o resto.

— Vamos sair daqui — digo agora, olhando de relance para o relógio de pulso antes de jogar algumas notas sobre a mesa e pegar sua mão. — Que horas é o seu voo?

Seus olhos não se desviam dos meus quando a puxo da cabine.

— Meio-dia. — Seguro sua mão com tanta força quanto ela aperta a minha e a conduzo pela cafeteria até a saída, com um turbilhão de pensamentos girando no cérebro. Em breve, ela e o pai precisam ir para o aeroporto, onde embarcam num avião para Sacramento. De repente, o fim de agosto está intoleravelmente distante.

A primeira vez que vi Emma foi quase oito meses atrás. Ao sair do meu quarto de hotel para conversar com Brooke para ela não surtar por encontrar Reid pela primeira vez em anos, percebi Emma deslizando o cartão na porta do seu quarto. Pequena e magra, cercada de bagagens, ela levantou o olhar enquanto eu a examinava, piscando belos olhos verdes. Eu sorri, instantaneamente curioso para saber quem era. Mas eu estava numa missão de apoio à Brooke, sem tempo para parar e conversar com belas garotas desconhecidas.

— Oi — falei, me sentindo um idiota. Que tipo de cara sai do seu quarto de hotel usando pijama e diz *oi* para uma garota no corredor pouco antes de entrar no quarto de outra?

Duas noites depois, finalmente nos conhecemos na primeira apresentação do elenco. Eu a reconheci na boate, conversando com MiShaun e dançando com alguns dos nossos colegas de elenco, mas Brooke me manteve por perto até ficar claro que Reid pretendia ignorá-la completamente. Numa pausa para fumar do lado de fora, vi Emma esperando um táxi para voltar ao hotel e, num surto, pedi para dividir o táxi com ela. Brooke ficou irritada porque eu a deixei na boate, mas não me arrependi.

Naquela noite, fiquei deitado na cama saboreando o som de seu nome na língua: *Emma*.

Começamos a correr todas as manhãs. Saímos e conversamos sozinhos algumas vezes também, enquanto eu analisava seu envolvimento com Reid. Fui paciente e cuidadoso até o dia em que me sentei ao lado dela numa mesa de piquenique coberta, os dois ensopados, esperando a chuva diminuir para terminarmos a corrida. Enquanto estávamos sentados ali, jogando conversa fora, outra conversa estava acontecendo meio que ao mesmo tempo.

Seu rabo de cavalo pingava nas costas, sua camiseta fina estava grudada feito uma segunda pele, e seu cheiro era incrível. Um fio solto de seu cabelo desceu pelo rosto e grudou no canto da boca, e acho que quase parei de respirar quando o encarei. Estendi a mão para colocá-lo atrás da orelha, pensando *Não, não, não a beije*, seguido de *Beije, beije, seu idiota*.

Eu me parabenizei por seguir o primeiro pensamento e ignorar o segundo.

Até eu sair do quarto de Brooke naquela noite (outro ataque de pânico relacionado a Reid) e ver Emma saindo da minha porta e disparando para o quarto dela, como se não quisesse que eu a visse. Eu tinha duas opções: ir para o meu quarto e bater a cabeça na parede, ou bater na porta dela e tentar minimizar os danos de ela ter me visto saindo do quarto da Brooke tarde da noite.

Eu sabia que o melhor jeito de manter Emma distante era deixá-la supor que Brooke e eu estávamos envolvidos. Ela já estava a meio caminho disso; eu não precisava fazer nada. Então a imagem de seu rosto virado para cima naquela manhã piscou na minha mente, e minha memória conjurou o cheiro da chuva em sua pele e o bem-estar que eu sentia quando ela estava por perto. Num impulso, eu estava na porta dela me convidando para entrar e, antes de sair do seu quarto, eu a abracei, a beijei e me apaixonei tão perdidamente que, se o mundo acabasse naquele momento, eu morreria feliz.

Vinte e quatro horas depois: o beijo-visto-pelo-mundo-inteiro de Emma e Reid. O beijo que aconteceu na noite seguinte àquela em que minha filha foi levada às pressas para o hospital, com falta de ar. A noite em que aceitei, impassível, uma lição furiosa da minha mãe sobre o fato de eu fumar e a asma de Cara, sem acreditar no exato momento do grande plano de Emma para me ajudar a parar. Naquela noite, além da preocupação com a minha filha, havia a expectativa de retornar à primeira garota por quem eu me apaixonara desde Zoe.

E foi aí que Brooke me mandou uma mensagem com a foto do show, a mesma que foi parar em diversos sites de fofocas no dia seguinte, apesar de ela jurar que só tinha mandado para "alguns amigos de confiança". Eu não a critiquei, não de verdade, apesar de ter ficado decepcionado por ela ser tão descuidada. Sua defesa foi que Reid e Emma tinham se beijado em público, e qualquer pessoa poderia ter tirado uma foto dos dois.

— Mas não foi *qualquer pessoa* que fez isso. Foi *você* — falei.

Ela deu de ombros.

— O problema não é a *foto*. O problema é o *beijo*.

Ela estava certa. Para mim, o problema era o beijo.

* * *

Agora temos menos de três horas juntos, estamos na rua, e estou me lembrando, tardiamente, de como está fazendo um frio absurdo e de como o fato de eu estar tão atordoado hoje de manhã me fez esquecer de pegar um casaco quando saí de casa. Olho para ela, encolhida e tremendo, com um suéter fino. Eu a abraço e aponto para uma entrada de metrô.

— Acho que é mais quente lá embaixo. — Seguimos rumo à escada para entramos no trem R. A vista do Brooklyn na ponte pode fazer uma pessoa se apaixonar por Nova York, se isso ainda não tiver acontecido.

Quando estamos sentados no vagão quase deserto, Emma apoia a cabeça em meu ombro, nossos braços entrelaçados, as mãos apertando meu joelho. Acho que não nos soltamos nem para passar na roleta.

— Vamos brincar de "verdade ou desafio" — digo —, mas sem o desafio.

Suas sobrancelhas se erguem.

— Achei que você não gostava de jogos.

Sorrio para ela.

— Eu disse isso, não é mesmo? — Ela assente. — Está bem, então. Não vamos chamar de jogo. Vamos chamar de eliminar as perguntas difíceis, porque eu sei que nós dois temos algumas. Você começa. Me pergunta qualquer coisa.

Ela morde o lábio, encarando meu olhar.

— Está bem. Por que você me beijou em Austin?

Dou uma risada suave, e ela franze a testa.

— Desculpa. Essa é muito fácil. — Meu olhar vai até sua boca e volta. — Eu queria te beijar desde que Quinton sugeriu o jogo de girar a garrafa, e, naquela noite no seu quarto, minha força de vontade para lutar contra isso simplesmente desapareceu.

— Por que você...

Coloco os dedos sobre seus lábios e balanço a cabeça.

— Na-na-ni-na-não. Minha vez.

Quando deslizo os dedos por sua boca, ela separa os lábios. Quero beijá-la de novo, mas, se eu começar, desconfio de que não vou parar, e nós dois precisamos dessa conversa. Eu preferia passar o próximo mês sonhando em beijá-la a me preocupar com perguntas nunca feitas nem respondidas.

— Por que você beijou Reid um dia depois de me beijar? — pergunto, sem cerimônia. É a pergunta mais difícil que tenho, e quero que fique para trás.

Ela respira fundo, encarando nossas mãos entrelaçadas. Um minuto se passa antes que ela responda.

— Quando fui para Austin, achei que era ele que eu queria. — Ela analisa minha reação, e eu a incentivo a continuar com um leve movimento de cabeça. — Eu estava errada. Só que... eu ainda não sabia. — Seus olhos ficam marejados, e sua voz falha. — Sei que isso não basta.

Ergo seu queixo para poder olhar nos seus olhos.

— É a verdade, então basta. Você... o amava?

Fungando, ela balança a cabeça e coloca um dedo nos meus lábios.

— Na-na-ni-na-não — diz ela. — Agora é a *minha* vez. — Quando franzo a testa, ela ri, e uma lágrima lhe escapa do canto do olho. Ela a afasta com o dorso da mão. — Mas não, eu não o amava.

Sufocando a vontade de bater no peito como um homem de Neandertal, eu a puxo mais para perto e inspiro seu cheiro, tão familiar, mesmo tantos meses depois. Minha voz diminui.

— Posso te beijar agora?

Sua expressão fica tímida.

— Graham, essa é a sua terceira pergunta seguida. Estou começando a pensar que você não entende o conceito de revezamento.

Danem-se as perguntas. Podemos conversar por telefone. Não posso beijá-la de longe.

— Ah, eu vou te dar a sua vez, Emma. — Acabo com o pequeno espaço entre nós, deslizo a mão por sua nuca e encosto meus lábios nos dela. Ela se aproxima: boca quente, hálito doce, dedos macios que descem pelo meu rosto enquanto nos beijamos.

Até aqui, estávamos ignorando o pequeno número de passageiros que entravam e saíam enquanto seguíamos pelos trilhos, parando em intervalos de alguns minutos. Mas então o trem para com um guincho, e cerca de trinta alunos barulhentos do ensino fundamental, usando camisetas parecidas, se amontoam em nosso vagão, acompanhados de seus monitores estressados. Um pequeno grupo de meninas nos olha descaradamente, como se estivéssemos numa tela de cinema e não fôssemos pessoas reais. Escondendo a boca com as mãos para sussurrar e com os olhos arregalados, a atenção delas se alterna entre nós e o grupo de garotos, que se joga no banco ao lado e começa a fazer barulho de pum com todas as partes possíveis e imagináveis do corpo.

Adeus ao nosso beijo.

Emma

Pensei em Graham uma dezena de vezes desde que chegamos a Nova York, me censurando cada vez que minha atenção se voltava para algum cara alto de cabelo escuro, em pé com as mãos nos bolsos num balcão de delicatéssen, atravessando rapidamente um cruzamento ou fumando num pátio.

Graham parou de fumar meses atrás, claro.

Mas, pior ainda, qual era a probabilidade de eu simplesmente esbarrar em Graham numa cidade enorme como esta? Eu me sentia boba só de pensar na possibilidade. E aí, lá estava ele, sentado numa cafeteria na MacDougal. Com a filha.

— Então, a Cara tem quatro anos? — pergunto, aproveitando a minha chance.

— Vai fazer quatro daqui a uns meses — ele diz, se aproximando, o hálito quente na minha orelha. — Logo depois do meu aniversário.

— O Landon é tão *imaturo* — declara uma das garotas do outro lado do corredor para as amigas. Todas concordam com um aceno de cabeça e lançam olhares de desdém para o garoto responsável pela maioria dos barulhos nojentos.

— O que foi que *eu* fiz? — ele pergunta, com a palma das mãos para cima. — O *quê?*

Outro garoto sugere:

— Garotas, cara.

Os dois batem os punhos como um ato de consolação, e todos eles uivam de tanto rir enquanto as garotas bufam de raiva e se recusam a olhar abertamente para eles de novo.

Graham e eu nos encaramos, os olhos lacrimejando e os lábios comprimidos, num esforço de permanecermos indiferentes.

— Eu poderia *jurar* que nunca fui um pré-adolescente — ele diz, revirando os olhos.

— Isso me parece contraditório.

— É, tá bom, essa é a minha história. — Seus olhos dançam. — Próxima pergunta: você está saindo com alguém atualmente?

Emily marcou vários encontros para mim nos últimos meses: jantar, cinema, balé, boliche. Todos os caras eram bacanas, mas não tive afinidade com nenhum deles. Depois, durante a produção do teatro comunitário de *A felicidade não se compra* no fim do ano, eu conheci o Marcus. Ele tinha sido aceito antecipadamente na Pace e estava exultante com a possibilidade de nós dois começarmos a faculdade em Nova York no outono. Desde dezembro, saímos algumas vezes. Eu o vi no último fim de semana. Vamos sair juntos hoje à noite, quando eu chegar em casa. E... eu concordei em ir ao baile de formatura da sua pequena escola particular no próximo fim de semana.

— Humm. Não foi a negação rápida que eu estava esperando — Graham diz, com o polegar se movendo hipnoticamente no dorso da minha mão. — Devo me planejar pra te seguir até em casa e desafiar um cara para um duelo? — Em seus olhos, vejo a provocação e a sinceridade por trás das palavras. — Nunca fui o tipo ciumento, Emma, e sei que as coisas estão acontecendo muito rápido pra nós dois. Mas ver você com o Reid foi insuportável. Acho que meu coração não vai aguentar dividir você de novo. Você é livre pra tomar as suas decisões, é claro. Mas eu também preciso ser para tomar as minhas.

Odeio a ideia de magoar Marcus. Ele tem sido paciente, nunca me questiona sobre meu conhecido relacionamento fracassado com Reid Alexander. Quando voltei para casa depois da sessão de fotos de *Orgulho estudantil* no último mês, Marcus aguentou a barra enquanto eu me arrastava numa depressão tardia relacionada ao desastre com Reid e começava a lidar com o fato de que ainda gostava de Graham e sentia a sua falta, apesar de tudo que aconteceu entre nós em Austin ter acabado há muito tempo.

Só que agora, de repente, não acabou. E Graham está sentado aqui ao meu lado, esperando que eu diga que o quero.

— Eu *estava* saindo com alguém, mas não é... *isso*. — Engulo em seco, esperando que ele me dê tempo para ter compaixão. — Vai acabar quando eu voltar pra casa. — Quando Graham expira, percebo que ele estava prendendo a respiração. — Mas... eu prometi ir ao baile de formatura dele no próximo fim de semana.

Seus lábios se encolhem, e ele me observa de perto.

— Preciso me preocupar?

Balanço a cabeça levemente.

— Não.

Ele levanta nossas mãos entrelaçadas e beija a minha mão.

— Então acho que não tenho motivo para negar a um pobre coitado a sua acompanhante no baile.

O grupo de garotas do outro lado do vagão suspira alto, e acho que uma delas acabou de tirar uma foto nossa com o celular. É possível que elas saibam quem somos. *Orgulho estudantil* só estreia no próximo mês, mas o ataque da mídia já começou. Ou talvez elas não passem de garotas românticas, e nós dois entrelaçados no metrô seja um clássico romance de Nova York, o que me faz pensar em Emily. Vou ter *muita coisa* para contar a ela quando chegar em casa.

— E *você*, hum, está saindo com alguém?

Ele balança a cabeça, os olhos escuros intensos, apesar do leve sorriso.

— Passei do ponto de querer um relacionamento estável há muito tempo. Se eu não estiver realmente muito interessado, não me preocupo.

Pressiono os lábios, mas eles se inclinam para cima num dos lados. Não é justo eu estar feliz por não ter concorrência pela sua atenção enquanto ele confia em mim para voltar para casa, ir ao baile de formatura com um desconhecido e depois chutá-lo para escanteio.

Os pré-adolescentes chegam ao seu destino e o barulho aumenta como se uma manada de búfalos passasse por ali, enquanto os monitores tentam garantir que todos saiam do vagão antes que o trem parta. Fica tão silencioso depois que eles saem que consigo ouvir minha respiração.

Graham se aproxima.

— Como foi que eu sobrevivi te vendo apenas uma vez nos últimos cinco meses, e agora a ideia de me separar de você por quatro meses parece loucura?

Apoio o rosto no ombro dele, presa por seu olhar penetrante.

— A pré-estreia é no mês que vem. Meu agente disse que vamos aparecer em programas de TV e rádio antes disso, provavelmente a partir da próxima semana.

Ele faz uma careta.

— Emma, não sou a estrela de *Orgulho estudantil*. Você e o Reid é que são. Vou estar na pré-estreia, claro, mas a maioria dessas exibições vai ser só com vocês dois.

Por algum motivo, eu não tinha considerado essa possibilidade.

— Hum — digo, e Graham dá uma risadinha.

2

Graham

Dizer a ela que não sou ciumento não é tecnicamente uma mentira, mas também não é totalmente verdade, sobretudo no que se refere a Reid Alexander. Depois de observar como ele conseguiu conquistar a confiança de Emma no último outono — mesmo tendo detonado tudo pouco tempo depois —, tenho um respeito rancoroso por sua capacidade de fingir ser encantador. A verdade é que ele é encantador. Essa parte da personalidade dele não é falsa. Ele só é egoísta e imaturo demais para se preocupar com os corpos que deixa no caminho. Literalmente.

Tenho noventa e nove por cento de certeza de que Emma não vai cair na conversa dele de novo, mas esse um por cento de insegurança incomoda no fundo da minha mente. Criado por uma feminista, aprendi desde cedo a resistir à vontade de me fazer de macho alfa. Mas, depois de anos desgostando de Reid por causa de Brooke, seguidos de um desejo de lhe dar uma bela surra por magoar Emma, uma vontade incomum de reivindicá-la e protegê-la me invade, me dizendo que talvez eu tenha de me comportar como um homem.

— Graham?

Olho para seu rosto preocupado, percebendo, pela sua expressão, que estou de cara feia.

— Odeio a ideia de você passar um tempo com ele. — *Meu Deus*. Se minha mãe ou minhas irmãs me ouvissem falando isso, nunca mais me dariam sossego.

Emma parece surpresa, e sua cabeça se inclina enquanto ela revela um sorriso lento.

— Não precisa ter ciúme do Reid, você sabe disso.

Faço uma careta.

— Acho que eu meio que *não* sei.

Ela encara nossas mãos entrelaçadas, arrastando a ponta dos dedos sobre meu antebraço, e imediatamente desejo que estivéssemos num lugar mais reservado.

— No mês passado, ele falou comigo depois que a sessão de fotos terminou. Ele me disse que queria outra chance. Não sei se ele estava sendo sincero, na verdade... Quer dizer, em se tratando do *Reid*... Mas ele pareceu mais sério do que nunca.

Eles conversaram em particular naquela última noite no hotel, no quarto dele. Reid segurou a mão dela enquanto o restante de nós se espalhava pelo corredor, e eu observei, através da minha porta ligeiramente entreaberta, quando ela saiu do quarto dele minutos depois. Ela estava chorando quando abriu a porta do próprio quarto, e meus sentimentos ficaram divididos. Eu não queria vê-la triste, mas fiquei aliviado porque o que foi dito entre eles não tinha resultado em nenhum tipo de encontro.

Reid Alexander nunca foi, que eu saiba, bom para alguém.

— Mas o que ele tinha a dizer não importava — ela continua, os olhos fixos em mim —, porque eu sabia que tipo de cara eu queria, mesmo tendo certeza que não podia propriamente o ter.

Beijo a ponta de seu nariz e dou uma leve risada, balançando a cabeça.

— Eu não tinha ideia. Você daria uma ótima jogadora de pôquer, Emma. Você disfarça muito bem.

Bem nesse momento, o trem sai do subsolo à beira do rio East, em direção à Ponte de Manhattan, uma das muitas que leva ao Brooklyn. O sol nos nossos olhos deixa o cenário meio ofuscante, no início. Depois, feixes de luz surgem entre os prédios enfileirados na margem oposta, refletindo como ondas nos arranha-céus atrás de nós e reluzindo na curta extensão de água. É uma visão mágica, à qual poucas pessoas são imunes.

— Nossa! — Emma diz, piscando. Dei início oficialmente ao meu plano para dissuadi-la de querer sair de Nova York depois que se mudar para cá.

Minha irmã mais velha, Cassie, acorda cedo. Se saltarmos na DeKalb, podemos chegar ao seu loft em poucos minutos. Pego meu celular e coloco a mão de Emma na minha perna, com a palma para baixo. Gosto demais de vê-la ali.

Mando uma mensagem para minha irmã:

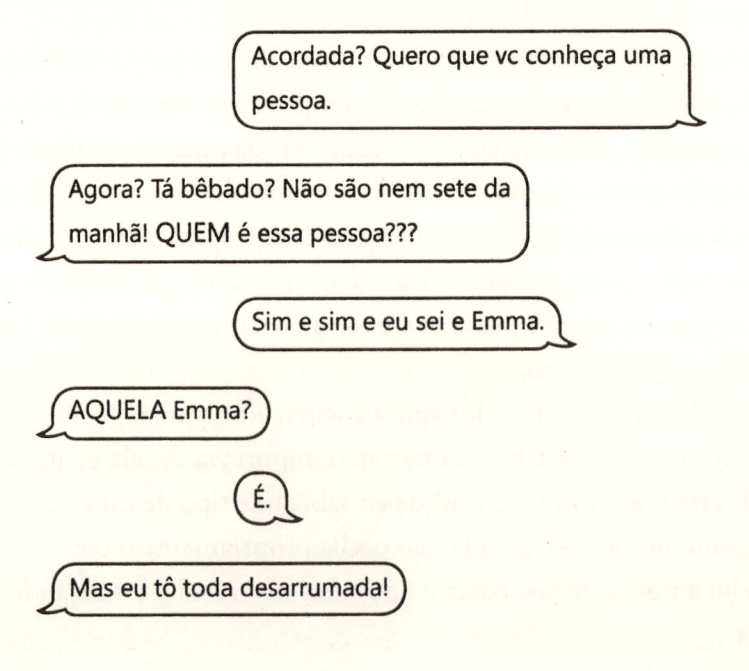

> Acordada? Quero que vc conheça uma pessoa.

> Agora? Tá bêbado? Não são nem sete da manhã! QUEM é essa pessoa???

> Sim e sim e eu sei e Emma.

> AQUELA Emma?

> É.

> Mas eu tô toda desarrumada!

> Não se preocupe, ela não é dessas.

> Se vc está dizendo... Doug ainda está dormindo. O bebê está acordado. O bebê está sempre acordado. Estou ansiosa pra voltar a dormir um dia. Me lembro vagamente de dormir...

> Haha, sinto muito, Cas. Te vejo daqui a pouco.

— Vamos visitar a minha irmã.

A preocupação cruza o rosto de Emma, e seus olhos se arregalam.

— O quê? *Agora?*

Tenho que rir, já que Cassie teve a mesma reação.

— Ela mora do outro lado da ponte. Quero que ela te conheça. Você vai adorá-la.

Guardo o celular no bolso da calça jeans e puxo a mão que ela está pressionando no peito para o meu colo. Eu não me sentia tão impulsivo havia anos, o que é bem trágico, considerando o fato de que ainda não tenho nem vinte e um anos. Essa sensação de ter mais idade do que tenho é comum para mim, mas é resultado da paternidade precoce.

Nós dois ficamos calados durante o resto do caminho, cada um perdido em seus pensamentos. Sei que é preconceito supor que Emma vai ter dificuldade para lidar com o fato de que tenho uma filha. Mas a paternidade é o motivo pelo qual eu não saio com ninguém e hesito em ter relacionamentos amorosos. Não quero dizer que fui celibatário, apesar de que posso ter dado exatamente essa impressão a Emma. Não tenho certeza de como esclarecer *isso* sem uma conversa desconcertante, que definitivamente pode esperar.

Minhas irmãs me apoiam, me empurram para sair e levar uma vida o mais próximo possível da normalidade, especialmente a Cassie.

A idade de Brynn bate mais com a minha, ela é quatro anos mais velha que eu. Mas sou mais chegado à Cassie, que é seis anos mais velha que eu. É a ela que sempre recorri quando os relacionamentos com meus colegas azedavam, algo bastante comum. A combinação de ser mais voltado para os estudos e mais novo do que todos os meus colegas de turma já era ruim. Acrescente ser um pouco mais inteligente, e isso resulta em pouquíssimos amigos. A natureza artística de Cassie lhe deu mais compreensão da minha sensibilidade do que nossos professores e pais conseguiam ter.

Elas tinham pouco mais de vinte anos quando o irmão de menos de dezessete se tornou pai, e nenhuma delas invejou meu título. Mas Cassie se ofereceu para levar a Cara para casa uma vez por semana, me deixando livre para sair como um adolescente normal, e ela e nossos pais começaram a se revezar para cuidar da minha filha quando eu comecei a ter papéis regulares no cinema.

A vida estudantil na Universidade de Columbia era menos solitária do que na minha pequena escola preparatória do ensino médio, e eu conseguia facilmente me perder no meio da população de alunos. Morar na parte elegante com meus pais em vez de no campus anulava a expectativa de que qualquer pessoa fosse passar a noite na minha casa. Sempre que Cassie ficava com Cara, eu dormia nos alojamentos ou apartamentos de amigos, que mal me conheciam, ou de garotas que nunca souberam mais do que meu nome e meu curso, e às vezes nem isso.

— No que está pensando? — Emma pergunta, provavelmente ansiosa por conhecer minha irmã enquanto me preocupo cedo demais se ela vai conseguir ou não lidar com minha paternidade.

— Hum? Ah. Nada importante. — Solto sua mão e deslizo o braço pelas costas de Emma, puxando-a para o meu lado. — Só pra você saber, a Cassie já gosta de você. — Sua expressão fica ainda mais preocupada. Oh-oh. — Hum, eu falei de você enquanto estávamos filmando. — Melhor não contar que foi mais de uma vez, acho.

— O que tinha em mim pra ela *gostar?* Ela não deveria ficar indignada por sua causa?

Dou risada. Ela vai entender quando conhecer a Cassie.

— Não, ela achou que noventa por cento da culpa de tudo era minha e os outros dez por cento eram dele.

— Hum — Emma murmura, e não consigo pensar numa resposta que não seja me inclinar e beijá-la.

— Chegamos — digo assim que me separo, arrependido, de seus lábios, depois de conseguir distraí-la por alguns minutos. Existem motivos para eu não ser sempre impetuoso, e um deles tem a ver com ser péssimo nisso. As únicas coisas que eu tinha em mente quando entramos no metrô eram o calor e a vista fantástica, que só consegue ser superada pela paisagem no caminho de volta. Visitar a Cassie foi uma espontaneidade total.

Agora que estou pensando com mais clareza, arrastar Emma para conhecer minha irmã menos de duas horas depois de nos declararmos pode ser muito mais do que espontâneo e bem parecido com insensato. *Merda.*

Emma

Não acredito que Graham está me levando para conhecer sua irmã a essa hora da manhã de um sábado. Minutos depois de sairmos para a rua, estamos em pé na frente do prédio dela, e eu pondero que, pelo menos, a ansiedade não teve tempo de crescer o suficiente para me derrubar.

Graham aperta um botão no interfone e, em seguida, a voz provocadora de uma mulher diz:

— Quem diabos está me interfonando às sete da manhã?

— Oi, Cas — diz Graham, sorrindo.

— Graham, você sempre foi um pé no saco. Você sabe disso, né? — O interfone apita quando a tranca faz um clique na porta.

— É isso que você diz há mais ou menos vinte anos — ele responde, puxando a pesada porta de metal e me conduzindo para dentro de um saguão minúsculo: uma parede com caixas de correio enfileiradas e outra com um único elevador. Quando Graham aperta o botão, as portas se abrem preguiçosamente, como se alguém as abrisse com as mãos. — Ela mora no terceiro andar.

Seus olhos escuros me dizem que ele tem planos em mente conforme entramos no elevador, mas, quando as portas se fecham, ele simplesmente pega a minha mão, seu foco alternando entre o piso xadrez antigo e os números acima da porta, que mudam muito devagar. Quando a cabine claustrofóbica para, ele aperta a minha mão e me dá um beijo rápido.

Chegamos a um hall de uns três metros quadrados, e ele bate de leve numa das duas portas. Várias trancas deslizam, e meu estômago desaba até os joelhos pouco antes de a porta se abrir e eu ver uma versão feminina e sorridente de Graham, usando moletom e segurando um bebezinho.

— Pega isso — ela diz para Graham, entregando o bebê numa transferência sem esforço e estendendo a outra mão para mim. — Sou a Cassie. Você deve ser a Emma. — Quando pego sua mão, ela me puxa delicadamente para dentro do apartamento atrás de Graham, que segue para a sala de estar no centro do loft espaçoso, falando com o bebê em sua voz natural, como se fosse um homenzinho, e não uma criança.

— Sim — consigo dizer.

— Graham, eu *sei* que você quer café — Cassie diz, atravessando a sala até a cozinha aberta do outro lado. — Emma? Café?

— Claro — respondo, seguindo-a depois de dar uma breve olhada para Graham, que me lança um sorriso. Seus olhos escuros me absorvem, enquanto faço a mesma coisa com ele. A sensação é surreal, de que nenhuma parte dele é proibida para a minha imaginação agora — desde seus lábios carnudos até os ombros largos e às mãos que aninham o bebê na dobra do braço.

De repente, tudo acontece muito rápido, mas, antes que eu consiga desenvolver um belo pânico, meu celular vibra no bolso da frente. Ao me ver agitada e soltando um gritinho, Cassie olha para trás, com uma das sobrancelhas arqueadas no rosto bonito e sem maquiagem. Quando tiro o celular do bolso, a foto do meu pai sorri para mim na tela.

— Oi, pai. — Deixei um bilhete para ele dizendo que ia encontrar Graham na cafeteria.

— Emma, onde você está? — Ele não parece totalmente nervoso, mas também não está calmo.

— Você não encontrou meu bilhete? Embaixo dos seus óculos?

— Sim. E estou na cafeteria... onde você, por sinal, *não* está.

Ah.

— Hum, Graham e eu decidimos dar uma volta, depois entramos no metrô porque estava meio frio na rua... e agora estamos no Brooklyn.

— *Brooklyn?* — ele grita, com a voz penetrante, e Graham e Cassie olham para o meu celular e depois um para o outro em lados opostos do ambiente enorme.

— Estamos no loft da irmã dele — sorrio para ela de um jeito que espero ser reconfortante —, tomando café.

Ele tenta um tom levemente preocupado.

— Emma, nosso voo é ao meio-dia...

— Eu sei, pai.

— Mas... — Ele suspira, e eu o imagino passando a mão no rosto do jeito que faz quando está frustrado. Nós nos aproximamos nesses últimos seis meses, mas ele perdeu a chance de ser o pai vigilante anos atrás, e ele sabe disso. — Quando é que você vai voltar?

— Que horas você quer sair pro aeroporto? — tento me esquivar.

— Nove e meia?

Na noite passada, no mês passado e no último outono, eu não queria nada além de ouvir Graham dizer que me queria, e agora ele disse. E então, ciente de que vamos nos despedir em menos de duas horas, a coisa toda parece desesperadamente confusa e complicada.

— Emma?

— Sim, pai, desculpa. Eu volto a tempo de fechar as malas. — Minha garganta se fecha com a percepção de que pode se passar mais de um mês até eu ver Graham de novo.

— Está tudo bem?

— Ãhã.

Ele suspira de novo.

— Conversamos mais tarde, querida. Estou vendo que você não pode falar agora.

— Obrigada, pai. Eu volto logo.

* * *

Cassie é violoncelista na Sinfônica de Nova York, atualmente numa curta licença para ser mãe em tempo integral.

— Eu não podia deixar meu irmãozinho me humilhar na questão da paternidade — ela brinca, observando Graham fazer caretas para o bebê, cujo nome é Caleb.

Apontando para um banco alto, ela vai para o lado oposto do balcão com placa de granito enquanto eu analiso o loft. Recortes em madeira, esculturas de ferro, pinturas, gravuras e uma mistura de propagandas estão pendurados nas paredes de tijolo bruto, junto com duas bicicletas. Um contrabaixo em pé e um violoncelo ladeiam as janelas sem divisórias, e prateleiras do chão ao teto abrigam toneladas de livros e fotos. O loft é casual e aconchegante.

Minha madrasta, Chloe, odiaria este lugar. Eu adoro.

— O que te traz a Nova York, Emma? — Cassie pergunta, servindo o café em três canecas.

— Eu vim com o meu pai, pra escolher uma faculdade.

Seus olhos disparam para o outro lado da sala e voltam, e ela sorri.

— Ah, é? Quer dizer que você vai se mudar pra Nova York no outono? — Faço que sim com a cabeça, e seu sorriso aumenta. — Tenho certeza que o meu irmão está feliz com *isso*.

Eu me pergunto o que exatamente Graham contou a ela sobre mim. Como se eu tivesse feito a pergunta em voz alta, ela se apoia nos cotovelos e abaixa a voz.

— Ele gosta *muito* de você, sabia? — Meu rosto esquenta, mas ela não parece perceber. — Eu não queria me intrometer, mas ele é reservado demais, e se *um* de vocês não for um pouco ousado, essa coisa toda vai ser uma bela oportunidade perdida.

Pigarreio.

— Nós já, hum, conversamos sobre isso hoje de manhã... — digo, e ela bate com a mão no balcão.

— Graças a *Deus*. Já era hora.

— Já era hora do quê? — a voz de Graham surge logo atrás de mim, e ele se senta num banco ao meu lado.

As sobrancelhas de Cassie se erguem, e ela o encara com arrogância.

— Se a gente quisesse que você participasse da conversa, falaria mais alto.

Ele ri, e Caleb arrulha para ele.

— Tudo bem. Eu arranco tudo da Emma mais tarde.

3

Graham

Ela fica calada na viagem de volta. Nós dois ficamos. Depois de todas as conversas e concessões de hoje cedo, só existe uma questão na minha mente agora: os quatro mil quilômetros entre nós nos próximos quatro meses. Tenho mais três semanas de aula antes da formatura. A pré-estreia de *Orgulho estudantil* é em Los Angeles na semana seguinte, com o turbilhão de tapetes vermelhos, festas do elenco e Hollywood em sua normal atmosfera de circo. No meio do verão, vou começar a gravar meu próximo filme aqui em Nova York. É um filme independente de baixo orçamento, o que significa "rápido, barato e longas horas de gravação", sem tempo para voar até Los Angeles para passar um fim de semana.

Cassie nos emprestou casacos de moletom, então não precisamos nos aninhar para nos aquecermos, mas seguro a mão de Emma, os dedos entrelaçados, e ela pressiona a coxa contra a minha e apoia a cabeça em meu ombro. Suspirando, ela encara a vista da Ponte de Manhattan, que me impede de um dia querer morar em outro lugar que não seja Nova York. As janelas altas parecem milhares de espelhos minúsculos daqui, o horizonte iluminado em ondas como uma cachoeira banhada pelo sol enquanto os raios atingem todos os prédios. Eu queria poder dar replay neste espaço de tempo de cinco minutos; poderia ser suficiente para me abastecer por um período. Mas chegamos ao outro lado do rio e afundamos no subsolo, a luz fluorescente colorindo tudo de um verde doentio.

Por ser mais tarde e termos os casacos, não vamos congelar agora, andando por aí. Tem muita coisa para se ver no SoHo, mesmo tão cedo. Espiando as galerias de janelas amplas e as lojas minúsculas, contornamos os vendedores ambulantes, que arrumam tudo e se acumulam nas beiradas das calçadas, que estarão lotadas daqui a uma ou duas horas. Emma e nos acotovelamos como se morássemos aqui e estivéssemos apenas indo tomar o café da manhã, e eu percebo que é isto que me apavora: eu já quero isso com ela. Quero estar com ela, que faça parte da minha vida e me deixe fazer parte da dela.

Uma conversa que tive com Cassie anos atrás, logo depois que Zoe e eu terminamos, surge em minha mente.

— Não entendo o que as garotas querem — falei para ela. Pelo que eu conseguia perceber, as garotas agiam como se quisessem declarações de amor eterno, mas, quando recebiam tais confissões, elas eram menosprezadas. Ou isso, ou você era rejeitado por ser uma pessoa grudenta, dependente ou insegura demais: palavras que Zoe usou durante a semana anterior ao término. — As garotas esperam que você as ame para sempre e dizem que se sentem da mesma maneira, mas elas querem dizer *até eu ficar entediada com você.* — Eu estava prestes a me tornar um garoto de dezesseis anos muito amargo.

Cassie tinha vinte e dois e já tivera sua cota de relacionamentos até então. Ela ainda não tinha conhecido Doug e não o conheceria antes dos próximos três anos e de mais um relacionamento fracassado. Sentados à mesa da cozinha dela no apartamento do prédio sem elevador que ela dividia com outras duas garotas, encarávamos uma janela que dava para um pátio com grama morta e cascalho. O restante da vista era um prédio adjacente, igualmente dilapidado, e nada de céu.

— Graham, nem todas as garotas são assim.

Dividido entre o desespero e a esperança, resmunguei e bebi um gole do refrigerante que ela me deu quando me sentei. Cassie pegou a minha mão, querendo consertar tudo para mim, eu sei, mas ela era tão impotente quanto eu para corrigir o que tinha acontecido. A combinação entre seu sentimento de dó e outra onda de pensamentos sobre Zoe fez minha garganta doer. Arrancando minha mão da dela, encarei através da janela sem vista. Eu não queria mais chorar por causa da Zoe. Queria sentir raiva. A raiva era mais fácil de resolver.

Cassie suspirou.

— Um dia você vai encontrar uma garota que consiga lidar com o seu jeito intenso de amar. Que não se sinta intimidada por isso... porque é o que está acontecendo. A Zoe não consegue ter essa intensidade de sentimentos por nada nem ninguém. Ela é fútil e egoísta. E perdeu a chance de ficar com um cara maravilhoso.

Eu não acreditei nela, é claro — que eu encontraria uma garota assim que não fosse a Zoe.

E ainda não acreditava muito até a noite passada, quando Emma me beijou, e tudo que eu sonhara com ela apareceu diante dos meus olhos.

Agora vejo nós dois andando por essas ruas juntos, sozinhos ou com Cara. Eu a imagino dormindo na minha cama e me acompanhando no set de filmagem durante as férias da faculdade. Depois, tudo se acelera, e eu a vejo atravessar um palco para receber seu diploma. E depois me vejo colocando uma aliança no seu dedo, jurando-lhe amor eterno, levantando um véu e a beijando.

Se ela não tivesse me mandado aquela mensagem às duas da manhã na noite passada, eu poderia tê-la deixado escapar. E nunca ter confessado como me sentia em relação a ela. Eu estava com tanto medo de desejar demais que não consegui acreditar que ela fosse me dar uma chance de *conseguir*. Não quero nunca mais ser tão apavorado sem necessidade.

Com nossas mãos enfiadas nos bolsos do casaco, seguro a mão esquerda de Emma com minha mão direita, ambas mergulhadas no meu bolso. Paramos num banco na frente do seu hotel, com os minutos escapando sem podermos fazer nada, além de deixá-los passar até o momento de ela ir embora.

— O que vai acontecer agora? — ela me questiona, bem quando eu ia perguntar se conhecer a Cassie foi desconfortável demais para ela. São coisas demais em muito pouco tempo.

Engulo minha pergunta e respondo a dela.

— Agora, contamos os minutos e mandamos mensagens pelo celular, conversamos pelo Skype e, em menos de cinco semanas, vou estar em Los Angeles e você também. — Aí percebo que não sei se ela quis dizer *agora*, neste exato segundo, ou *agora*, neste ponto do nosso relacionamento recém-estabelecido. Ela morde o lábio, e eu digo:

— Se tudo que você quis dizer era *o que vamos fazer na próxima meia hora*, por favor, não me fale, porque vou me sentir um idiota.

Ela ri.

— Não, gostei do plano de cinco semanas.

Que tal um plano de cinco anos?, penso. Mas, em vez de expressar isso, pego seu rosto e a beijo.

Emma

Meu pai dorme durante o voo. Tento ler, mas não consigo me concentrar, então acabo lendo e relendo as mesmas passagens até ser simplesmente ridículo e eu desistir e ficar encarando o céu azul. As nuvens de algodão sob nós surgem aglomeradas aqui e ali, mostrando e escondendo quilômetros e quilômetros de nada, vilarejos e cidades que aparecem e desaparecem, antes que eu possa adivinhar onde estamos.

Cada quilômetro me leva para mais longe de Graham.

E cada quilômetro me deixa com menos certeza de que o que aconteceu entre nós de fato aconteceu. Parece um sonho. Tudo. Tentei explicar a meu pai o que tinha acontecido — a versão que pode ser compartilhada com um pai, é claro. Não falei a ele que Graham foi ao hotel ontem à noite. Nem que mandei uma mensagem para ele às duas da manhã. Mas meu pai sabe que alguma coisa aconteceu, mais do que apenas encontrar um amigo para tomar o café da manhã. Ele me lançou alguns olhares de relance que eu provavelmente não deveria ter percebido. Ele sabe que Graham de repente se tornou importante. Não sei como explicar. Sei o que sinto, só não sei como faço isso parecer tão sensato quanto parece para mim.

Repasso tudo na minha cabeça. Nenhum de nós disse as palavras, mas elas ficaram penduradas sobre a nossa cabeça como um balão de pensamento compartilhado: *eu te amo*. Não consigo conciliar o fato de que as palavras parecem, ao mesmo tempo, precoces e atrasadas demais.

Emily vai me ajudar a entender. Antes de eu ir para Nova York, ela me perguntou se eu estava me apaixonando por Marcus. Saímos juntos várias vezes, nós quatro. O namorado da Emily, Derek, é um daqueles caras que se dá bem com todo mundo; Marcus também, normalmente. O que torna ainda mais esquisito o fato de que os dois não parecem se dar bem. Emily e eu observamos os dois conversando e decidimos que eles são como colegas de trabalho educados ou vizinhos que nunca entraram na casa um do outro e não querem fazer isso, muito obrigado.

Sacudimos os ombros e dissemos "Garotos...", embora isso tivesse nos deixado chateadas.

Envio uma mensagem pouco antes de decolarmos.

> Tenho novidades.

> Você mudou de ideia e não vai embora para MILHARES de quilômetros longe de mim?

> Hum. Não. Isso ainda vai acontecer. Achei que você tinha aceitado. :(

> Claro que não estou bem com você indo embora da Califórnia! Vou sentir saudade pra caramba! Que novidade é essa que você quer contar?

> Encontramos o Graham por acaso.

> PA-RA. MILHÕES de pessoas em NY... e você dá de cara com o coadjuvante misterioso e bonito com quem teve um momento quente no quarto do hotel?

> Você está lendo aqueles livros românticos ridículos de novo, né?

> Não sei do que você está falando.

> ENTÃO. O Graham tem uma filha.

> O QUÊ?!?!?!?

> E nós meio que estamos saindo.

> O QUÊ?!?!?!?

> Tenho que desligar. Recebi um olhar fulminante da comissária de bordo. Me encontra lá em casa tipo às 3.

> Estou... O QUÊ?!?!?!?

* * *

Dois minutos depois que pousamos e logo depois de eu ligar meu celular, ele toca. Fico surpresa de ver o nome de Dan na tela, mas ele me avisou que teria acertos para fazer em relação à promoção de *Orgulho estudantil* e que conversaríamos sobre isso quando eu voltasse da minha "viagenzinha para a faculdade". Eu não sabia que ele queria dizer que conversaríamos sobre isso *no instante* exato em que eu voltasse. Meu agente agitado provavelmente está num alto grau de atividade, apesar de que acho que ele não funciona em outra configuração.

— Oi, Dan.

— Emma, que bom que você voltou. Tenho uma agenda temporária de entrevistas, aparições e outras coisas pra você... A *Ellen*, por sinal, uhuu!... Mas podemos falar sobre isso depois, porque primeiro eu *realmente* preciso perguntar... Tem certeza absoluta em relação a essa decisão faculdade barra assassinato de carreira barra chega de cinema? Porque estou recebendo milhões de ligações sobre papéis em que você seria *perfeita*...

— Não, Dan. Tenho certeza.

— Agora me escuta só um instante... A ligação que eu recebi hoje de manhã foi de um filme de *ação*, e você precisaria de um personal trainer pra ficar toda sarada, é claro, mas, ei, se a Linda Hamilton consegue fazer isso para a sequência de *O exterminador do futuro*... Ah, mas acho que isso não é do seu tempo... — Ele dá uma risadinha, e aproveito a oportunidade para tentar impedi-lo mais uma vez.

— Dan, sério, tenho *certeza* que não estou interessada. Mas obrigada. De verdade.

Ele suspira, no seu jeito muito sofrido de agente.

— Você está me matando, Emma. Me. Matando.

Mas não é o momento adequado para rir. Nem mesmo agora, em que imagino a exata expressão de cachorrinho abandonado no rosto de Dan, que fica ainda mais engraçada pelo fato de que ele é conhecido nos círculos da indústria do cinema por ser mais uma piranha e menos um basset hound.

— Sinto muito, Dan.

— Blá-blá-blá — diz Dan, que, na linguagem dele, significa *você está dizendo palavras que eu não gosto*.

A primeira entrevista é daqui a alguns dias, e Graham estava certo: vamos ser só Reid e eu. Isso não me incomoda nem um pouco, até Dan dizer:

— Você provavelmente sabe que ainda se especula muito sobre a natureza do relacionamento entre você e Reid Alexander...

— Mas não temos um re...

— Não precisa se sentir obrigada a compartilhar essas coisas comigo...

— *Dan*. Não tenho nada pra compartilhar. A gente mal se fala. Quer dizer, eu nem sei se *estamos* nos falando.

Meu pai diz um "o quê?" sem som, e eu dou de ombros e reviro os olhos enquanto estamos em pé no corredor obstruído, carregando nossa bagagem de mão.

— Vamos deixar isso só entre nós, está bem? O negócio é o seguinte: o estúdio quer que vocês façam as pazes. Vocês podem dizer aos entrevistadores que não há nada entre vocês ou deixar em aberto falando "sem comentários", mas vocês precisam que *dar a impressão* de que algo poderia estar acontecendo. Vai ser uma boa publicidade para o filme se as pessoas já adorarem vocês como casal.

Minha boca fica ligeiramente entreaberta, e eu a fecho quando meu pai me lança um olhar sério. Noto as pessoas no corredor, na frente e atrás de mim, querendo saltar do avião, então mantenho a voz baixa.

— Você... você está dizendo que devemos *fingir* que estamos juntos? — pergunto, com os dentes trincados. Ah, não, que *inferno*. Isso *não* vai dar certo.

— Claro que não! Só não finja que vocês *não* estão juntos.

— Isso não é diferente de fingir que *estamos*. Dan, nós *não estamos*...

— O que eu quero dizer é: não deixa isso tão *óbvio*.

Aperto o nariz, com os olhos fechados. Isso é um pesadelo.

— Tipo, *o estúdio quer que a gente finja que está junto.*

— Bom, tudo bem, se você precisa colocar desse jeito... — Como não respondo, ele acrescenta: — Simplesmente dá a *ilusão* de que vocês *poderiam* estar apaixonados ou envolvidos numa deliciosa relação secreta. — É fácil visualizar Dan se recostando em sua enorme cadeira de couro atrás de uma mesa gigantesca (que eu sempre achei que era esculpida com madeira ilícita de uma floresta tropical). Com o fone de ouvido no lugar, os cotovelos apoiados nos braços da cadeira e os dedos juntos em forma de torre, ele gira para encarar a enorme janela de vidro laminado com vista panorâmica de Los Angeles. Várias vezes eu estive do outro lado de sua mesa, escutando essas conversas curtas com outros atores. — Ah, falando nisso, acabaram de me avisar que tem uma sessão de fotos para a *People* daqui a uma semana e meia. Elenco todo. Reserva espaço na agenda pra isso.

Meu cérebro para de repente. Elenco todo. *Graham.*

— Onde?

— Aqui em Los Angeles. Eles vão trazer todo mundo de avião.

Esquecendo o futuro relacionamento falso com Reid por um momento, eu me concentro no fato de que verei Graham na próxima semana. Assim que desligo, mando uma mensagem para ele, para saber se seu agente já lhe deu a notícia.

4

Brooke

Não falo com Graham há uma semana. Talvez duas. A formatura dele é daqui a três ou quatro semanas. Eu me pergunto se devia me oferecer para ir. Se ele gostaria que eu fosse. Somos amigos há quatro anos, e eu só estive com a família dele algumas vezes, quando eu estava em Nova York. Achei suas irmãs meio esnobes. Uma delas trabalha em Wall Street, e a outra é musicista clássica — violinista ou alguma coisa com cordas... Ela toca na Filarmônica. Ou na Sinfônica de Nova York? Tudo a mesma coisa.

Meu empresário acabou de me avisar que vai ter uma sessão de fotos para a *People* na próxima semana, aqui em Los Angeles. Graham *tem* que vir. Ele é o cara mais bonito do elenco, que as pessoas podem não conhecer se virem só o filme — seu personagem é um nerd brilhante. Nada parecido com o Graham de verdade. Bom, retiro o que eu disse. Graham *pode* ser meio nerd, mas é fofo, daquele jeito ele-ainda-parece-inocente. Até você ter aqueles lindos olhos castanhos fitando os seus e você esquecer o que estava pensando um instante atrás. Porque aqueles olhos *não* são inocentes.

Merda. Para com isso, Brooke.

Mando uma mensagem para ele:

> Oi, bonitão. Ouviu falar da sessão de fotos na próxima semana?

> É, acabei de saber pela Emma, depois meu agente ligou e me falou.

> Não sabia que você ainda tinha contato com a Emma.

Filho. Da. *Puta*. Ele está conversando com a Emma? Quando diabos isso aconteceu? Eu esperava que ele tivesse deletado aquela coisinha que ele teve com ela meses atrás. Ele não falou nada sobre ela ultimamente. Além do mais, há rumores de que Emma e Reid estão saindo desde que terminamos a filmagem, mas acho que é tudo mentira. Nenhum desses boatos incluía novas fotos.

> Encontrei com ela ontem por acaso

> Encontrou com ela por acaso? Tipo, em NY?

> É. Eu estava com a Cara.

> Que merda. Ela suspeitou?

> Eu contei pra ela. Na verdade, a Cara contou pra ela quando me chamou de papai.

Meu cérebro dispara. Ele encontrou com Emma por acaso. *Em Nova York*. Quando é que isso *acontece?* Tudo bem, hora de reavaliar.

O fato de Emma descobrir sobre Cara pode ser uma coisa boa — mais uma parede entre eles; ela de um lado, eu do outro. *Com ele*. Entendo Graham de um jeito que ninguém mais entende. Tenho sido paciente, esperando que ele veja o que poderia haver entre nós, e ele vem fazendo o papel do típico cara inocente. Hora de dar um passo além. Eu *não* vou deixar a Emma voltar para a vida dele.

> Uau, e como ela reagiu?

> Muito bem, na verdade.

Espero mais comentários e, claro, não recebo nenhum, porque, além de ser essa coisa alta, morena e gostosa que é, o Graham também é irritantemente fechado. Em *tudo*. Tive dezenas de conversas com ele nas quais sentia que realmente nos comunicávamos. E aí, mais tarde, percebi que quase tudo que ele tinha dito não passava de uma pergunta ou de uma observação sobre algo que *eu* tinha dito. E que ele, na verdade, não tinha revelado muita coisa.

Como eu disse, irritante. E *muito* frustrante. Daquele jeito de dar água na boca.

> Acho que te vejo daqui a menos de duas semanas então. <3

> Legal, a gente se vê lá.

Decisões, decisões. Como lidar com esse pequeno obstáculo...

Duas coisas impediram Graham e Emma de ficarem juntos durante os meses no set de filmagem: a perseguição clara de Reid em relação a Emma e meu fingimento de que alguma coisa estava acontecendo entre mim e Graham. Graham e Emma são parecidos de um jeito irritante, nenhum dos dois vai encenar uma disputa de território surtada e dramática.

Quando o Reid beijou a Emma naquele show, foi quase um milagre absurdo. Dizem que uma imagem vale por mil palavras. Vale mesmo. Não que eu tenha armado para magoar o Graham. Quer dizer, *a Emma e o Reid estavam se beijando* — isso era um fato. Eu só estava sendo protetora ao enviar aquela foto para ele. Assim ele podia saber o que estava acontecendo. Eu não podia querer uma reação melhor. Ele não disse mais nem uma palavra sobre ela. Antes disso, ele me deixava subindo pelas paredes com as bobagens relacionadas à Emma.

Convencer Emma de que Graham e eu tínhamos alguma coisa foi relativamente fácil. Ele e eu somos amigos há muito tempo, e eu estava me sentindo péssima por ter que trabalhar com Reid depois de passar anos sem vê-lo pessoalmente. Tudo que precisei fazer foi interpretar um pouco o papel de *sou tão frágil*, e o elenco todo pensou que Graham e eu estávamos transando.

Quem dera.

Graham deixou claro, desde o início do nosso relacionamento, que poderíamos ser amigos, mas ele não estava interessado em nada mais. Eu nunca soube por quê. No início, acho que ele simplesmente percebeu o jeito desesperado como eu me sentia em relação a tudo. Logo depois que Reid terminou comigo, eu fiquei arrasada. Fiquei carente. Fiquei puta da vida. Eu poderia concluir que tudo isso assustou Graham, mas acho que não é verdade, senão ele não teria se tornado meu amigo. Parece que ele pressentiu como eu estava mal e instintivamente resolveu não se envolver.

Mas estou melhor agora. Sei o que quero. E o que eu quero é o Graham.

Reid

Recebo uma mensagem da Brooke:

> Ei, babaca, precisamos conversar.

> Ahh, como eu poderia ignorar um apelo tão delicado? O que você quer?

> Tenho uma proposta. Vem aqui.

> Não estou interessado. Mas obrigado por pensar em mim.

> NÃO é esse tipo de proposta, seu idiota. Tem a ver com a Emma.

> Estou curioso e desconfiado.

> Confia em mim, o que tenho em mente é bom para nós dois.

> Não confio em você de jeito nenhum. Mas sou curioso demais.

— Você tem cinco minutos pra me convencer a ouvir mais, então solta o verbo. — Quando ela abre a porta, entro falando. O apartamento dela é maravilhoso e só perde para ela. Brooke está usando um shorts curto branco e uma camiseta regata lilás, exibindo a pele quente e o cabelo loiro liso. Minha intenção é evitar olhar diretamente para ela. Ela é igual à Medusa: a mulher mais linda que você já viu, e também a mais perigosa pessoalmente.

Tenho certo medo de que ela possa me matar se souber como se livrar do crime.

Entro na sua sala de estar monocromática, com janelas do chão ao teto e uma vista de tirar o fôlego, e me jogo no sofá de couro branco, deixando a cabeça pender para trás e encarando o teto. Até agora, não morri. Ela senta diante de mim, numa poltrona preta, cruza as pernas de tonalidade perfeita, mas não fala nada. Se ela acha que vou arrancar alguma coisa dela, está muito enganada.

Por fim, ela suspira.

— Suponho que você gostaria de ter outra chance com a Emma. Que diabos?

— Realmente não é da sua conta, Brooke. — Ainda estou olhando para cima, contando as luzinhas minúsculas no trilho de iluminação enquanto me pergunto que planos ela tem em mente.

— Vamos lá, Reid, não é segredo de Estado.

Arrisco olhar para ela. Sua expressão está séria, quase feroz. Tem alguma coisa que ela definitivamente quer de mim — e só de mim —, porque, se pudesse conseguir com outra pessoa, sinceramente eu não estaria sentado aqui agora. Entrar no jogo dela é o único jeito de descobrir que história é essa.

— Tá bom, vou morder a isca. Claro que eu aproveitaria se tivesse outra chance. Sua vez.

A única coisa que a trai é um dedo cutucando repetidamente a costura da cadeira. Ela se endireita a poltrona.

— Eu quero o Graham.

Dou uma risada.

— Me diz alguma coisa que eu não saiba.

Ela me encara com um sorriso orgulhoso e diz:

— Bom, parece que eles estão a fim um do outro.

— O quê? — Eu sabia. Eu *sabia*.

Ela ri, mas não se diverte.

— Ele é... reservado. É difícil saber quem ele quer. Mas eles se encontraram por acaso em Nova York alguns dias atrás, onde *ela* está pensando em ir pra faculdade no próximo outono e onde *ele* mora. Só o fato de ele ter mencionado o encontrinho dos dois é suficiente pra eu sacar.

Eu também me sento melhor, apoiando os antebraços nos joelhos. Ainda não entendo bem o que ela tem em mente, mas estou começando a ter noção.

— Se eles decidirem sair juntos, o que a gente pode fazer? Talvez você esteja esquecendo que, *graças a você*, a Emma me abandonou. Ela não me substituiu. Ela escolheu ficar *sozinha* em vez de continuar comigo. Você armou aquela merda toda, Brooke. Não sei o que você falou pra ela...

— Eu não falei nada. Ela estava ali no banheiro.

O silêncio é profundo, depois que Brooke diz isso. Ela conseguiu me chocar. Emma não ouviu um relato de terceiros sobre o que aconteceu entre mim e Brooke, ela ouviu toda a conversa sórdida, junto com toda a hostilidade que eu obviamente sentia pela traição de Brooke anos atrás. Antes daquela noite, eu achava que tinha me recuperado totalmente. *Errado.*

Não me surpreende o fato de Emma ter desaparecido naquela noite. Eu me jogo de volta no sofá.

— Que merda, Brooke. Como foi que você *fez* isso? Você, e só você, é responsável pelos *dois* saberem daquela gravidez. E que eu te abandonei. Mas os dois sabem que você estava me traindo? Eles sabem *essa porra da parte* da história?

Ela se recosta, olhando pela janela durante vários minutos, com o queixo na mão.

— Eu não fiz isso.

Eu me levanto. Isso é tudo mentira.

— Não sei em que tipo de mundo de fantasia você vive, onde pode fazer duas pessoas simplesmente *esquecerem* a merda extremamente errada que elas sabem sobre nós dois... de novo, graças a você... e caírem nos nossos braços. Não vejo nada disso acontecendo. Se eu soubesse que a Emma tinha ouvido a gente naquela noite... — Passo a mão no cabelo. Estou tão puto que quero esmagar o pé na mesa de aço cromado e vidro ou jogar alguma coisa do outro lado da sala. —

Se eu soubesse que ela tinha escutado aquela conversa, teria lhe dado a chance de se acalmar, em vez de agir como um completo *babaca* e literalmente trepar com a primeira garota que esbarrou em mim.

Brooke está em silêncio, franzindo a testa e ainda encarando a janela.

— Posso mudar a cabeça dela. — Suas palavras são suaves, faladas na mão dela.

— Como? E por que ela te ouviria? Porque ela confia em você? Ela não é tão burra — desdenho, ainda em pé.

Seus olhos disparam até mim.

— Quer apostar?

Pensei em Emma várias vezes no último mês, desde meu pedido de desculpas espontâneo naquela noite, no meu quarto de hotel. Aquele que ela rejeitou completamente. A questão é: não sei se eu estaria disposto, ou seria capaz, de *mudar* por causa dela. A única mudança que eu tinha em mente era tentar um namoro monogâmico, pelo tempo que durasse. Estou na frente da única outra garota que conseguiu *isso* de mim. Mas Brooke e Emma são noite e dia, então parecia muito improvável que o resultado fosse diferente com Emma. Não que ela tenha me dado a chance de descobrir.

Sento de novo.

— Deixa eu entender direito: você está propondo que a gente trabalhe junto pra separar ou impedir um relacionamento entre o Graham e a Emma. Além disso, que a gente consiga atrair os dois pra nós.

Ela ergue o queixo.

— Exatamente. Tá dentro ou não?

Estamos nos encarando à distância da mesa de vidro, e a sala está impossivelmente clara. Vejo cada facho de azul-gelo em seus olhos, cada mecha que altera seu cabelo loiro-mel para um loiro-listrado inexistente na natureza. Seu nariz também tem as formas um pouco mais bem delineadas do que quando éramos mais novos, as sobrancelhas moldadas com perfeição e erguidas numa pergunta silenciosa, esperando minha resposta.

Faço que sim com a cabeça.

— Tô dentro.

5

Emma

No táxi entre meu hotel e o estúdio em que *On the Air* é gravado, tento me preparar psicologicamente para encontrar o Reid. Não tenho ideia do que esperar. Na última vez que o vi, há apenas um mês, ele pediu desculpas pelo que me fez passar no último outono. *Me desculpa, por favor.*

Eu o perdoei, mas não do jeito que ele queria.

Ele disse que achava que podia ser diferente comigo. Que eu podia ajudá-lo a ser um pouco melhor. E eu respondi que queria alguém que já fosse assim por conta própria, comigo ou sozinho. Visões de Graham flutuavam pela minha cabeça enquanto eu dizia essas palavras. Eu tinha tanta certeza de que Graham pertencia a Brooke... Tinha tanta certeza de que ele era impossível e inalcançável, que não era para mim...

E agora ele é possível, alcançável e é *meu*.

Espero que Reid esteja em outra. Magoado, talvez, mas Reid Alexander não fica com uma garota por muito tempo. Ele pode ter qualquer uma que quiser. Bom, quase qualquer uma. Seria ridículo se ele ainda sentisse alguma coisa por mim, mas isso não o impede de querer me dar o troco, porque uma coisa que Reid Alexander não entende é o significado da palavra *rejeição*.

Saí da minha zona de conforto em relacionamentos nos últimos tempos. Minha conversa inicial com Marcus foi pior do que eu esperava. Quando ele chegou na noite de sábado, estava bem-humorado como sempre. Assim que ele me beijou, um selinho na boca, eu sabia que precisávamos ter aquela conversa desconcertante antes de qualquer coisa. Não quero beijar ninguém além de Graham, nem mesmo superficialmente.

— E aí, o que vamos fazer hoje à noite? Sair com Em e Derek ou tenho você só pra mim?

Por algum motivo inexplicável, *realmente* me irrita quando Marcus chama a Emily de *Em*. Não há um bom motivo para isso. Não me incomoda quando meu pai faz isso. Ou Derek, apesar de que ele só a chama de Em quando está imitando algum cara de *Jersey Shore*, como fez na semana passada: "Eeei, Em, baby, comassim a gente não tem tempo de se pegar? Pá-pum, cinco minutos. Eu fico feliz, você fica feliz, todo mundo numa boa". Emily deu um soco no braço dele e ouviu: "Ah, mulher, pra que isso? Sou um cara sensível". Ela revirou os olhos, e ele a deitou para trás nos braços e a beijou com tanta perfeição que até *eu* senti.

Ignorei o "Em" de Marcus, como todas as vezes que ele falou assim antes.

— Somos só nós hoje à noite. E, humm, a gente precisa conversar.

— Oh-oh, isso parece meio sério — ele disse, ainda sorrindo. Quando pressionei os lábios e não neguei, seu sorriso murchou, então eu me virei para conduzi-lo ao meu quarto.

Eu nunca tinha visto Marcus de mau humor, exceto algumas vezes durante os ensaios de *A felicidade não se compra*, quando achei que ele era um pouco crítico demais em relação ao desempenho dos nossos colegas de elenco. Estávamos fazendo teatro comunitário, não um espetáculo na Broadway. Mas eu achava que ele era um típico geek de teatro, perfeccionista e sério, e deixava passar. Começamos a sair depois que o espetáculo terminou, e ele nunca demonstrou sinal de irritação com coisa alguma.

Sentamos na minha cama, e ele esperou que eu explicasse. Pigarreei e ajeitei as palavras na cabeça. Não havia motivos para Marcus e eu não continuarmos amigos. Tivemos uma rara maratona de beijos e não passamos disso. Sinceramente, eu tinha dificuldades para me imaginar com Marcus de alguma maneira física mais séria. Eu achava que as tentativas fracassadas de relacionamento com Reid e Graham tinham arrancado esses desejos de mim.

Lembrar de Graham inundou minha imaginação com pensamentos sobre ele, e precisei de um esforço concentrado para afastar essas ideias da minha mente e direcionar a atenção para a tarefa que tinha diante de mim: terminar delicadamente com Marcus.

— Sabe o, hum, filme que eu acabei de gravar?

Ele arqueou uma sobrancelha e riu com leveza.

— Ãhã, *Orgulho estudantil*... Acho que todo mundo que te conhece sabe.

Mordi o lábio.

— Bem, eu era muito amiga de um cara do elenco...

— Seria... Graham Douglas?

— Hum, é. Como foi que você...? Deixa pra lá. Não é importante. — Balancei a cabeça. Os tabloides que eu ignorei *não foram* ignorados por todas as outras pessoas. E as *outras pessoas*, aparentemente, incluíam Marcus. — A gente se encontrou por acaso em Nova York. E... parece que temos sentimentos um pelo outro. — Observei o efeito que essas palavras tiveram sobre ele: o franzido de testa confuso, a inclinação da cabeça enquanto o que eu dizia começava a ficar claro, o olhar incrédulo quando ele entendeu.

— Espera. Você vai pra Nova York e "encontra por acaso" um cara que você não vê há um mês e não tinha visto durante muitos meses antes disso, ou tem mais alguma coisa que eu preciso saber? — Sua raiva me pegou de surpresa, não por ser desmerecida, mas porque não era típico dele.

— Hum, não...

— Você *encontra por acaso* com ele, e vocês dois simplesmente decidem embarcar num... relacionamento? Você está terminando comigo?

Fiquei surpresa com sua veemência. E sua suposição.

— Marcus, nós nunca concordamos que éramos um casal...

— Emma, nós dois estamos saindo há quase quatro meses e nenhum de nós, *que eu saiba,* saiu com outra pessoa nos últimos meses. Não sou maluco de fazer suposições. — Seu tom era rancoroso. Esse não era o Marcus que eu conhecia havia meses. Não mesmo.

— Sinto muito. — Era péssimo, mas foi o melhor que consegui.

Ele encarou a colcha sobre a cama, e eu quase prendi a respiração. Eu não queria magoá-lo, mas percebi que seus sentimentos tinham ficado mais fortes do que eu imaginava. Eu me perguntei se tinha ficado cega para tudo isso; pensei nos últimos meses e não consegui identificar nada que ele tivesse dito ou feito que pudesse dar a entender que ele estava ficando possessivo. Por outro lado, eu não tinha dado nenhum motivo para ele expressar isso antes. Ele estava se sentindo seguro sabendo que não havia outra pessoa.

— Acho que vou para o meu baile de formatura *sozinho.* — Sua voz estava mal-humorada e hostil.

— Não, eu ficaria feliz de ir com você mesmo assim, se quiser...

Seus olhos dispararam até os meus.

— Quer dizer que ele vai *deixar* você ir comigo?

Franzi a testa.

— O que você quer dizer com me *deixar* ir? Essa decisão é minha, e eu falei que ia com você, então estou disposta a ir...

— Ei, não precisa me fazer nenhum favor, está bem? — Ele se levantou, com os punhos fechados na lateral do corpo. — Eu te ligo amanhã. Não sei se quero te ver de novo, Emma, com ou sem baile de formatura. Isso foi muito inesperado. Não achei que você era do tipo de enganar alguém assim. Parece que você é mais *garota de Hollywood* do que eu pensava.

Meus olhos se encheram de lágrimas enquanto ele deixava o quarto batendo os pés, descia a escada e saía porta afora.

Reid

O manobrista do estúdio pega a chave do meu Lotus. O carro já tem mais de um ano agora, e estou totalmente entediado com ele. Ando pensando em comprar um Porsche. Alguma coisa brilhante e preta. Sexy. Não tenho a menor ideia de que diabos eu estava pensando ao comprar um carro amarelo. Tirando os comentários do meu pai sobre um "táxi idiota", ele é feliz-sorridente-ensolarado demais para mim no momento. Fiz dezenove anos no mês passado. Amarelo é cor de criança, não de homem.

Estou alucinado para encontrar a Emma, apesar de me ver obrigado a diminuir a empolgação. Brooke me alertou para não fazer nada que não fosse civilizado e cordial. Absolutamente nada de flertar.

— Na última vez que você a viu, tentou forçá-la a ter um relacionamento. Ela espera que você esteja magoado ou que a paquere. Não aja de *nenhum dos dois jeitos*. Simplesmente seja... doce. Você consegue fingir isso, né?

Eu lhe lancei um olhar como se dissesse claramente *você é uma bela vaca*, e ela riu. Brooke é um gênio calculista, e fico feliz de, pelo menos uma vez, estar do lado dela. Mais ou menos.

— Ah, falando nisso, *nada de galinhagem*. De jeito *nenhum*. Você colocou pregos no próprio caixão com essa merda no último outono. Se quiser convencer a Emma de que você mudou, precisa começar mantendo o pau dentro das calças.

— Quanta classe, Brooke.

— Vai pro inferno, Reid! E me fala o seguinte: *Blossom*, ou qualquer que seja o nome dela, valeu perder a Emma? Porque foi isso que aconteceu. A Emma perdoa fácil demais, infelizmente, e tenho certeza que ela te daria outra chance se você não tivesse fodido tudo sozinho. Literalmente.

Ai. Direto no ponto.

Enquanto o manobrista leva o Lotus para longe do meio-fio (com cuidado, porque ele sabe que estou olhando), um táxi para. Usando um vestido floral de alças, com o cabelo adoravelmente preso no alto da cabeça e parecendo que vai se soltar a qualquer momento, Emma sai do banco traseiro e me observa com cautela.

— Oi, lindona — sorrio. Ops. Já era o papo de não flertar.

— Oi, Reid. — Ela parece igualmente reservada e tranquila, então ainda não estraguei tudo.

Foco em ser doce e amigável. Nada de flertar. Então, acho que puxá-la para mim e ver se ela vai me deixar beijá-la está fora de questão. Assim como dizer que ela está parecendo gostosa o suficiente para comer.

— Então, hum... Pronta pra conhecer o Ryan? — Suponho que Seacrest não esteve na sua lista de entrevistadores até agora.

Ela respira fundo e expira lentamente.

— Acho que sim.

— Não se preocupe. Ele é tão legal quanto parece. Não vai fazer nada pra te deixar desconfortável. — Penduro os polegares nos bolsos da frente da calça jeans e lhe ofereço um cotovelo. — Então... suponho que você recebeu as instruções dos chefões de que devemos interpretar o papel de Darcy-e-Lizbeth-apaixonados, certo?

Ela desliza a mão na dobra do meu braço, e caminhamos até as portas do estúdio. Olho para ela e ela me olha, com uma pequena ruga entre as sobrancelhas.

— É, meu agente me falou. Não estou muito...

— Não se preocupe. — Eu me aproximo e diminuo a voz. — Vai ser mamão com açúcar. Já precisei fazer isso antes, e eu não *suportava* a minha colega de elenco. Tive que me esforçar ao máximo pra não enfiar uma meia na boca da garota todas as vezes que ela começava a falar. Conseguimos manter o fingimento até o fim do lançamento. Nós dois não vamos ter esse problema... a menos que você queira enfiar uma meia na *minha* boca.

No primeiro momento ela hesita, mas acaba sorrindo para mim, e percebo que estamos numa boa.

— Ainda não sinto essa necessidade — ela retruca. — Mas eu te aviso.

A entrevista é tranquila. Quando somos questionados, negamos educadamente qualquer laço romântico entre nós, dizendo que o elenco todo se dava bem, por causa das acomodações próximas e das idades semelhantes. Ryan arqueia uma sobrancelha quando cutuco Emma delicadamente com o ombro e sorrio para ela como se tivéssemos um segredo. Definitivamente, Emma e eu conseguimos o que o estúdio quer de nós — ambiguidade nas respostas sobre um possível relacionamento e demonstrações aparentemente insignificantes de afeto.

O que o público acredita ou não em relação a nós é irrelevante para mim, particularmente, e sei que ela não vai ser arrastada para dentro (ou para fora) de um relacionamento por causa da reação dos fãs, ainda mais considerando que ela vai deixar Hollywood neste outono. O que quer que esteja rolando entre ela e Graham Douglas não pode ser tão importante ainda. Eles moram muito longe um do outro e mal se viram nos últimos meses. Mas ele é um enigma. Eu nunca o entendi. Brooke parece achar que consegue manipular isso com minha ajuda, e nós dois vamos acabar ficando com o que queremos.

Tenho menos certeza disso, mas estou perfeitamente disposto a fazer a minha parte. Perder a Emma foi uma decepção daquelas. E eu gostaria de reverter essa situação.

6

Graham

Faz quatro dias que eu a vi. Pessoalmente, quero dizer. No momento, encaro uma imagem trêmula dela na tela do meu notebook, a melhor substituta de Emma que a tecnologia tem a oferecer. Não é suficiente. Nem perto disso.

— Você tem aula amanhã? — ela pergunta, piscando para a webcam e encarando uma imagem igualmente espasmódica de mim.

— Tenho. — A diferença de fuso horário entre nós não funciona a meu favor. É ela quem vai dormir até mais tarde; eu tenho aula às oito da manhã. Dez da noite em Sacramento corresponde a uma da manhã em Nova York. — Mas, se você estivesse aqui, eu também não estaria dormindo. Então, qual a diferença? — *Sem contar que estar sentado na minha cama, com o notebook inclinado para ver seu rosto enquanto você fala, é muito diferente da sensação de ter você nos meus braços, de sentir seu gosto na minha língua.*

A imagem borrada de Emma sorri, com uma das mãos ajeitando nervosamente o cabelo atrás da orelha. Ela desvia o olhar em direção à porta do quarto, imagino, e o volta para mim. Depois se aproxima, e seu rosto ocupa toda a minha tela.

— Ah, é? — Sua voz fica mais baixa. — E o que você estaria fazendo, em vez de dormir, se eu estivesse aí?

Eu lhe dou uma versão um tanto comportada. Não exatamente censurada, mas também não forte o bastante para assustá-la. A luz ao lado dela é escura demais para eu perceber se ela ficou corada, mas seus lábios se separam, seus olhos se abrem levemente, ela morde o lábio de um jeito adorável e escuta, como se eu estivesse contando a melhor história do mundo.

Não sei a que ponto ela chegou com Reid. Ou com qualquer outro antes dele, na verdade, apesar de eu supor que não houve ninguém antes dele, pelo jeito como ele sempre parecia frustrado. Sei demais sobre Reid Alexander e suas habilidades sedutoras. Sem querer uma análise completa de quanto eu estraguei tudo por não a tirar dele no último outono, não tenho planos de perguntar a Emma sobre o envolvimento dos dois. Isso não tem a menor influência sobre o que eu penso em relação a ela ou a nós dois.

— Queria que você estivesse aqui — ela diz finalmente, com o lábio inferior se destacando com tanta delicadeza que isso bem poderia ser fruto da minha imaginação. Passo o dedo na tela, mas ela não consegue me ver fazendo isso.

— Vou estar, daqui a uma semana.

Ela geme.

— É *muito* tempo.

Dou uma leve risada.

— Concordo.

Um arranhão fraco vem da porta fechada do meu quarto.

— Vai embora, Noodles — grito. O gato da Cara costuma estar dormindo ao pé da cama dela à uma da manhã, e não passeando pela casa arranhando portas fechadas de um cômodo qualquer.

Em seguida, a maçaneta gira, e a porta se abre um pouquinho antes de um rostinho aparecer.

— Papai?

— Tenho uma visita — digo para a minúscula câmera no alto da tela, empurrando o notebook para a cama e atravessando o quarto. — Cara? O que está fazendo acordada? — Abro a porta e ela se agarra a mim, impedida apenas pelo coelho de pelúcia pendurado no punho.

Eu a pego por sob os braços, a levanto e a ajeito no colo. Ela funga e esconde o rosto no meu pescoço.

— Pesadelo? — pergunto, e ela faz que sim com a cabeça, fungando um pouco mais forte.

— Posso dormir com você? — Um soluço segue o pedido abafado. Emma dá uma leve tossidinha, o som escapa dos alto-falantes do notebook com uma irregularidade estridente, e Cara levanta a cabeça. — Quem é?

— Estou conversando com a Emma — respondo. — Vou te levar de volta pra cama.

Ela vira a cabeça de um lado para o outro, teimosa, os olhos escuros cheios de determinação.

— Quero falar com a Emma também.

Ótimo. Colocar Cara de volta na cama pode levar meia hora. Ela vai querer me contar o pesadelo todo, e ela é uma narradora bem dramática. Sempre acho que ela acrescenta detalhes enquanto conta, só para melhorar a história. E depois ela me pede água. E me pede um beijo. Precisa de companhia para ir ao banheiro. Pede para eu verificar se há monstros no armário, embaixo da cama e atrás das cortinas. Mais um beijo.

Eu amo a minha filha, mas, *caramba,* justo agora...

Vou até a cama e pego o notebook com a mão livre, virando-o para Cara e para mim.

— É melhor eu desligar — digo a Emma. — Isso pode levar um tempinho.

— Oi, Emma — diz Cara, posando para a câmera, o pesadelo terrível esquecido. Cara está acostumada a conversar comigo desse jeito quando estou longe de casa e ela está com Brynn ou Cassie. —

Esse é o Bunny. — Ela segura o coelho na frente da webcam. Tenho certeza de que tudo que Emma consegue ver é uma tela cheia de pelos azuis surrados.

— Olha só! Olá, Bunny. Por acaso você é uma... tartaruga?

Cara dá uma risadinha, aninhando Bunny no peito e trocando o brinquedo de pelúcia pelo próprio rosto.

— Nãããããão.

— Uma girafa, talvez?

— Nãããããão.

— Um cachorrinho?

— Não, não, não!

— Caramba, estou envergonhada. Que tipo de animal tem esse nome?

— Um *coelhinho!* — Cara está se desmanchando num surto de risos, e eu não consigo evitar de rir junto. Ela vira para mim e aponta para a minha cama. — Senta, papai.

Sento com um suspiro, dividido entre o choque e a euforia pela capacidade de Emma mudar de assunto. Cinco minutos atrás, eu estava sussurrando detalhes bem safados do que eu queria fazer com ela, e, se a expressão em seu rosto era algum indício, ela estava gostando. E agora ela está encantando a minha filha.

Cara começa a ficar sonolenta rapidamente, mergulhando no meu colo pouco tempo depois, enroscada no Bunny. São quase duas da manhã.

— Vou colocar a Cara pra dormir de novo e espero que ela não tenha mais pesadelos. Mesmo horário amanhã?

— Mais cedo amanhã — ela promete. — Boa noite, Graham.

— Boa noite, Emma. Te vejo em breve. — Ela desliga, e a tela fica preta.

Ah, meu Deus. Minha vida ficou mais complicada do que eu imaginei que pudesse ficar. Eu não tinha ideia do que estava fazendo comigo mesmo quando decidi assumir a paternidade. Para lidar com isso, fiz alguns ajustes que achei que poderia administrar, como abrir mão de relacionamentos românticos sérios. No início, nada poderia ser mais fácil, porque eu ainda estava apaixonado por Zoe.

Mas, quando eu finalmente a superei, percebi que também tinha amadurecido. As garotas no campus me olhavam com uma curiosidade descarada e sinalizavam desejos simples, e minhas recusas em compartilhar alguma informação pessoal só aumentava o interesse delas. Eu não me importava se elas gostavam ou não da minha atitude de não manter laços firmes com alguém. Alguns passos adiante, e eu simplesmente me afastava. Nunca menti para ninguém. Nunca prometi nada. Nunca desejei nada mais sério com nenhuma garota.

Até Emma aparecer. A amizade entre nós era diferente de todos os relacionamentos que eu havia tido. Tão fácil, tão agradável, mas aquela atração física estava lá também, desde o primeiro instante em que a vi. Eu me recusei a acreditar que estava me apaixonando por uma garota de dezessete anos e lutei contra isso com todas as minhas forças. A primeira vez que a beijei revelou sentimentos tão irresistíveis que se transformaram em proteção. A decisão veio naturalmente: eu não encostaria nela — além do que já tínhamos feito — até ela se tornar adulta, até ela me pedir especificamente para fazer isso. Pela primeira vez desde Zoe, minha guarda estava baixa.

E foi exatamente por isso que aquela foto de Reid e Emma me destruiu.

Emma

O baile de formatura é um pesadelo. Não é exatamente *Carrie, a estranha*, mas também não é um *High School Musical 3*. Quando Marcus me ligou dizendo que ainda queria que eu o acompanhasse no baile de formatura, engoli afirmativas há muito usadas: *Não é você, sou eu. Ainda podemos ser amigos. Eu não queria te magoar.*

Apesar de eu não dizer nada disso, pedi desculpas pelo menos meia dúzia de vezes. Minha culpa aparente deve ter dado a ele o sinal verde mental para se transformar num completo babaca até o fim de semana seguinte.

A espiral descendente começou quando ele chegou para me pegar. Eu tinha falado para o meu pai e para Chloe que íamos como amigos, por isso eu não queria que eles fizessem um alvoroço. Naturalmente, Chloe ignorou esse pedido e ficou com a câmera carregada e preparada.

— Eu me lembro do *meu* baile de formatura — ela disse, sorrindo de um jeito sonhador para o nada enquanto eu pensava: *Ai, que droga, lá vamos nós.* — Eu estava uma princesa completa, até o sapatinho de cristal. — Ela levou a mão à boca como se fosse revelar um segredo. — Na verdade, os sapatos eram de acrílico e desconfortáveis como o diabo.

— Ah — falei, tentando parecer simpática.

Chloe nos cegou com vários flashes enquanto Marcus colocava um pequeno buquê no meu pulso na entrada de casa. Ela nos levou para dentro e nos fez posar diante da piscina que fez meu pai andar com os dentes cerrados, mudo e furioso, depois de receber a conta por todas as melhorias que ela havia autorizado.

Tirando fotos como se tivesse aspirações de ser uma fotógrafa de alta-costura, Chloe ignorava o muro gelado entre seus alvos.

— Marcus, coloca o braço ao redor da Emma. Assim, mas com as mãos se encontrando no meio. Ah! Isso! Assim mesmo!

Eu a deixei tirar algumas fotos antes de fugir do falso abraço.

— Está bem, acho que já chega de fotos. Sabe, acho que agora o Marcus quer ir ao baile de formatura, como parte dessa experiência... — Eu esperava que Marcus e eu trocássemos um olhar de cumplicidade em relação a Chloe — isso não era incomum entre nós — para podermos salvar um pouco a noite antes que ela fosse um desastre total. Mas ele ficou parado, com uma das mãos na calça do smoking, cutucando uma unha e parecendo entediado, e minha sensação de mau presságio cresceu rapidamente.

A escola de Marcus, uma preparatória de artes, é relativamente pequena, com uma modesta turma de formatura. A julgar pela reação que sua chegada provoca, ele claramente faz parte da turma dos populares. O evento é realizado no terraço da cobertura do Citizen Hotel — o arranha-céu mais antigo da cidade. Apesar de a vista ser apenas uma Sacramento muito familiar, é de tirar o fôlego dessa altura. A distância altera tudo.

Ele me apresenta ao seu grupo assim: "Essa é a Emma", e gira o pulso na minha direção, mas não apresenta nenhum deles para *mim*. Inacreditavelmente, ninguém se aproxima também. Não sei o nome de ninguém — exceto o daqueles que escutei em conversas próximas —, então não tenho nada a fazer além de ficar parada ao lado de Marcus, os acessórios do meu vestido e do seu smoking combinando com tanta perfeição que não restam dúvidas de que estamos aqui juntos. Presa ao lado de quem recebe olhares e sussurros numa multidão de pessoas em que não conheço uma única delas, além do meu acompanhante babaca, penso em chamar um táxi ou ligar para meu pai vir me buscar.

Não consigo afastar a convicção de que estou recebendo o que mereço por ter enganado o Marcus, por mais que Emily tenha sido convincente ao se opor a essa conclusão.

— O Marcus não é *seu dono* — disse ela, depois que contei o que aconteceu com Graham em Nova York e a discussão que se seguiu com Marcus. — Não vejo nenhuma aliança no seu dedo, não que você quisesse receber uma daquele babaca pretensioso.

— Achei que você gostava dele — falei.

— Shhhh — disse ela, me olhando enquanto fazia uma curva à direita. Estávamos a caminho da nossa podóloga, em nossa consulta anual antes do verão. — Eu o tolerava. O Derek e eu achávamos que ele não era pra você.

Soltei faíscas antes de responder:

— Você e o Derek discutiram...?

— *Claro* que sim. — Como sempre, ela não estava arrependida. — Esperávamos que isso acabasse antes de você ir parar em Nova York com ele grudado no seu pé. O Derek acha que ele só queria você por causa da sua ligação com o cinema e o teatro. Com o bônus do seu corpinho maravilhoso, é claro.

Quase cuspi o suco de frutas vermelhas no painel do carro dela.

— Meu Deus, Em. Me sinto uma vagabunda.

— É, bom, estou feliz porque não precisamos recorrer a fazer vocês dois terminarem. — Ela estacionou o Sentra e puxou o freio de mão.

— Quer dizer que você e o Derek teriam...

— Quantas vezes nessa conversa eu vou precisar dizer *claro que sim*? Mas não seria tão difícil. Felizmente, você não estava tão envolvida. Torce pra gente gostar desse tal de Graham.

Nivelei meu olhar com o dela.

— *Não*. O Graham está fora de questão. Não me importa se vocês dois o odiarem.

Ela sorriu e apertou o meu braço.

— *Agora* sim.

Quando volto à Terra, ainda estou no baile de formatura do Marcus, sendo explicitamente ignorada por todas as pessoas. E aí meu foco pousa no outro lado do enorme ambiente. Um dos fotógrafos parece mirar a câmera exclusivamente na minha direção. Penso, *serão paparazzi?*, antes de me dar uma sacudida mental, me sentindo uma boba.

Mesmo assim, dou uma olhada ao redor, procurando os outros fotógrafos que passeiam pela multidão, armando fotos de pequenos grupos que conversam e riem, registrando momentos espontâneos de professores e de casais que dançam. Volto os olhos para o primeiro fotógrafo e percebo duas coisas. Um: a câmera dele é mil vezes melhor do que a dos outros dois. E dois: ele continua mirando todas as fotos na minha direção.

Tenho uma sensação desconfortável em relação a isso.

* * *

Emily passou dez minutos me dando esporro pelas minhas recentes *decisões idiotas*: primeiro, tentar acalmar o Marcus indo ao seu baile de formatura e, segundo, quebrar minha própria regra sobre visitar sites de fofocas. Ela está certa, claro. Não posso fingir que não vi as fotos que tiraram de mim, alternando uma Emma infeliz e revoltada, ao lado de Marcus, sendo esnobada por todo mundo no baile. Não posso fingir que não li as histórias de que foi escolha minha me isolar, nem o bônus dos boatos de que estou traindo Reid Alexander.

Minha melhor amiga anda de um lado para o outro do meu quarto enquanto Derek e eu ficamos olhando em silêncio. Por fim, ela para e olha para a tela do notebook.

— Que bando de idiotas invejosos! — Emily nunca será acusada de ser evasiva.

— Os amigos do Marcus ou os sites de fofocas? — Não sei bem qual dos dois a deixa mais furiosa.

— *Todos eles.* — Ela está tão irritada que chega a rosnar.

— Calma, baby — diz Derek, pegando a sua mão quando ela passa por ele.

— Não vou me acalmar! — Ela para de repente e desliza para o colo dele. — Derek, me faz um favorzinho — pede, esfregando o nariz em seu cabelo curto e loiro, ao que ele fecha os olhos.

— Qualquer coisa.

— Por favor, dá uma surra no Marcus.

— Menos isso.

Ela se senta reta, cruza os braços e o encara, furiosa.

— Pra que diabos serve um namorado musculoso se ele não dá uma surra nas pessoas por você?

Ainda bem que a mensagem de Reid chega depois que eles foram embora.

> Você foi ao baile de formatura com outro cara? Estou magoado.

> Muito engraçadinho.

> Nossa atuação foi um sucesso. Já entraram em contato comigo para eu comentar.

> Merda.

> Ajudaria se a gente saísse pra jantar com cara de felizes.

> Acho que não é uma boa ideia.

> Claro que é. Uma saída feliz vai dar um fim nessas histórias.

> Você sabe que estou a 650 km de Los Angeles, né?

> Vou visitar um amigo em San Fran amanhã. Dirige até lá e fica para dormir. A gente vai pra algum lugar legal.

> Não vou te encontrar em San Francisco, Reid.

> Tudo bem, eu vou até você.

* * *

O Graham me apoia tanto quanto a Emily, mas de um jeito menos violento.

— Eu devia ter desistido do baile de formatura — suspiro na webcam, passando as mãos no rosto. — O Marcus não ia ficar feliz por mais que eu tentasse, e agora todo mundo acha que sou uma vaca metida que não se rebaixa pra falar com gente normal.

— Tenho certeza que ninguém acredita numa palavra disso. — Sua voz é tão aconchegante e tranquilizadora que eu quase acredito.

— As pessoas acreditam, sim! E quer saber o que é mais irritante? Antes eu era um *nada* pra maioria das pessoas da escola dele. O Marcus e eu encontramos seus colegas de turma várias vezes, e eu sempre me sentia exatamente como quando a Chloe vê o que estou vestindo e começa a debochar do meu estilo, ou da falta dele.

Ele sorri de um jeito reconfortante.

— Por falar nisso, eu gosto do seu estilo.

Eu mal o escuto.

— E os boatos de que estou traindo o *Reid* com o *Marcus*? Eu não estou *namorando* o Reid, mas o estúdio quer que todo mundo pense que estou... então, é claro que sou uma traidora se sair com outra pessoa. O que isso vai significar quando *você* estiver aqui? Vamos ter que nos esconder. Se formos pegos, vou parecer a maior vagabunda de Hollywood.

Ele ri e balança a cabeça.

— Emma, meu amor, você tem um caminho muito longo até conquistar *essa* coroa.

Dou um sorriso bobão para a tela.

— Você me chamou de meu amor.

Ele dá um sorriso forçado, com o queixo abaixado, encarando a tela através dos cílios.

— Tudo bem pra você?

— Ãhã. — Encaro seus belos olhos risonhos e desejo, pela centésima vez nos últimos dois dias, que ele estivesse na minha frente. — Tudo bem pra *você* se eu for jantar com o Reid?

Ele faz que sim com a cabeça e responde:

— Na medida do possível... — Isso me parece enigmático, mas não forço a barra. Não posso esperar que ele fique feliz.

7

Brooke

— É aqui que você vai começar a conquistar a confiança dela ou vai estragar tudo. — Obviamente, Reid não conquistou a *minha* confiança. Estou esperando que ele estrague tudo.

— Quem foi que morreu e te elegeu a dona da verdade? — Ele mal acaba a frase antes que eu tenha vontade de estrangulá-lo e deixá-lo mudo para sempre. Às vezes acho que Reid e eu queremos fazer picadinho um do outro. Esse desejo frequentemente transparece em todas as conversas que temos.

— Não estou brincando, Reid, se você encostar nela ou a pressionar antes que eu consiga fazer a minha parte, está tudo acabado e nós dois estamos ferrados.

— Ou não — ele retruca, com sarcasmo.

— Ha-Ha. — *Meu Deus*, já estou de saco cheio das merdas dele.

— Olha, eu não sou burro. — Reid faz uma pausa, e eu sei que ele está pensando que deixou isso suspenso. Eu adoraria retrucar do jeito que ele espera, mas é fácil *demais*. — A minha vida é um tédio só, e essa é a única coisa remotamente estimulante. Estou seguindo as suas ordens, porque você é a cúmplice mais bem-sucedida que conheço, além de eu conseguir *farejar* o quanto você quer o Graham.

Se isso não fosse verdade, eu acabaria com tudo agora mesmo. Mas Reid dá a entender que desejar o Graham é sórdido. Não é. Eu simplesmente estou preparada para ter algo mais sério e mais significativo do que tive com todos os garotos e homens desconhecidos com quem andei nos últimos anos. Nenhum deles valia metade do Graham, e estou disposta a ser o que ele quiser para consegui-lo. O que há de tão errado nisso?

Eu sempre fui péssima para julgar o caráter de alguém. Graham foi a única exceção a isso, apesar de a existência da nossa amizade se dever totalmente a ele. Quando o conheci, eu estava mal porque Reid tinha partido meu coração e eu só queria transar com alguém. Eu quicava nos caras como a bola prateada brilhante da máquina de pinball antiga do meu pai — *ding-ding-ding*. Acho que Graham percebeu isso em mim. Ele foi um dos poucos que me rejeitou, mas não fugiu quando minha humilhação de ser recusada me fez entrar no modo de übervaca. Ele ficou por perto e se tornou um dos meus melhores amigos. Uma coisa que eu não merecia e que sempre esperei que virasse algo mais.

Graham tem uma energia calma e tranquila, e é claro que fiquei atraída por um temperamento tão completamente oposto ao meu. Achei que equilibraríamos tudo, como uma gangorra do relacionamento. Quando fomos escolhidos para o elenco de *Orgulho estudantil*, tive certeza de que minha chance havia chegado. Quartos próximos durante três meses, e minha real necessidade de proteção emocional contra Reid que só Graham podia oferecer.

E aí ele conheceu a Emma.

No início, achei que ela ia deixá-lo pelo Reid. Obviamente ela não era imune a ele, e ele se concentrou exclusivamente nela. Eu me lembro superbem como me senti em relação a *isso*. Quando Reid e eu nos conhecemos, ele me lançou aqueles olhos azuis — azuis-*bebê*, porque, que merda, ele tinha o quê, uns catorze anos na época? — que foram a minha perdição. Quinze anos de idade e eu tinha certeza de ter encontrado minha alma gêmea, o cara com quem eu queria passar o resto dos meus dias. Meu Deus, como fui idiota, como fui ingênua!

Mas, diferentemente de mim, Emma percebeu quem ele era. Tenho que reconhecer as qualidades da garota, porque ela resistiu por tempo suficiente para testemunhá-lo fazendo o que ele faz e, em seguida, lhe deu um chute na bunda. Teria sido uma alegria digna de comemoração, se não fosse Graham. Eu nunca o tinha visto tão loucamente encantado por alguém. Todas as vezes que a gente saía, eu fazia planos cuidadosos para seduzi-lo, mas ele só queria falar da Emma, quando ele *falava* em vez de ficar sofrendo calado por causa dela — e ele estava mais propenso a isso. Nem sei se ele percebeu minhas tentativas de sedução. Agora, estou feliz por ele não ter percebido.

Porque, desta vez, essas tentativas vão funcionar.

Reid

Escolher um restaurante numa cidade que você nunca visitou é difícil. Já que Emma mora em Sacramento, pedi para ela escolher qualquer coisa que gostasse. Este aqui vai funcionar, apesar de não servir para meu objetivo calculado de sermos vistos juntos *dentro* do restaurante. As janelas têm cortinas, provavelmente frustrando as aconchegantes fotos de paparazzi que Brooke e eu estávamos prevendo. Mas, para uma efetiva intimidade, é ideal — mesa de canto, velas cintilando, decoração quase de bom gosto (perdendo pontos pelo teto com proteção acústica e os painéis de madeira provavelmente artificial numa parede mais distante).

— E aí, qual é o lance com esse tal de Marcus? Ele parece um babaca. Quando você *me* deu um fora, achei que você estava tentando ficar longe desse tipo. — Sorrio, esbarrando de leve no braço de Emma, e ela revira os olhos.

— É, bom, parece que isso é mais difícil de evitar do que eu pensava. — Ela retribui meu sorriso, mas puxa o braço para longe do meu, devagar, estabelecendo uma distância sutil entre nós.

Eu me recosto, fingindo não perceber seu recuo enquanto ela analisa o cardápio. O garçom, que se apresentou como Chad, está tão desconfortável que não para quieto. Além disso, ele pontua quase todas as frases com *hehe* ou *sr. Alexander*. Depois de anotar nosso pedido de bebidas, ele se apressa até os fundos pelas portas duplas, onde outros garçons estão reunidos. Todos eles lançaram olhares não-tão-discretos em nossa direção desde que entramos. Típico.

Um fato divertido sobre celebridades: se alguém te pedir a identidade, não tem como mostrar uma identidade falsa. Eles já sabem seu nome de verdade. Tudo que precisam fazer é entrar no IMDb ou na Wikipédia para saber sua *data de nascimento exata*. Raramente me pedem identidade, especialmente em Los Angeles ou Nova York ou, na verdade, em qualquer lugar onde estamos filmando. A maioria dos restaurantes, bares e boates ficam tão loucos quando recebem celebridades que simplesmente não dão a mínima. Aparentemente, este lugar, que se diz "elegante" para Sacramento, dá importância a isso, sim. Mas não consigo evitar minha reação quando Chad, o garçom, volta alguns minutos depois, todo envergonhado e solicitando minha identidade por causa da garrafa de vinho que eu pedi.

— Cara, isso é sério? — pergunto, e seu rosto fica vermelho.

— Meu gerente, hehe. — Ele inclina sutilmente a cabeça em direção aos fundos do restaurante. — Sinto *muito* mesmo, sr. Alexander.

— Tudo bem — diz Emma, dando-lhe um sorriso tranquilizador. — Vou beber água então. — A respiração escapa do pobre garçom num assobio, e ele olha de novo para mim.

Dou de ombros.

— É, eu também. — Chad sai apressado, e eu balanço a cabeça. — Acho que não estou mais em Los Angeles, Totó.

Emma ri.

— Definitivamente não.

— Ouvi um boato de que você esteve em Nova York recentemente, visitando faculdades. Já escolheu alguma? — Estou curioso para saber se ela vai perguntar de onde veio o boato. O que ela pensaria se soubesse que o caminho foi Graham-para-Brooke-para-mim?

Ela não morde a isca. Ou não percebeu, ou é esperta demais para mordê-la.

— Estou pensando na NYU.

— Tisch, a escola de artes. — Faço um sinal de positivo com a cabeça. — Legal.

— Você conhece?

Dou uma risada.

— Não precisa parecer tão surpresa. Eu estava até aqui de trabalho quando cheguei perto de terminar o ensino médio. Ir para a faculdade nunca esteve nos meus planos. Mas isso não significa que eu não conheça todos os principais programas de teatro. Você sabe, só pra garantir.

Ela inclina a cabeça.

— Pra garantir o quê?

Isso aí, Emma. Siga as migalhas.

— No caso de eu decidir, em algum momento, dar um rumo mais sério para a minha carreira.

Uma ruga aparece na testa dela, e meu dedo coça para alisá-la.

— Mas achei que você tinha dito alguma coisa sobre o caminho da *loucura da fama* e da *tonelada de dinheiro*.

Uau. Ela se lembra do que eu disse meses atrás. De repente, me recordo por que a achei tão especial. Ela é extremamente focada, de um jeito que poucas pessoas nesse meio são. Inclusive eu. Sorrio.

— Talvez a aprovação dos críticos seja mais importante pra mim do que deixo transparecer. — Mentira total, é claro.

— Hum — ela murmura e, por algum motivo, fica vermelha.

8

Graham

Mando uma mensagem para Emma:

> Pousando agora. Eu poderia ligar, mas estou com medo da comissária de bordo.

> Hahaha. Por quê?

> Ela tem bigode. E costeletas. E uma raiva eterna.

> Cuidado...

> Estou arriscando a vida para enviar esta mensagem e dizer que estou a apenas algumas centenas de quilômetros de você.

> Queria estar aí agora.

> Quero tanto te ver que até dói.

No instante em que pressiono enviar, penso duas vezes — tarde demais — na última mensagem. Porque isso me faz parecer desesperado. Faz muito tempo desde que me senti assim. Não. Eu *nunca* me senti assim. Eu estava muito apaixonado pela Zoe, mas não a ponto de reservar espaço para ela em toda parte. Em questão de tão pouco tempo — menos de duas semanas? —, Emma deixou de ser a garota que partiu e passou a ser a que vejo em todos os segundos do meu futuro. Estou começando a entrar em pânico e a repensar tudo isso quando meu celular dá o aviso de mensagem.

> Eu também.

E, num piscar de olhos, alívio. Um alívio de relaxar os músculos, soltar a respiração e acalmar a mente. Rindo sozinho, encaro Los Angeles enquanto taxiamos até o terminal. Eu tinha dezesseis anos na última vez em que me senti tão abalado pelos meus próprios desejos. Estou sem prática.

Não vou ver a Emma até amanhã, quando ela fizer check-in no hotel em Los Angeles, e já estou ansiando por vê-la do mesmo jeito que eu costumava ansiar por ter um cigarro entre os dedos, entre os lábios, inspirando, expirando, a nicotina inundando meu corpo e deixando o mundo todo perfeito em trinta segundos.

Definitivamente eu não devia dizer a Emma que pensar nela me faz desejar um cigarro, pela primeira vez em meses, para me acalmar. Não sei nem se isso funcionaria.

> Cuidado, porque te ver não vai ser suficiente.

> Pode me considerar avisada e pronta, *tô vermelha*

* * *

Minha próxima mensagem é para Cassie, para avisar que já pousei e perguntar como está a Cara. A maioria das vezes ela fica bem quando a deixo na casa da tia, mas às vezes não. Minha irmã conta que, no momento, Cara está dançando na frente do balanço movido a bateria de Caleb e comendo cereais numa xícara.

Minha família me apoiou desde o primeiro dia no que diz respeito a Cara, sendo que o *primeiro dia* foi o dia em que a levei para casa. Antes disso, eles estavam divididos — minha mãe e Brynn de um lado e meu pai e Cassie do outro. Minha mãe e Brynn não eram a favor de eu assumir a custódia da Cara. Fizemos uma reunião de família para tomar a decisão e, apesar de minhas duas irmãs estarem na faculdade e não morarem mais em casa, ambas tiveram poder de voto. Minha mãe ficou calada, mas Brynn ficou furiosa.

— *Por que* você faria isso com você mesmo? — Ela socou a mesa de pinho da cozinha onde estávamos; eu estava na ponta, como o acusado. — Ela te falou que não vai ficar com o bebê de jeito nenhum, graças a *Deus*, então você não vai ficar preso a dezoito anos de pensão alimentícia. Deixa ela cuidar disso do jeito que achar melhor e vá viver a sua vida! Você tem *dezesseis* anos, porra!

Ninguém disse nada. Acho que meu pai e Cassie não discordavam dela. Eles só achavam que eu deveria poder escolher, e foi isso que eu fiz.

Encarei minhas mãos, estendidas sobre a mesa. Ainda não eram tão grandes quanto as do meu pai. Não eram as mãos de um homem. Eram de um menino. Naquele instante, percebi que eu podia aproveitar minha adolescência e fugir disso com o apoio total da minha família.

Minha voz estava baixa, porém firme.

— O bebê é *meu*. Não posso deixar que ela simplesmente o entregue...

— Graham, querido, entendemos o seu senso de responsabilidade. — O tom conciliador da minha mãe me irritou ainda mais do que a raiva da Brynn. — Mas a Zoe é responsável por não se proteger também...

— A gente não sabia que o antibiótico anulava o efeito da pílula.

— E você não usou *camisinha?* — gritou Brynn. — Que diabos você estava pensando?

Meu rosto pegou fogo. Eu estava sentado na cozinha enquanto minha família toda discutia minha vida sexual e me encarava como se eu fosse o maior idiota do planeta. Sem sombra de dúvida, foi o momento mais constrangedor da minha vida.

Meu pai pigarreou, e todo mundo esperou sua análise para desempatar. Meu pai é um homem de poucas palavras — um traço que herdei. Seus olhos encontraram os da minha mãe, os de Cassie e os de Brynn, uma por uma.

— Acho que o Graham já tomou a decisão dele e, se a Zoe concordar, vamos ter mais um membro na família e nos adaptar a isso. — Ele se virou para mim. — Graham, quero que você me dê sua palavra de que vai lidar com essa situação como um homem. Nada de fugir quando ficar difícil. Nada de mudar de ideia depois.

Fiz que sim com a cabeça.

— Eu sei, pai.

Ele retribuiu o movimento, como se eu estivesse à sua altura, e eu me empertiguei.

— Fala com a Zoe e nos mantenha informados. Vai dar tudo certo. — Ele ofereceu um meio-sorriso para a minha mãe, que estava sentada impassível na frente dele. — Afinal, *vocês* três também não foram... digamos... cem por cento planejados. — Minha mãe sorriu de volta para ele, e esse foi o fim da reunião de família.

Zoe estava convencida de que ia ser "exatamente igual a *Juno*". Contamos nossa decisão aos pais dela e, como eles sempre deram tudo que a Zoe queria desde o dia em que nasceu, foi bem fácil fazê-los concordarem com tudo. Nos meses seguintes, houve momentos em que ela ficou irritada e me culpou por tê-la convencido a ter o bebê. Como nas semanas em que ela passava parte do segundo tempo de aula no banheiro, vomitando, todos os dias. Ou quando ela ganhou uma nova estria. Ou quando ela percebeu que tinha engordado dezoito quilos e o bebê não pesaria mais do que quatro.

Não estávamos juntos-juntos, mas Ross Stewart não estava mais por perto (o que, de alguma forma, deixava Zoe confusa), e eu estava convencido de que a parte de *dar tudo certo* incluiria voltarmos a namorar. Mas isso não aconteceu, claro.

Depois que a Cara nasceu, Zoe a entregou, assinou os papéis abrindo mão dos direitos de maternidade e foi passar um mês no sul da França com os pais. Quando voltou para Nova York, passou várias semanas em Hamptons antes de se mudar para fazer faculdade na Flórida. Ela nunca nos ligou nem nos visitou. Era como se Cara nunca tivesse existido. E eu também.

Emma

Assim que termino de puxar minha mala e atravessar a porta do quarto, aperto o botão de discagem rápida e ligo para Graham para dizer o número do quarto. Enquanto espero por ele, ando de um lado para o outro da suíte, da porta até a janela, da janela até a porta, com o estômago embrulhado e o rosto vermelho como se estivesse com febre.

Conforme ele previra, mandamos mensagens e conversamos pelo Skype nos últimos dez dias. Sei muito mais sobre ele do que sabia um mês atrás. Eu não o conhecia nem um pouco no último outono. Só sabia que me sentia confortável na sua presença, como se ele sempre tivesse sido parte da minha vida, parte de mim. Talvez seja parecido com perder a memória — só permanecem impressões enevoadas, sem nenhum sinal factual para apoiá-las.

Ouço uma batida à porta, e meu coração para e desaba até os joelhos, voltando a bater violentamente conforme sigo até a porta e a puxo. Por uma fração de segundo, ficamos parados ali, absorvendo um ao outro, antes de eu dar um passo para trás e ele me seguir como se houvesse uma corda amarrada no peito. A porta se fecha depois que ele entra.

Meu cérebro criara imagens mentais dele várias vezes, e agora todos esses detalhes estão mais aguçados. Seu cabelo escuro está bagunçado e caindo sobre a testa. Seus olhos são de um caramelo profundo na luz de fim da tarde que invade o ambiente, mas ficam pretos sob a luz fraca. Uma leve barba por fazer no queixo e no maxilar. A boca está tensa. Se eu não o conhecesse bem, acharia que ele estava com raiva, mas sei que não está. Suas narinas se expandem um pouco, e dou mais um passo para trás.

— Tudo bem... se eu trancar a porta? — Sua voz está muito baixa, e eu a reconheço como a voz que ele usa quando conversamos tarde da noite.

Faço que sim com a cabeça, e ele vira para girar o ferrolho e fechar a tranca interna. A manga da camiseta preta recua e expõe os músculos firmes e definidos da parte superior do braço. Minha boca fica seca com um desejo tão forte que faz minha respiração parar. Quando ele vem na minha direção, fico imóvel, dividida entre ir em direção a ele e dar mais um passo para trás.

Seus braços deslizam ao meu redor enquanto ele se inclina e esconde o rosto no meu pescoço.

— Senti saudade de você. — Sua voz sussurra em minha clavícula e se expande até o meu ombro.

— Também senti saudade de você — digo num sussurro, como fumaça.

Ele se afasta, com os braços ainda entrelaçados na altura da minha lombar, e sorri.

— Senti mais saudade. — Eu me lembro dessa promessa dele enquanto se afastava de mim no último outono no aeroporto, depois de nos despedirmos e eu dizer que sentiria saudade dele. *Vou sentir mais saudade de você*, ele dissera.

Eu lhe dou um falso olhar sério e disparo meus olhos até os dele.

— Não acredito. Acho que você tem que provar uma declaração como essa.

Um canto de sua boca se curva enquanto ele me encara, aquela expressão tão familiar e linda que dificulta minha respiração.

— Ah, é? — ele pergunta, com uma das sobrancelhas arqueada.

Minhas mãos sobem devagar pelos seus braços, ainda tensos e apertados à minha volta. Ele não afrouxa o músculo. Agarro suas mangas dos dois lados e me deleito com a sensação de seus ombros, largos, rígidos, tão diferentes dos meus que me sinto pequena e frágil.

Graham me puxa mais para perto e me deixa na ponta dos pés enquanto sua boca desce para encontrar a minha. A sensação dos seus lábios, insistentes e impiedosos, me surpreende por uma fração de segundo, depois acompanho seus movimentos, abrindo a boca, com um gemido reprimido na garganta quando nossas línguas se encontram. Minhas mãos deslizam até seu cabelo, as mechas escuras como tinta se espalhando entre meus dedos enquanto o puxo mais para perto.

— Emma — ele sussurra e me abraça, os dedos acariciando a pele da minha cintura enquanto a outra mão apoia minha cabeça, correndo pelos cabelos na minha nuca. Seu toque fica mais suave nesse momento, os beijos transcorrem em câmera lenta e me conduzem como uma corrente sutil, sem pressa.

Sem perceber que me mexi, sinto o colchão pressionando minhas coxas, e ele separa a boca da minha por tempo suficiente para me erguer e me colocar no centro da cama.

— Eu só quero te beijar — ele murmura, os lábios traçando um caminho do meu queixo até a orelha, antes de ele rolar de costas e me puxar para cima dele. Meu joelho está entre os dele, ancorando-o à cama, enquanto suas mãos percorrem minhas costas e meus ombros, antes de envolverem meu rosto e me puxarem para um beijo demorado e lânguido.

Eu seguro seus pulsos e os prendo ao colchão, meu cabelo caindo sobre o ombro e roçando na lateral de seu maxilar.

— Isso é tudo que você quer? Tem certeza? — pergunto, ousada como nunca fui. Porque estamos falando de Graham, e ele é real e está aqui me tocando. Não é um rosto na tela, a milhares de quilômetros de distância.

Ele dá uma risadinha, fechando os olhos enquanto vira a cabeça e passa o nariz em meu antebraço, deixando beijos suaves no meu pulso, roçando minha pele com os dentes e provocando uma erupção de arrepios que sobem pelo meu braço. Seus olhos se abrem e ele me encara, totalmente incendiado.

— Não. Eu quero tudo de você, com você. — Ele vira as mãos até prender meus pulsos, me curvando até eu ficar de novo embaixo dele. — Mas agora vou ficar só te beijando, até você me mandar parar.

Se ele está esperando uma objeção, não vai ouvir. Passo a língua nos lábios, um sinal de *me beija, por favor*. E ele obedece.

9

Brooke

Passo a tela até chegar a Reid nos contatos e pressiono *falar*. Bem quando acho que vai cair na caixa postal, ele diz:
— Eu.
— Hora de aumentar a interferência — digo. — O voo dele pousou há algumas horas, mas ele não está atendendo o celular.
Há uma pausa. Reid nunca olha para o celular antes de atender e, obviamente, ainda não se reacostumou com a minha voz. Uma hostilidade um tanto irracional borbulha até a superfície, mas eu devia me sentir privilegiada — suas vagabundas nem conseguem o número de seu celular. Ele aprendeu *isso* do jeito difícil, tenho certeza. Não que eu possa falar alguma coisa. Tive que mudar meu número meia dúzia de vezes antes de finalmente entender que caras gostosos podem ficar tão malucos quanto qualquer garota.
— Brooke?
Eu bufo.
— Pelo amor de Deus, Reid, quem você *acha* que é? E você ainda não me colocou na sua lista de contatos?

— Ãhã... Só que diz *Satã*, e eu esqueci que tinha dado esse título pra você.

Eu adoraria esganar cada pedacinho dele.

— Muito engraçadinho. Você é hilário. Podemos passar da fase juvenil de dar apelidos?

— Claro. Mas é sério: você devia considerar isso um elogio ao seu nível de maldade.

— *Então*. Acho que a gente devia se hospedar no hotel. Recriar a atmosfera do último outono em Austin.

Ele dá uma risada arrogante.

— Sim, porque *isso* funcionou muito bem pra nós dois.

Verdade, babaca. Mas a questão não é essa.

— Nós não estávamos trabalhando *juntos* naquela época... *alô-ô*.

Ele suspira no telefone.

— Eu arriscaria dizer que, pelo menos da sua parte, estávamos fazendo o oposto de trabalhar juntos. Acho até que um de nós estava bastante interessado em *sabotar* o outro.

Eu sabia que ele guardava rancor, justificado ou não, mas que inferno.

— Tudo bem, *tudo bem*, eu ajudei a estragar tudo para o seu lado. Mas eu não poderia fazer isso se você não tivesse estragado a maior parte sozinho. Você poderia ter salvado a situação.

— Isso é você que está dizendo.

Aperto o celular com mais força, atenta aos meus planos de me reaproximar de Reid. Se ele não seguir a trama, pode ser impossível. A quem estou enganando? *Vai* ser impossível.

— Reid, se não acreditar em mim nisso, você não vai confiar no que eu te digo pra trazer a Emma de volta, e é melhor desistir agora mesmo. E, nesse caso, vou ser obrigada a te matar.

— Cruel.

— É, pois é. — Não escuto nenhum barulho do lado de lá, o que me parece estranho. — Onde você está?

— Dirigindo. Vou pegar uns caras, passar numas boates...

— Pegar umas garotas, você quer dizer.

Ele solta uma risada.

— Ei, acho que hoje é minha despedida de solteiro. Você me disse que tenho que ser bonzinho enquanto estiver atraindo a Emma pra minha toca, certo? Esta pode ser a minha última chance de transar durante um tempo.

— Quanta classe. — Devolvo o comentário que ele fez sobre mim.

— Bom, você perguntou. E aí? Você acha que devemos nos hospedar no hotel onde todo mundo está, apesar de morarmos em Los Angeles. A proximidade com as vítimas faz sentido, eu acho.

Vítimas?

— Que merda, Reid. E você falando em crueldade. Eu não quero só trepar com o Graham, sabia?

— Acho que eu *não* sei. Especialmente se pensar no seu modo de agir.

Durante meio segundo, penso em jogar meu celular na parede.

— *Escuta*, chega de baixaria. Não sou mais vagabunda do que você, então *larga do meu pé*. — Droga, lá está meu sotaque fanho idiota de novo. Posso ser uma cadela fria o dia todo e parecer uma perfeita nativa de Los Angeles, mas, se eu ficar *realmente* irritada, meu lado texano vem à tona, o que me irrita ainda mais. Se ele falar nisso, juro por Deus...

— Tá bom, tá bom. Eu paro. E, Brooke? — Sua voz fica rouca, e o som me atinge direto no plexo solar. — Esse sotaque ainda me deixa *doido*, que maldição.

Respiro fundo e deixo passar. Não vou fazer esse joguinho com ele.

— Aproveita sua última noite de liberdade, haha. Vou fazer reservas pra nós dois no hotel. Vamos falar que o estúdio quer que a gente fique junto com todo mundo. Ninguém vai questionar isso. Me manda uma mensagem assim que você chegar lá amanhã de manhã, e a gente pensa no plano. Você sabe o que é de manhã, né? Aquele período iluminado entre as oito e o meio-dia, quando você normalmente está dormindo pra acabar com a ressaca?

— Estou te cumprimentando, só pra você saber.

Imagino claramente o gesto que ele está fazendo.

— Pode guardar o dedo do meio, babaca, antes que alguém pense que você está xingando e te jogue pra fora da estrada. Preciso de você.

— Sem comentários.

— Nem precisa.

Graham

Faz muito tempo que não me sinto tão feliz. Não é que eu não queira mais nada. Porque, meu *Deus*, eu quero. Mas não estou desesperado para abrir mão da necessidade de abraçar a Emma, de sentir seu coração batendo contra o meu, de não querer nada além da fusão intensa da nossa boca e da carícia de nossos dedos um no outro.

Ficamos deitados entrelaçados no meio da cama, esgotados pelas horas de beijos que incendiaram todas as emoções que eu já senti por essa garota. Sei que ela sabe que me controlei fisicamente algumas vezes — uma pequena ruga aparece na testa dela ou ela também recua um pouco. Espero que ela saiba que não tem necessidade de se preocupar. Por mais que eu a deseje, estou me apaixonando por ela há meses, e dormir com alguém por quem estamos apaixonados leva tudo a um nível mais complexo. Não posso entrar nessa sozinho. Preciso saber se ela vai entrar comigo.

Como se sentisse meus pensamentos, ela vira o rosto, que estava apoiado no meu ombro, e encara meus olhos, em silêncio. Meus dedos continuam acariciando seu braço, até o ombro, descendo pelas costas, e eu analiso descaradamente as singularidades de seus olhos cinza-esverdeados, curtindo o jeito desprotegido como ela permite que eu a avalie. Minha cabeça diz que é cedo demais para dizer a ela tudo que meu coração quer que eu revele. A última coisa que eu quero é deixá-la com medo e afastá-la. Vou levar o tempo que ela precisar, ser mais paciente do que nunca, se isso significar que ela vai ser minha no final. Não tenho medo dos meus próprios sentimentos. Só tenho medo de julgar mal os dela.

As palavras ficam na ponta da língua, sem serem ditas. Só esperando. Meus dedos passearam por suas costas, subindo e descendo por cada minúsculo arco de vértebra, até chegar ao pescoço. Eu me ajeito e me inclino por sobre ela, beijando-a delicadamente. Meus lábios estão doloridos, e sei que os dela também devem estar, apesar de eu ter tentado me controlar. Sorrio agora, sabendo que o controle que tentei impor não durou muito. Eu praticamente a devorei nas últimas duas horas. Na mesinha de cabeceira, nossos celulares apitaram e zumbiram algumas vezes, mas nenhum de nós fez um movimento na direção deles.

— Por que você está sorrindo? — ela pergunta, com a voz entre o tom normal e um sussurro, com um sorriso hesitante na boca muito vermelha.

— Eu estava pensando como meus lábios estão doloridos e me perguntando se os seus também estão.

Ela faz que sim com a cabeça, o sorriso se ampliando.

— Acho que não consigo senti-los.

— Você consegue sentir isso? — pergunto, me aproximando para passar a língua sobre seu lábio inferior inchado, mergulhando dentro da sua boca quando ela a abre com um suspiro.

— Ãhã — ela responde, levando a mão ao meu rosto e me segurando levemente, refletindo meu esforço. Quando sua pequena língua desliza para dentro da minha boca, solto um gemido que parece mais um rosnado e, em seguida, penso em estatísticas de beisebol e diagramo frases na cabeça. (E eu, que tinha tanta certeza de que estruturas avançadas do inglês moderno no semestre passado nunca teria um uso prático.)

— Talvez — minha voz falha, e eu pigarreio. — Talvez a gente devesse jantar... ou fazer alguma coisa.

Ela pisca, e eu fico feliz de ver que ela está tão envolvida quanto eu.

— Serviço de quarto e um filme? — Ela aponta para a televisão, lendo a minha mente.

— Parece perfeito. Não quero sair deste quarto. Bom, não enquanto não tiver que sair. Humm...

— Você quer... dormir aqui? — Seus olhos se abaixam, observando a mão que ela pousa em meu peito. Minha pulsação dispara com suas palavras, e ela deve sentir isso na palma da mão. — Só temos uns dois dias, e provavelmente vou cair no sono se ficarmos acordados até tarde...

Ela não menciona o maior impedimento: o fato de que, graças à artimanha que ela e Reid estão interpretando, nós dois não podemos ser expansivos em público. O quarto dela, e o meu, são como ilhas particulares, os únicos locais onde podemos ficar seguros para nos tocar despreocupadamente.

— E você me quer aqui quando acordar? — Ela assente, e eu a beijo com cuidado. — Eu adoraria passar a noite aqui com você, Emma. — Levanto seu queixo e olho em seus olhos. — E não estou pensando nisso como um convite para nada além de dormir ao seu lado.

* * *

Depois do jantar, vou até meu quarto pegar uma escova de dentes e roupas limpas para vestir no dia seguinte. A caminho, verifico as mensagens no celular. Nenhuma ligação de casa, mas uma ligação perdida e uma mensagem de Brooke. Basicamente, coisas do tipo *Oi, baby, já chegou?* Respondo que já estou no hotel e que vou dormir cedo. Uso a diferença de três horas de fuso horário como desculpa para minha exaustão.

Cumprindo o que previu, Emma apagou antes do fim do segundo filme. Aninhada ao meu lado, ela dorme de bruços, com um travesseiro achatado sob o rosto e o peito, um dos joelhos em cima da minha coxa e o outro espalhado pela cama. Sorrio e balanço a cabeça pelo fato de uma pessoa tão pequena conseguir ocupar tanto espaço de uma cama queen size. Com o rosto virado para mim, os cílios contrastam com a pele cremosa. Os lábios estão ligeiramente afastados e realmente parecem um pouco inchados.

A ideia me faz pensar em orações substantivas (os lábios de Emma), orações verbais (estão inchados) e locuções prepositivas (de horas de beijos). E isso não me ajuda em nada. Quando um rosnado escapa da minha boca, Emma geme baixinho em resposta, se mexendo sem acordar, com o braço cobrindo meu abdome. Ai, cara. Eu *nunca* vou conseguir dormir. Mesmo assim, eu não trocaria a sensação de ficar abraçado a ela desse jeito por nada.

É meia-noite em Los Angeles — três da manhã em Nova York —, e encaro padrões de redemoinho no teto, tentando me concentrar em qualquer coisa, menos na minha camiseta, presa no punho de Emma. Alguns minutos depois, talvez meia hora, ela espreguiça, puxando minha camiseta para o lado ao mesmo tempo. Quando olho, está meio acordada. Ainda sonolenta, ela pisca preguiçosamente.

— Oi — ela sussurra.

— Oi — sussurro de volta. Meu braço dormiu embaixo da cabeça dela, então fico feliz quando ela se mexe para pousar o rosto em meu peito. — Está verificando os batimentos cardíacos? — pergunto, esticando os braços, voltando um deles para puxá-la mais para perto e colocando o outro sob a cabeça para vê-la melhor. Seus olhos vão até meu bíceps, e eu me sinto um garoto idiota, querendo flexioná-lo para impressionar. Ela se apoia nos antebraços, com o queixo nas mãos, e me encara.

— Não acredito como estou me sentindo confortável — ela diz, um pouco aturdida com a confissão. — Como é que você faz isso?

Ergo uma sobrancelha, igualmente confuso.

— Como é que eu faço o quê?

Ela solta um suspiro, seus dedos arranhando a parte inferior do meu maxilar.

— Me faz sentir como... como se eu pudesse confiar em você pra tudo. Não me sinto assim há muito tempo, com ninguém. Fico sempre com medo de ser abandonada. E sempre me retraio.

Dou de ombros.

— Você é cautelosa. Talvez... perder a sua mãe tenha te deixado assim.

Com os dedos ainda no meu queixo, ela fica em silêncio por um instante antes de dizer:

— Talvez.

— Obrigado por confiar em mim, Emma. Vou fazer por merecer. Eu juro. — Aos meus ouvidos, essa me parece uma promessa solene demais, mas, de algum jeito, parece necessária no momento. Ela só responde com outro suspiro.

Eu a acaricio e espalho seus cabelos sobre o meu peito, a ponta dos dedos traçando os contornos do seu rosto, as mãos massageando seus ombros e se dobrando sobre ela como um lençol. Não tenho nenhum problema para dormir desta vez, com ela presa em meus braços.

10

Reid

Maldita Brooke e seus comentários sobre ressaca. Eu diria que ela me conhece bem, mas não sou diferente de outros caras entre dezoito e vinte e cinco anos em Los Angeles, especialmente no subconjunto das celebridades. Suspeito que ela seja igual, e que só está sendo controladora comigo.

Suas ordens, enviadas por mensagem ontem à noite:

> Chegue no hotel às 10. Os carros vão pegar todo mundo às 11h30. Esteja lindo. Não paquere. Seja simpático e doce. Faça ela pensar que você esqueceu a rejeição.

Rejeição. Belo jeito de enfiar o dedo na ferida, Brooke... até parece que ela não sabe que está fazendo isso. Droga, ela é boa nessas coisas.

Faço check-in no hotel às onze e quinze, sem me preocupar em responder às suas mensagens e ligações a manhã toda. Ela tem que entender uma coisa: vou seguir suas ordens até certo ponto, mas só até certo ponto. Não confio nela o suficiente para obedecer cegamente a tudo o que diz, e não sou burro o bastante para ignorar o fato de que ela vai atingir seu objetivo primeiro. Para que Emma caia nos meus braços, Graham tem que cair nos de Brooke. E não tenho ilusões quanto ao nível de ajuda que Brooke vai me dar depois que conseguir o que quer. Aí vou estar por conta própria.

Depois de entrar na minha suíte, envio uma mensagem para ela:

> Cheguei.

O saguão é um grande *déjà-vu* de Austin e, quando saio do elevador, paro para observar a interação dos meus ex-colegas de elenco antes de me juntar a eles. Tadd é o primeiro a me ver.

— Reid, você *tem* que ir a Chicago pra sair comigo. — Ele se aproxima e trocamos um abraço violento. — Minha casa nova é sensacional: uma cobertura que fica em frente ao rio. A Oprah mora na mesma rua.

— Tenho certeza que, em breve, vocês vão pintar as unhas um do outro, cara — dou uma risada.

— E aí? — Ele tira o cabelo loiro e liso dos olhos azul-claros, que disparam até Emma e voltam.

— Ainda não, cara. Mas eu chego lá.

Agora as duas sobrancelhas se erguem.

— Interessante.

Meus olhos passeiam por Emma. Ela está a uns trinta centímetros de Graham. Nada que revele claramente alguma coisa entre eles, mas um observador atento diria que o modo como parecem evitar o toque ou o contato visual um do outro é escancarado.

— O estúdio quer que a gente mantenha uma coisa ilusória até o lançamento do filme. Quero menos *ilusória* e mais *coisa*.

— Hum — ele murmura. — Um alerta, então. — Ficamos parados lado a lado, observando todo mundo. — Tem uma pequena, sei lá... química? Entre ela e o Graham.

Não preciso mentir para o Tadd, ele me protegeu inúmeras vezes. Ele gosta da Emma, mas tenho certeza de que ficaria do meu lado se fosse necessário.

— É, já me avisaram.

Ele força um sorriso através da franja que cai de volta sobre um dos olhos; um olhar que provavelmente permite que ele consiga qualquer cara que quiser, no instante em que quiser.

— Quem avisou? — ele pergunta, e eu olho na direção de Brooke. Ela está me esnobando de propósito, ainda irritada por eu ter ignorado suas ordens por mensagem, tenho certeza. — *Sério?* — Os olhos de Tadd se arregalam. — *Mais* interessante ainda.

Emma

Ficar sem encostar em Graham é mais difícil do que eu imaginava. Sou puxada na direção dele, como se houvesse um tipo de atração gravitacional nos unindo. Quero ficar colada nele. Quero que ele me abrace como fez na noite passada enquanto dormíamos. Quero deslizar minhas mãos por seu corpo como fiz uma hora atrás no meu quarto, levantando sua camisa e contando os músculos abdominais em voz alta enquanto ele ria, envergonhado e orgulhoso ao mesmo tempo. *Isso é meu*, pensei, encostando na barriga trincada e no bíceps, beijando sua boca. *E isso. E isso.*

Quando acordei em seus braços hoje de manhã, passei cinco minutos encarando seu rosto perfeito adormecido. O mundo tinha mudado durante a noite, e tudo tinha se encaixado perfeitamente. Desvencilhei-me com cuidado de seu abraço e fui até o banheiro na ponta dos pés para escovar os dentes. Quando voltei e me aninhei nele, Graham acordou devagar, beijou o topo da minha cabeça e pediu licença.

Quando voltou para a cama e me beijou, seu hálito mentolado ecoou o meu. Dei uma risadinha quando ele me virou de costas e sorriu.

— Bom dia — disse ele, cheio de safadeza no olhar.

— Eu ronco? Ou falo dormindo? Ou babo? Ou coisa pior? — perguntei.

Ele riu.

— Não que eu saiba. Até onde sei, você é perfeita.

Virando a cabeça para um lado e para o outro, eu o encarei.

— Não sou, não.

Ele entrelaçou nossos dedos, empurrou meus braços sobre a minha cabeça, me fazendo prisioneira. Um raio de puro fogo líquido disparou pelo meu corpo e se acumulou onde nossos corpos se encostavam.

— Ah, você é, sim — ele disse, me beijando.

Quando ele saiu do quarto e eu entrei no chuveiro, só tive meia hora para me arrumar. Meu cabelo está ondulado e úmido, porque não tive tempo para secá-lo, quanto mais para fazer um penteado.

— Emma. — Brooke atrai minha atenção de volta para o saguão e meus colegas de elenco. Ela arqueia uma sobrancelha perfeita enquanto seus olhos passeiam pelo meu cabelo. — Você podia ter pegado minha chapinha emprestada, se precisasse. Eu te devo uma, se me lembro bem.

Seguindo sua intenção, me lembro da noite em que ela pegou emprestada a minha chapinha em Austin, quando Reid me levou para jantar e eu pensei que estava me apaixonando por ele. Olho de relance para ele, que sorri como se soubesse exatamente em qual noite estou pensando. Em seguida desvia o olhar e cumprimenta Meredith e MiShaun.

Ele deve ter superado nosso término no último outono e nossa conversa em Austin há poucas semanas, quando ele disse *eu podia ser diferente com você* e eu me recusei a ser essa garota. Esta é a terceira vez que nos vemos desde então, e ele não me parece nem um pouco ressentido. Ele também não flertou comigo — não mais do que flerta com todo mundo. Talvez o próximo mês não seja tão ruim.

Quando volto para Brooke, ela está encarando Graham enquanto ele ouve Quinton contar alguma história interessante, daquele seu jeito animado. Graham ri, os braços cruzados sobre o peito, e os olhos de Brooke passeiam por ele de um jeito que me faz querer pisar no pé dela. Brooke e Graham são próximos há anos. Ele diz que ela nunca foi mais do que uma amiga, e não tenho motivos para desconfiar disso. Não posso dizer a Graham quem ele pode manter como amigo; eu não aceitaria que um cara fizesse isso comigo. Apesar de todos esses motivos, acho que nunca vou ficar tranquila perto dela. Não enquanto ela olhar para o Graham como se ele fosse um bife e ela estivesse faminta.

Pigarreio, e os olhos azuis gelados de Brooke se voltam para mim. Não há culpa neles, mas talvez ela apenas seja incapaz de sentir culpa. Lembro a mim mesma que ela foi simpática, até mesmo solidária, quando tudo explodiu em cima de mim com Reid.

— Como vai, Brooke? — Ela é alguns centímetros mais alta do que eu, além de estar usando salto agulha: uma verdadeira garota de Los Angeles. Não é a primeira vez que ela me lembra da minha madrasta.

Seu sorriso é bonito e calculado, como uma capa de revista.

— Muito bem, na verdade. Tenho uma comédia romântica agendada pro fim do verão, e meu agente pegou uns roteiros novos pra eu dar uma olhada depois. E você?

Tenho certeza de que nós duas já conversamos sobre o fato de que vou para a faculdade no outono, mas as pessoas raramente se lembram de assuntos pessoais sem importância. Mas Reid se lembrou.

— Decidi ir pra faculdade. Vou começar no outono.

Ela ri daquele jeito gutural que algumas garotas usam para atrair a atenção de todos os machos ao alcance do ouvido.

— Ah, é verdade. Particularmente, eu não ia querer voltar atrás e ir pra faculdade agora... mas esqueci que você é muito novinha.

Graham ouve a última parte, e seus lábios ficam levemente retos. Que diabos ela quer dizer com *você é muito novinha*? Ela parece estar ridicularizando a minha idade em relação à dela, ou à de Graham, mas nem sei se ele contou a ela alguma coisa sobre nós. Como tudo isso é novo, não conversamos sobre para quem contar nem quando. Emily e meu pai sabem, é claro, e Chloe também, por associação. A irmã de Graham sabe, e possivelmente o resto da família...

Os dois estão me encarando, e percebo que saí do ar.

— Ah. Desculpa... O quê?

— Hum, parece que alguém não dormiu bem ontem à noite... — O sorrisinho de Brooke é cheio de cumplicidade, e meus olhos vão até Graham, que balança a cabeça quase imperceptivelmente. O que ele disse a ela não inclui onde ele passou a noite. O que exatamente ela está supondo que eu fiz? E com quem? Meu rosto queima enquanto procuro alguma coisa para dizer.

— Oi, baby — diz MiShaun, encostando em meu braço. Sorrio e viro para abraçá-la, feliz pela interrupção. — Ouvi dizer que você vai pra faculdade no outono?

— Vou, sim. Em Nova York.

— Que demais! Espero te ver em breve na Broadway, nas manchetes, namorando um protagonista gostoso ou talvez um coroa rico de Wall Street. — Meu olhar dispara outra vez para o de Graham. A julgar pelo meio-sorriso nos lábios, ele está se divertindo. Quando ele me pega encarando sua boca, seus olhos se aquecem, e tenho que desviar o olhar.

— Então, MiShaun, você ainda visita Austin de vez em quando? — pergunto com um sorriso conspiratório, e ela balança as sobrancelhas.

— Na verdade, estou pensando em me mudar pra lá de vez — diz ela, batendo no queixo com o dedo indicador da mão esquerda.

— Ai, meu Deus, MiShaun! Isso é um anel de *noivado?* — Brooke agarra a mão dela e solta um gritinho como se tivesse acabado de vencer um concurso de beleza e a coroa incrustada de diamantes que o acompanha.

O dedo anelar de MiShaun exibe um solitário quase perfeito com corte navete.

Sei disso porque Chloe me arrastou para comprar um presente de dez anos de casamento que meu pai não sabia que ia dar. Depois de horas tagarelando sobre o básico de corte-cor-pureza, ela encontrou o diamante perfeito e fez biquinho até ele comprar. Peguei emprestado com Emily o filme *Diamante de sangue* naquele fim de semana, mas Chloe não entendeu o insulto. "Que filme deprimente", ela comentou, bocejando enquanto saía no meio do filme para tomar um banho de espuma. "Bela tentativa", meu pai sorriu para mim.

— Isso resolve tudo. Vamos sair depois que a sessão de fotos terminar, amanhã à noite. Precisamos comemorar! — Brooke dá um sorriso radiante para ela.

Graham e eu nos entreolhamos. Amanhã é nossa última noite juntos até a pré-estreia, e parece que vamos passar a noite em grupo, em público. Mas que droga.

11

Graham

A primeira sessão de fotos é no estúdio. O cenário: uma sala de aula estilizada. Todo mundo está maquiado, com o cabelo penteado no estilo de modelos de passarela, e as roupas são de marcas exclusivas, presas em nós com alfinetes e clipes. Se as pessoas tivessem uma visão de trezentos e sessenta graus de nós, íamos parecer muito mais idiotas.

Assim como na sessão de Austin, a maioria das fotos é de Reid e Emma, separados ou juntos. O cabelo de Emma está jogado para o lado errado e arrumado demais e, pela sua boca tensa e o modo como posiciona a cabeça, percebo que está odiando. Seus olhos estão delineados de preto e sombreados, os lábios estão preenchidos, e ela parece mais perto de vinte e oito anos do que de dezoito. Sei que ela também odeia isso, apesar de estar linda. Não tão linda quanto hoje de manhã, quando acordei e vi seu rosto aninhado no meu peito, mas linda de um jeito diferente — agressivamente sexy. O fotógrafo a fez morder o colar de pérolas que ela está usando, invocando a lembrança de como ela mordiscou o lóbulo da minha orelha ontem à noite.

Em toda a minha vida, nunca repassei tantas estatísticas de esportes na cabeça em tão pouco tempo. Eu nem imaginava que *conhecia* tantas estatísticas assim.

A média de tacadas corretas de Jose Reyes se torna uma informação mental desnecessária alguns minutos depois, quando Reid se junta a Emma e tento me preparar mentalmente para as posições em que serão colocados. Eles o vestiram com um terno azul-marinho de risca, camisa branca e uma gravata vermelha frouxa. Ao lado dele, a roupa de Emma é um complemento elegante — um vestido vermelho tomara que caia muito curto e justo, cujo corpete ela puxa para cima entre uma foto e outra, até o assistente do fotógrafo apertá-lo ainda mais nas costas.

Por que os fotógrafos insistem em colocá-la no colo dele? O cara da *Vanity Fair* fez Emma enroscar as pernas ao redor de Reid, apesar de a postura dela revelar claramente que ela estava desconfortável fazendo isso. Agora ela está empoleirada nas coxas de Reid, as mãos dele na cintura dela, e ele a curva para trás como se estivesse prestes a beijá-la. Meu corpo todo enrijece de irritação. As instruções do fotógrafo negariam isso se eu não estivesse imaginando — se eu não *soubesse* — que eles já fizeram isso antes, em particular. Todas as ilusões de que estou mantendo essas deliberações sob controle são despedaçadas quando Brooke se aproxima, com as sobrancelhas unidas, e sussurra:

— Você está bem?

Faço que sim com a cabeça, sem conseguir fingir que não estou preocupado quando Reid levanta Emma e a vira de costas para ele, e as pernas dela ficam por cima de uma das pernas dele. Ele a abraça, a cabeça pousada no ombro nu de Emma, os rostos colados enquanto o fotógrafo os contorna, dizendo palavras como *sexy* e *gostoso* e *baby*. Isso é uma sessão de fotos para um filme com classificação etária para treze anos, ou uma propaganda de serviços de acompanhante de luxo?

Os olhos de Emma me encontram, e seu olhar cai imediatamente para a minha coxa, onde a mão de Brooke está apoiada. Ela encara, confusa, as sobrancelhas franzidas, até o fotógrafo lhe perguntar, com um tom chateado, por que ela está franzindo a testa, e ela desvia o olhar da minha perna.

Estou queimando da cabeça aos pés, observando as mãos de Reid se moverem pelo corpo de Emma como se ele fosse seu dono, e ela está irritada porque a mão de Brooke está passivamente apoiada na minha perna.

Acho que alguém poderia argumentar que não tem um fotógrafo ordenando onde a mão de Brooke deve pousar. Tiro sua mão de mim e a coloco na perna dela, levanto e vou até o canto dos fundos, onde há garrafas de água e petiscos. Pego uma garrafa e tiro a tampa, desejando poder derramá-la sobre a cabeça. Não é que eu não confie nela. Eu não confio *nele*. E não confio na história dele com ela.

— Ei — diz Brooke, surgindo ao meu lado, com uma das mãos deslizando pelas minhas costas. Respiro fundo, e seu toque me acalma. — O que aconteceu?

Balanço a cabeça e dou uma risadinha, virando e olhando para ela com um sorriso amargo.

— Nada fora do normal. Só que eu odeio sessões de fotos. A maquiagem. Essa porcaria no meu cabelo. As roupas. — Aponto para o terno preto que transmite claramente a ideia de "igreja" ou "funeral", dependendo do humor de quem o vê. Qualquer um poderia notar o meu nesse momento — pelo menos Brooke certamente percebe. Espero que seja porque ela me conhece há muito tempo, e não porque sou tão ridiculamente transparente.

Ela inclina a cabeça de leve, olhando para Emma e Reid. Não sigo seu olhar. Ainda estou tentando *respirar* enquanto Reid Alexander praticamente agarra a minha namorada na versão ao vivo das fotos que milhões de pessoas vão ver. Muitas delas já pensam que os dois formam um casal atraente. Contra todos os julgamentos, olho para os dois e confirmo esse fato. Eles são lindos. Claro que ficam bem juntos. Como não ficariam?

— Tem... alguma coisa rolando entre você e a Emma? — pergunta Brooke, com seu sorriso de Los Angeles, como eu o chamo, firme nos lábios.

— Por que está perguntando isso? — fujo da pergunta, e ela faz aquela coisa de rir baixo, ainda sorrindo para mim.

— Acho que eu nunca tinha visto o Graham ciumento. — Ela aperta meu bíceps e arqueia uma sobrancelha. — Hum, muito macho alfa.

Quando faço uma careta, ela ri de novo para mim, e eu respiro fundo, me sentindo alguns anos menos maduro.

— Meu Deus, sou tão óbvio assim? — Começo a passar a mão no cabelo, mas não posso. O penteado para a sessão de fotos parece melhor do que meu capacete *Bill Collins* durante a filmagem, mas não importa. De qualquer maneira, é intocável. — Argh! — digo, e Brooke ri de novo.

— Você e a Emma, hein? — Ela pega uma água Perrier do balde de gelo e mexe nos petiscos, mas não escolhe nada. — Há quanto tempo isso está rolando?

Balanço a cabeça uma vez.

— Não muito.

O fotógrafo nos chama para as fotos em grupo, e fico feliz de terminar essa conversa.

Falar com Brooke teve um efeito duplo. Estou menos tenso, mas fico instantaneamente preocupado com a acusação de ciúme. *Macho alfa?* Meu Deus, não. Minha mãe e Brynn me dariam sermões para o resto da vida. Homens possessivos estão no topo da lista delas de coisas-a-serem-desprezadas.

— O que mulheres psicologicamente saudáveis desejam são homens equilibrados — prega minha mãe, a psicóloga. — Não caras que vivem dando ordens e punições, físicas ou emocionais, e que desconfiam de cada movimento delas.

Ela levou para casa muitas histórias de clientes codependentes, algumas completas, com casos de perseguições, duas das quais viraram crime, para assustar minhas irmãs e afastá-las desse tipo de cara, e a mim, desse tipo de garota. O tipo que deseja, ou melhor, *precisa* do namorado ciumento para provar que ela tem valor. Meus olhos estão em Emma enquanto ela conversa e ri com Jenna e MiShaun, e sei que ela não está nessa categoria. Compreensiva e generosa, sim. Indulgente também, acho, a julgar pelo modo como observou Reid se aproximar e se juntar à conversa.

A resposta dela a ser abraçada com muita força seria uma saída rápida.

Seus olhos vêm até os meus, e tudo em mim muda e canta de prazer. Uma queimação lenta tem início em meu peito, e eu sei que vai aumentar até estarmos sozinhos de novo no quarto dela, com o resto do mundo isolado do lado de fora. Existe um limite na margem do ciúme, e ela me faz querer caminhar por ali. Esse olhar de três segundos entre nós reforça o que eu sei. Eu a amo. Todo o resto, os detalhes dos meus sentimentos e dos dela em conjunto com o que tudo isso significa, pode ser decifrado no seu devido tempo. Eu a amo. Isso é tudo que importa e, neste momento, é tudo o que eu sou.

Brooke

Que merda. Isso é mais sério do que eu pensava. Ele pode acreditar de verdade que está apaixonado por ela.

Investi anos demais nesse relacionamento para perdê-lo desse jeito, para *ela*. Eu me importo profundamente com o Graham, mas, se ele se unir a Emma, o que temos vai acabar. Por algum motivo, eu sei disso. Minha intuição está gritando isto para mim: eu o estou perdendo. Eu poderia ser o que ele quer. Poderia ser mais doce e mais gentil com ele. Não tão dura. Meu Deus, estou cansada de ser tão inflexivelmente *dura* o tempo todo.

Se eu recuar e parar com isso agora, ficar para sempre ao seu lado como amiga e confidente, posso convencer Emma de que não sou uma ameaça. Eu poderia me agarrar à amizade dele, que significa mais para mim do que ele jamais imaginaria.

Mas não. Só amizade não basta. Eu o quero. Eu o quero *por inteiro*. Graham é exatamente o tipo de cara que eu preciso, e tudo o que tenho que fazer é tirar Emma do caminho e convencê-lo de que posso ser a mulher perfeita para ele. Não é possível que eu e o Reid não sejamos espertos o suficiente para conseguir isso. E, se tiver que ser uma batalha do tipo tudo ou nada, que seja. Não temos tempo para escrúpulos. Já menti muito mais por motivos piores do que atrair o cara perfeito.

12

Emma

Sair daquele vestido minúsculo e me livrar dos cinco mil alfinetes que eles usaram para fazê-lo caber em mim como uma luva levou uma *eternidade*, por isso sou a última a sair do estúdio. Três carros pretos estão parados no meio-fio, esperando para transportar nove de nós até o hotel. Brooke entra no primeiro carro atrás de Tadd, e eu fico ao mesmo tempo aliviada e irritada comigo mesma por *ficar* aliviada porque Graham não está com ela.

    Brooke é uma força da natureza. A última coisa que qualquer garota equilibrada gostaria é de entrar numa guerra com ela por causa de um cara. Graham diz que eles são só amigos, e eu tenho que confiar nele se quiser que a nossa relação dê certo. Não importa o quanto ela é bonita. Não importa o quanto seus toques parecem ser familiares. Não importa quantas vezes eu a pego olhando para Graham como se ele estivesse no cardápio do serviço de quarto.

    Enquanto estou parada perto do último carro, procurando Graham com o máximo possível de discrição, alguém diz "Psiu". Mordo o lábio para conter um gritinho quando Graham envolve minha cintura e me arrasta para dentro do carro. MiShaun, que está conversando com Jenna a alguns metros de distância, ergue a sobrancelha enquanto eu desapareço no banco traseiro, de costas. Ela se inclina para ver quem me arrancou da calçada. Quando vê Graham, seus olhos se arregalam, me avisando que posso esperar um interrogatório mais tarde.

— Graham — sibilo, rindo. — Você acabou de me fazer parecer aquela personagem azarada de todos os filmes de terror que é burra o suficiente para ficar parada bem ao lado da porta do porão escuro.

Com um sorriso travesso, ele beija minha nuca, recuando o braço antes que mais alguém veja. Graças a Deus existem janelas escurecidas.

— Quer dizer que você é a líder de torcida descartável, e eu sou o demônio ou o lobisomem?

— Ou o cara completamente louco com uma serra elétrica. — Ciente de que vou ter que me recompor e tirar as mãos dele assim que alguém chegar, apoio a cabeça em seu ombro e acaricio as costas da sua mão.

— Eu queria saber se você quer dar uma volta em Griffith Park amanhã de manhã. — Sua pergunta é um sussurro no meu ouvido, enquanto Jenna se movimenta e para ao lado da porta aberta, ainda conversando com MiShaun. Ele vira a mão, e meu dedo indicador mapeia as linhas da sua palma. — A gente teria que acordar cedo pra voltar a tempo de sair pra segunda sessão de fotos.

Faço que sim com a cabeça.

— Já estive em Griffith, mas não vou lá há anos. Minha família costumava fazer trilhas lá.

Minhas memórias das trilhas em Griffith foram fortalecidas por fotos que meus pais tiraram lá quando eu era muito pequena. Algumas são de semanas, dias, talvez, antes de a minha mãe começar a adoecer. Para ser sincera, não tenho certeza se minhas lembranças de Griffith Park, e da minha mãe, são legítimas. Quase todas as lembranças claras que eu tenho dela foram capturadas em filmes. Talvez as lembranças reais tenham desaparecido há muito tempo, suplantadas pelas imutáveis fotografias.

— Se você subir o suficiente, dá pra ver Hollywood toda — digo. — E o letreiro.

Meu álbum de infância contém uma série de fotos que minha mãe tirava de mim perto de cada aniversário todos os anos, em pé, no mesmo lugar, numa trilha qualquer de Griffith. Em cada uma delas, o letreiro de Hollywood aparece branco em contraste com o morro atrás, meu gráfico de crescimento exclusivo. Na última, eu tinha seis anos. A rápida progressão da doença não permitiu que ela voltasse lá, e meu pai se esqueceu da tradição ou não teve força para continuar.

— Foi o que ouvi dizer... parece legal. Vou alugar um carro e pedir pra trazerem tipo cinco e meia, que tal? Podemos levar garrafa térmica com café e ver o sol nascer. — Ele pega a minha mão, e seus dedos acariciam a parte de trás do meu braço. Seus olhos encontram e prendem os meus. — A menos que seja doloroso demais para você ir lá.

Balanço a cabeça, girando o anel da minha mãe várias vezes no dedo.

— Não. Quero ir com você.

Quando Jenna começa a entrar, eu me endireito e me afasto de Graham, cruzando as mãos no colo recatadamente. Sinto mais do que ouço quando ele dá uma risadinha por causa da minha súbita compostura. Pouco antes de Jenna se sentar, escuto a voz de Reid.

— Ei, Jenna, a Brooke quer que você vá com ela. Quer trocar?

— Ah. Tá, claro.

Fico me perguntando sobre a estranheza de Reid trazer uma mensagem da Brooke enquanto ele entra para ficar ao meu lado. A coxa de Graham fica tensa, encostada na minha.

— Ei — diz Reid, estendendo a mão para Graham. — Como você tá, cara?

— Ótimo — responde Graham, estendendo a mão. Fico sentada por dois segundos surreais com as mãos deles sobre o meu colo, a tensão irradiando de ambos, apesar da expressão dos dois não entregar nada.

Reid tira o cabelo dos olhos, olha para mim e pisca antes de voltar sua atenção para Graham. Seu joelho encosta no meu quando ele se inclina para frente.

— Algum projeto em vista?

Meu rosto esquenta quando o punho de Graham fica tenso antes de pousar na perna.

— No momento, não. Estou terminando meu último semestre em Columbia. E você?

— Nada até o outono... Só tentando ficar em boa forma até lá. Parece que vou ter que fazer minhas próprias cenas de ação no próximo filme. Espero que nenhuma delas acabe comigo. — Ele dá um leve sorriso e olha de novo para mim.

— Legal — comenta Graham.

Reid pigarreia e olha de novo para Graham.

— Então... vai se formar em teatro?

— Literatura inglesa.

— Ah.

Quando a conversa sobre os novos projetos chega ao fim, Reid se encosta no banco, e ambos ficam em silêncio enquanto permaneço sentada entre eles, pensando em como diabos me coloquei nessa posição incrivelmente constrangedora.

Quando chegamos ao hotel, Reid salta, vira e oferece a mão. Sem pensar, eu a pego. Ele me puxa, põe a mão na minha cintura e sorri para os paparazzi reunidos na entrada enquanto nossos guarda-costas cuidam da segurança. Não tenho chance de olhar para Graham até chegarmos ao saguão, quando Reid tira a mão das minhas costas.

— Vamos todos nos encontrar no meu quarto daqui a pouco... Você vai, né?

Antes que eu responda, ele vira e olha para além de Graham, cujos olhos se conectam com os meus. Nossos momentos a sós estão cada vez mais escassos. Brooke entra atrás de Graham e pousa a mão no braço dele, aparentemente sem segundas intenções, se ela não fizesse isso com tanta frequência.

— Oi — diz ela.

— Brooke, você falou com a Emma e o Graham sobre hoje à noite? — pergunta Reid, sem nenhum traço de hostilidade, menos ainda do desejo de aleijá-la o outro para sempre, que costuma dar o tom de cada palavra que eles dizem um para o outro.

Graham parece tão surpreso quanto eu com essa conversa amigável, especialmente quando Brooke responde, sem antes arrancar a cabeça de Reid:

— Ah, que merda, esqueci. — Ela enrosca seu braço no de Graham e sorri para ele, com seu bronzeado artificial perfeito e suas garras pintadas de vermelho contrastando com a pele clara dele. — Festinha no quarto do Reid! *Você* tem que ir. — Ela vira o sorriso de propaganda de creme dental para mim e diz: — Ah, e você também, Emma. — Como se não tivesse pensado nisso antes.

Meu desejo de pisar no pé dela agora é cem vezes maior do que hoje de manhã. Pior: seu sorriso calculista diz que ela sabe muito bem disso.

Reid

Ver Brooke e Emma em confronto direto possivelmente é a coisa mais excitante que eu já testemunhei. Elas são sutis e perfeitamente civilizadas uma com a outra, enquanto, no fundo, espreita uma violência de morder, chutar, puxar cabelo e estapear. A única coisa que poderia melhorar isso — melhorar muito, na verdade — seria se *eu* fosse a inspiração para esses sentimentos cruéis. Mas não. É tudo por causa de Graham.

Eu meio que entendo. Quer dizer, o cara é bonito. E tem uma coisa misteriosa que as garotas adoram. Sei que a Brooke se sente atraída pelo jeito protetor dele. Quando ela e eu estávamos juntos e eu era um pouquinho ciumento com ela — o que, é claro, nunca foi uma coisa natural para mim —, ela adorava. Na verdade, quanto mais ciumento eu ficava, quanto mais eu agia de modo controlador, mais ela gostava. Isso, na verdade, meio que me assustava um pouco.

* * *

— Você está flertando demais com ela na frente do Graham. — Brooke entra no meu quarto quinze minutos depois, soltando críticas que eu não pedi sobre o meu progresso. — Se você deixar o Graham com ciúme antes que role alguma coisa entre mim e ele, nunca vai conseguir afastar a Emma do cara.

Dou um sorriso forçado.

— Obrigado pelo voto de confiança. E não foi isso que aconteceu na última vez.

Ela vira, com o braço cruzado sob os seios e aquela expressão clássica de eu-sei-mais-do-que-você, parando quando seus olhos pousam no meu peito nu. Ainda não abotoei a camisa que joguei sobre o corpo depois do banho. Pigarreando e desviando o olhar para qualquer coisa no quarto que não seja eu, ela retruca:

— Na última vez, ele estava evitando se apaixonar por ela. Agora não está. O único jeito do Graham desistir dela é se ela for pra cama com *você*. E, já que você foi um grande *fracasso* no último outono, antes mesmo de ela saber que você é um galinha, acho que podemos concluir que *isso* não vai ser fácil de acontecer.

Respiro devagar. De jeito nenhum vou permitir que ela saiba como quero testar o desafio que ela acabou de lançar, só porque ela o fez. Mas provavelmente ela está certa — nenhum dos dois vai cair fácil.

— Que merda, Brooke, se você acha que é tão impossível, pra que se importar?

Ela me olha de cara feia.

— Já te falei. Quero o Graham. Sou a pessoa *certa* pra ele, e não é impossível. Só vai precisar de um plano inteligente e uma execução cuidadosa, e não quero que você estrague tudo.

A combinação de uma ex-namorada gostosa sozinha no meu quarto e o modo como seus braços estão cruzados exibindo o decote está me matando. Com certo esforço, desvio os olhos do seu peito arfante e do rosto enganosamente perfeito e sirvo uma dose de bebida, não importa qual, sobre a minha cômoda.

— Quanta atenção você tem dado para seguir as suas próprias ordens, Brooke? A Emma *definitivamente* já notou que você não consegue tirar as mãos dele. Quanto a condenar seu plano engenhoso antes que ele decole, isso já vai bastar. Se ela se sentir ameaçada e falar com o Graham sobre o relacionamento entre você e ele, essa trama toda vai pro espaço.

Observo seu rosto no espelho por sobre a cômoda. Uma ruga aparece entre suas sobrancelhas, e sua autoconfiança fraqueja um pouco.

— Como você sabe? Que ela percebeu alguma coisa, quer dizer.

O que eu me pergunto é como Brooke *não* percebeu. Achei que as garotas tinham uma sintonia melhor entre si.

— Eu estava bem ao lado dela e sou observador. — Ela faz um ruído de escárnio que prefiro ignorar. — Ela está *percebendo*. Então fica fria, senão você vai ter que ir pra *minha* cama se quiser transar. — Se os objetos do nosso afeto não fossem aparecer em cinco minutos, eu daria mais ênfase a essa proposta.

— Mais uma oferta pra dormir com você? Que fofo. Estou lisonjeada. Você se esqueceu do que eu disse na última vez? — É quase impossível associar essa Brooke com a garota que ela era quando a conheci. Quase.

— Eu me lembro. — Eu me aproximo, mas ela não se mexe. Ela sempre foi alta e magra. Esbelta, George diria. Quando eu tinha catorze anos e ela tinha quinze, éramos quase da mesma altura. Agora tenho vários centímetros a mais que ela. Com os braços dela travados sob os peitos, a visão do meu ponto de vantagem melhora muito. — Também me lembro de como éramos juntos, mesmo sendo apenas crianças inexperientes. — Dou de ombros. — Bom, *um* de nós era inexperiente.

Ela fica calada, mas seus olhos estão furiosos. Toda vez que começamos a falar nisso, quero que ela sinta o que eu senti quando vi as fotos e li a história que nos fez terminar. Mas isso não é possível. Ela não tem coração e conseguiu pisotear no meu anos atrás. Estou fazendo um joguinho com uma víbora e sei muito bem disso. Eu devia sentir pena do Graham, mas não o conheço muito bem, ele tem uma garota que eu quero, e estou no clima de ser cruel.

— Olha. Temos tempo antes da pré-estreia. A Emma e eu temos uma agenda infernal de entrevistas, e isso significa que vamos ficar *muito* próximos, sem a interferência do Graham. Sugiro que você trabalhe com ele do mesmo jeito. Ele não pode ficar em Los Angeles... ele tem a faculdade. Ele não vai se formar ou coisa parecida? Por que você não aparece em Nova York pra formatura? E fica um tempinho por lá?

Ela assente, com o rosto impassível.

— Já pensei em fazer isso.

— Ótimo. Vamos fazer isso, então. Dividir e conquistar.

Ela parece muito calma por fora, mas a respiração está superficial.

— Mesmo assim, não força a barra com ela até eu chegar no Graham. Ela vai te recusar por princípio.

— Te peguei. — Estamos a quinze centímetros de distância, e ela não recuou ainda.

— Estou falando sério, Reid. — Ela ergue uma das mãos para me impedir, suponho, mas sua mão está parada no ar e seus olhos se arregalam. Sei que nós dois sentimos a tensão.

— Eu também.

Ela me encara como se eu fosse um tipo de enigma deformado, e uma batida à porta faz com que ela dê um pulo, murmurando "Meu Deus" bem baixinho.

Abotoo a camisa enquanto vou em direção à porta. Tem alguma coisa gratificante em fazer uma ex te desejar, mesmo que por um segundo.

13

Graham

Não dormi no quarto da Emma ontem à noite.

Não houve nenhum jogo de bebedeira no quarto do Reid, já que temos a última sessão de fotos hoje, mas Brooke não teve problemas para convencer Tadd a assumir o bar e preparar umas margaritas. Apesar de não termos tomado doses de bebida pura, todo mundo bebeu tequila suficiente para diminuir a inibição e soltar a língua. E Emma e eu bebemos o suficiente para sermos perigosos.

Dei uma olhada para seus olhos a meio mastro e soube que eu não passaria nos testes de tê-la na cama sem nada entre nós além de lingerie e camisetas. O pior? Eu *queria* ser reprovado no teste, e tínhamos passado a noite toda sem nos tocar.

Minha história sexual começou com Zoe, seguida de um período de abstinência autoimposto esperando o nascimento de Cara e a volta de Zoe, que não aconteceu. Depois rolou alguma pegação com garotas da faculdade. Nada disso me satisfez e, embora eu ficasse excitado e quisesse transar, nunca senti nada mais intenso. Nada mais profundo, nada que me ligasse emocionalmente. Não até Emma. Quando a deixei naquele aeroporto em outubro, eu queria tanta coisa com ela que fiquei apavorado. Eu esperava que isso diminuísse com o tempo, e, depois da sessão de fotos da VF em março, achei sinceramente que estava superando.

Mas lá estava ela, um mês depois, naquela maldita cafeteria, nossos olhos grudados por sobre a cabeça de Cara. Minha filha tinha exigido um chocolate quente depois da aula de dança, enfiando os dedinhos gelados sob o meu suéter para provar que precisava disso. Se não tivéssemos parado exatamente ali, exatamente naquele instante, Emma e eu nunca teríamos nos encontrado quando eu estava com a guarda baixa. Não tenho certeza se acredito no destino, mas essa poderia ser uma prova de que ele existe.

As pessoas chamam de *cair de quatro* porque se apaixonar é menos parecido com dar um passo e mais parecido com tropeçar. Tropeçar significa que você ainda está tentando se manter de pé. Não lutei contra isso no caso de Zoe. Caí direto, de cabeça. Com Emma, lutei o tempo todo e, agora, perdi.

Chega uma mensagem dela:

> Você vai dormir aqui?

> Hoje não é uma boa ideia.

Ela não respondeu durante vários minutos, durante os quais eu me xingo de todo tipo de idiota, porque aquilo foi um convite claro, assim como seu olhar cada vez mais intenso e direto a noite toda. Eu só queria ter certeza dos sentimentos dela, não fazê-la duvidar dos meus.

Então envio mais uma mensagem:

> Isso tem tudo e nada a ver com quanto eu te quero. Se eu ficasse na sua cama hoje à noite... depois de beber... Eu quero você. Confia em mim.

> Estou me sentindo meio oferecida agora.

> NÃO, não foi isso que eu quis dizer. Sou eu. Seria difícil demais. Amanhã à noite, sem bebida, eu devo estar bem.

> Droga, você devia ter me falado isso antes das margaritas. Eu teria dito não. Para as bebidas, quero dizer. :(

> Meu Deus, como é que você me faz rir disso? Oferecida mesmo. Estou a um passo de ir até o seu quarto e te levar até o inferno.

> Eu quero que você faça isso.

> Meu Deus, Emma...

> Desculpa.

Dois toques. Três toques. *Por favor, não cai na caixa postal.* Então ela atende.

— Graham, desculpa, de verdade, eu...

— *Não*, por favor, não peça desculpa. É por isso que estou te ligando. — Deito de costas na cama, com os olhos fechados. O zumbido do álcool estava diminuindo, mas ainda estava lá. — Não peça desculpas, Emma. — Minha voz é quase um sussurro. — Você se lembra daquelas coisas que eu falei que queria fazer com você? — Algumas das nossas ligações e conversas pelo Skype nas últimas semanas nos incitaram a falar bobagens.

Sua resposta foi uma respiração ofegante.

— Sim.

— Nada disso mudou. Aumentou, talvez. Algumas daquelas coisas me parecem um pouco comportadas, na verdade.

— Ai, meu Deus. Eu nem sei direito o que... o que isso significa...

Eu a imagino deitada de costas na cama, exatamente como estou na minha.

— Sim. Eu *sei*. E é por isso que vamos esperar um pouco.

— Mas você vai voltar pra Nova York.

Seu tom rabugento me fez dar uma risadinha.

— Sim. E vou voltar pra Los Angeles daqui a três semanas.

Ela dá um suspiro fraco. Não de alívio nem de irritação. Só... de aceitação.

— Tá bom — ela diz, parecendo muito com Cara quando não consegue o que quer e sabe que não vai conseguir.

— Eu só não quero me aproveitar de você, nem te forçar... — Mentiras, mentiras, mentiras. Eu a quero tanto que consigo sentir seu cheiro, imaginar a sensação da sua pele sob meus dedos.

— Mas, Graham, sou eu que estou *te* forçando.

— Sim. — Minha voz parece um rosnado, muito adequada à fome selvagem que percorre o meu corpo. — E, daqui a três semanas, vou te deixar fazer isso. Se você ainda quiser.

— Vou querer.

* * *

Às cinco e meia, nos encontramos no saguão, que está deserto, exceto por um recepcionista entediado que nos dá uma olhada desinteressada. Tenho um flashback das nossas manhãs em Austin, acordados antes de todo mundo e saindo para correr. Eu me lembro de sair do elevador e querer vê-la no saguão, ou de chegar primeiro e esperar por ela, olhando para o barulhinho suave das portas de aço inoxidável se abrindo e a deixando no térreo. Eu adorava aquelas manhãs.

Eu lhe dou uma garrafa térmica quando ela para ao meu lado, lutando contra a vontade de abraçá-la e beijá-la.

— Preparada? — pergunto, e ela assente. Jogo a mochila sobre um dos ombros e seguro sua mão. Isso é arriscado, mesmo que seja só para atravessar o saguão. Não quero que ela fique arrasada por causa de reportagens sobre namoros simultâneos como ficou em Austin, então precisamos continuar em segredo até depois da pré-estreia. Entendo isso, mas, mesmo assim, é um saco. — Trouxe água, bagels e uma manta. Achei que esta manhã seria mais para ver o sol nascer do que para fazer exercícios.

Sua mão aperta a minha.

— Parece perfeito.

O Jeep é ideal para o passeio matinal e o clima fresco, mas não é propício para uma conversa tranquila. Temos que gritar acima do barulho da estrada para nos ouvirmos. Ficamos em silêncio depois de alguns minutos, apenas de mãos dadas, observando os postes de luz se apagarem enquanto o céu clareia. Passei uma hora na internet ontem, estudando o caminho até Griffith e a trilha que devemos pegar quando chegarmos lá. O sol já está meia órbita acima do horizonte quando chegamos ao ponto que marquei no mapa e estendemos a manta.

Bem abraçadinhos, bebericamos o café e vemos o restante do nascer do sol. Talvez eu deva dizer que *ela* vê o sol enquanto eu a observo. Eu raramente estive tão perto dela e me permiti o prazer de encará-la, de absorvê-la — todos os detalhes aparentemente triviais. A imagem indistinta da webcam nunca revelou os pelos loiros e finos em sua têmpora, e a escuridão da sua cama escondeu a sarda atrás da orelha e o vermelho do seu rosto quando ela percebe que a estou analisando.

Eu me inclino em direção a ela e sussurro:

— Você é tão linda.

Seus cílios se levantam quando ela olha nos meus olhos antes de fechá-los.

— Não, *você* que é.

Minha boca se curva em um dos lados. Estamos um pouco afastados da trilha de terra, mas não tão longe que não dê para ouvir as pessoas andando e conversando.

— Meu Deus — diz uma delas, parando fora da nossa visão, onde há uma vista perfeita do nascer do sol. — Que coisa linda!

Emma e eu abafamos a risada, tentando evitar que alguém nos veja. Eu a beijo com delicadeza.

— Viu, ele concorda comigo — sussurro.

Ela se empertiga, com a mão no meu maxilar.

— Talvez ele concorde *comigo*. — Quando ela começa a dar umas risadinhas, cubro sua boca com a minha, um pouco para silenciá-la, mas principalmente porque não consigo fugir da necessidade de beijá-la de novo.

Reid

Não me ocorreu que uma enorme vantagem dessa sessão de fotos é para Emma se acostumar de novo comigo tocando nela. Não que ela esteja respondendo muito a isso. Sofro com a perda daquele olhar desejoso e fascinado que ela me dava quando começamos a filmar *Orgulho estudantil!* no último agosto, mas, por outro lado, o fato de ela ficar menos mexida comigo compensa.

Sim, eu sou um desses caras — mais excitado pelo que não posso ter do que qualquer outra coisa. Mas, quando a gente pensa bem, qual é a surpresa? Quando conseguir garotas é tão simples quanto decidir que você quer uma delas — nada diferente, por exemplo, de decidir o que comer no almoço —, *é claro* que as que se destacam são as que não aparecem quando são chamadas. Emma é como aquela pizza que eu só consigo naquele buraco na parede no meio do Brooklyn e em nenhum outro lugar. Se eu morasse no Brooklyn, talvez isso não fosse grande coisa. Mas eu moro em Los Angeles e, que merda, odeio quando penso naquela pizza que não posso *ter*.

Estamos numa propriedade nas colinas de Los Angeles, mas o pano de fundo é bem no meio do nada. O terreno é rústico e nativo, mas cuidadosamente cultivado para parecer assim, e não largado. Meus pais provavelmente odiariam. Nosso gramado parece pertencer ao interior britânico: cercas-vivas ao redor, arbustos moldados, roseiras etc. É impressionante, mas meio ridículo e ultrapassado ao mesmo tempo.

Emma está sentada no banco de ripas de madeira de um balanço pendurado no galho elevado de uma árvore muito alta. Olhando para cima através dos ramos, eu me pergunto como conseguiram prender as cordas ali — se subiram nesta árvore como fizeram cem anos atrás, ou se trouxeram um caminhão com uma escada ou uma daquelas caçambas que os caras de empresas de telefonia usam. Enquanto o fotógrafo enquadra a foto pelo que parece a centésima vez e esperamos instruções, seguro as cordas pouco acima das mãos de Emma, meus dedinhos roçando nos seus indicadores.

— Se não fizermos logo um intervalo pro almoço, vou começar a te morder — murmuro, com cuidado para não me aproximar demais. — Estou *morrendo* de fome. — O estômago de Emma ronca bem neste momento, e nós dois rimos. O fotógrafo levanta a cabeça e começa a tirar fotos. Até parece que não vou pensar naquela pizza agora. E depois em Emma me dizendo *sim* no meu quarto naquela tarde no último outono, horas antes de tudo ir para o inferno.

— Reid, vai ali e dá um empurrão delicado nela. — Puxo o balanço para trás e a solto, e ela balança para longe e depois volta para mim.

Nunca tentei conquistar uma garota fingindo apenas amizade, principalmente porque me parece um absurdo. O plano da Brooke não é infalível, mas, se ela conseguir levar Graham para a cama, Emma *vai* pirar. E eu vou estar bem ali para garantir que ela é desejável e para oferecer apoio emocional — o tipo de apoio que todo mundo precisa depois de descobrir uma infidelidade. Ela já esteve atraída por mim, e não há motivos para esses sentimentos não ressurgirem, com Graham fora do caminho. Tudo de que preciso é ser paciente.

Mas esse não é exatamente o meu ponto forte.

14

Brooke

— Tudo bem, pessoal! — elevo a voz acima da música e do ruído geral do bar e bato uma colher no meu copo de daiquiri até todo mundo olhar para mim. — Estamos aqui para comemorar, ou lamentar, dependendo da interpretação, o fato de que nossa amiga MiShaun decidiu pegar este corpo gostoso de arrasar — eu a levanto da cadeira e a faço girar — e dar para *um cara* pelo resto da vida.

— *Buuuuu* — diz Tadd, com as mãos envolvendo a boca, e todo mundo ri.

— Tadd Wyler, o que é que você tem a ver com o que eu decido fazer com o meu corpo? — MiShaun lhe pergunta.

— Estou me opondo por princípios — ele responde. Em seguida se levanta, pega as mãos dela e as afasta na lateral, analisando suas curvas no vestido preto apertado que ela está usando. — Além do mais, parece uma pena privar o lado hétero da população masculina desse tipo de perfeição.

MiShaun o empurra de volta para o assento com uma risada.

— A maioria da população masculina já *foi* privada disso por princípios *pessoais*. — Ela passa a mão nos quadris, arqueia uma sobrancelha para ele e acrescenta: — Este corpo é mais seletivo do que *outros* sentados ao redor desta mesa.

— Ei — diz Tadd. — Não precisa falar assim do Quinton.

Detalhes do relacionamento vaivém de Quinton com sua paixão da infância, e as alegações de envolvimentos casuais em Los Angeles, o têm perturbado no último mês. Ao que parece, o sr. Estrela Promissora Mais Gostosa pulou a cerca num período de "volta", e sua namorada, que é muito amiga da *irmã* dele, soube da história e teve um surto de contar tudo. *Garotos*. Eles nunca aprendem.

— Cara! — diz Quinton, balançando a cabeça. — *Fala baixo*.

— *Então* — digo, revirando os olhos e erguendo a taça. — À MiShaun. Que ela seja feliz com o cara dos computadores, e que ele seja maravilhoso de maneiras gostosas e estimulantes.

MiShaun esconde o rosto atrás das mãos enquanto todos tilitam os copos.

Um dos guarda-costas aparece atrás de Reid e se inclina para falar baixo com ele, apontando para duas garotas, mulheres, na verdade, paradas na lateral. Elas têm vinte e poucos anos e são gostosas. Isso não é bom, e de jeito nenhum posso ameaçá-lo por telepatia, porque ele está se recusando *deliberadamente* a olhar na minha direção. Quando ele sai da cadeira e caminha até as fãs que estão babando, tento não observar muito de perto, porque não quero chamar a atenção de Emma para ele.

Tarde demais. Droga, ela já o viu. Ele está dando aquele sorriso fácil e sexy, e as mulheres estão idiotamente derretidas ao vê-lo tão perto, em carne e osso. Uma delas pede para apertar seu bíceps, o que é bem bizarro, e, quando ele deixa, flexionando-o, as duas caem em cima dele. *Argh*. Ele orienta o guarda-costas a pegar o celular das mulheres e posa com cada uma em separado e juntos, com o braço delas envolvendo seu peito como algas. Depois, ainda sorrindo, ele aperta a mão de cada uma, antes de se virar e voltar para a mesa.

Tenho de admitir que estou surpresa. Ele não pegou o celular, nem anotou o número num guardanapo, nem conversou com o guarda-costas para acompanhá-las até o hotel para esperá-lo. *Nada*.

Emma o observa discretamente. Reid olha na direção dela enquanto puxa a cadeira, depois lhe sorri. Quando Meredith faz uma pergunta e ela se vira para responder, ele volta os olhos azuis tormentosos para mim, com um arquear rápido de sobrancelha, como se quisesse dizer, *viu só?*

Inclino a cabeça. *Muito bem*. Filho da puta convencido. Faço sinal para o garçom servir mais uma rodada de daiquiris para mim e para MiShaun, e analiso todo mundo do ponto privilegiado onde me encontro, na cabeceira da mesa.

Reid está sentado na extremidade oposta, conversando com Quinton e devorando outro Jack Daniels com Coca-Cola. Jenna está sentada ao lado de Quinton, depois Graham, ao meu lado. MiShaun está à minha direita, depois Tadd, Emma e Meredith. Meus olhos se voltam para Emma, que está trocando olhares em silêncio com Graham enquanto bebe. Achei que ela tinha pedido um chá gelado Long Island, mas parece que está bebendo um chá gelado *de verdade*. E Graham está bebendo vodca pura com gelo ou *água*. Que diabos?

— Algum motivo pra não beber hoje à noite, Graham? — Sorrio, com o queixo na mão. — Não está planejando dirigir, imagino?

Seu olhar na direção de Emma e de volta para mim é rápido, mas não o suficiente para eu não perceber.

— Hum, não, só não estou no clima. Vou pegar um avião amanhã cedo, e nada pior do que voar de ressaca.

Ele diz isso como se algum dia tivesse viajado de ressaca, o que eu duvido. Já vi Graham tontinho, mas nunca bêbado. Essa é só mais uma de suas qualidades de estar sempre-no-controle — isso costumava me irritar, quando eu estava na fase de pegar pesado e ficar o mais bêbada possível. Eu queria que ele se juntasse a mim. Naquela época, não percebi que ficar bêbada e tentar seduzi-lo nunca funcionaria. Graham não transa bêbado.

Plim.

Ai, merda. Será que ele e Emma vão transar hoje à noite? É isso que está acontecendo? Será a primeira vez ou replay? Isso pode afetar meus melhores planos profanos, por assim dizer. Mas não consigo pensar em um jeito de descobrir a resposta para essa pergunta. Droga, droga, *droga*.

Luto para manter minha voz calma enquanto meu cérebro gira a cem quilômetros por hora.

— Quer dizer que você volta pra casa amanhã, então. Você perdeu aula esta semana?

Ele também apoia o queixo na mão.

— É, mas duas são aulas independentes, e as outras duas me deram licença porque terminei os trabalhos mais cedo. Então, está tudo bem.

Estamos nessa pose espelhada, a trinta centímetros de distância, sobre a quina da mesa. Pergunto a ele sobre as últimas aulas, como se estivesse interessada nos detalhes; e talvez eu estivesse, se entendesse de literatura para saber de que diabos ele está falando. Estou escutando perto o suficiente apenas para responder e fazer perguntas enquanto catalogo os detalhes que não tive chance de aproveitar há algum tempo.

Já disse que Graham é o cara mais bonito do elenco; uma declaração grandiosa, considerando o fato de que Reid, Quinton e Tadd não são patinhos feios e, para a imprensa, as celebridades jovens mais gostosas de Hollywood. Quinton tem uma musculatura sólida e bem delineada, Tadd incorpora o visual de surfista, e Reid é tão lindo que às vezes *eu* tenho inveja da perfeição do seu rosto.

Mas Graham é um macho todo sombrio e ardente. Sob a luz indistinta e baixa do bar e em contraste com sua pele de tom mais claro, seu cabelo chocolate-escuro e os olhos enevoados são quase pretos. Ele está com a expressão de sempre — tranquilo e descontraído, mas reservado. Meu Deus, como ele é gostoso e, apesar de ele saber disso, raramente exibe aquele verniz arrogante que é típico do Reid.

Ele tagarela alguma coisa sobre Dostoiévski e existencialismo quando, de repente, para no meio de uma frase e passa a mão no cabelo. Um cacho continua bem na frente.

— Desculpa. Pelo seu jeito, esse assunto não te agrada. — Seu sorriso é autodepreciativo, e os cílios se fecham enquanto ele suspira. — Você devia me interromper antes de eu continuar falando.

— Ei — eu disse —, só porque eu não sei nem *falar* Dosti-Dosto...

— Dostoiévski.

— Isso, *Dostoiévski*, não significa que eu não ache interessante algo que te deixa entusiasmado. — Aquele cacho adorável está implorando para eu estender a mão e ajeitá-lo com o restante do cabelo, mas me lembro do que Reid falou sobre eu tocar em Graham na frente da Emma e guardo as mãos num esforço imenso. Depois de pensar nisso, tenho que lutar contra a vontade de verificar se ela está olhando.

Graham pigarreia e olha para ela. Cruzo os dedos para que ele *pelo menos* tenha se esquecido dela durante essa pequena conversa literária, mesmo que agora ele tenha se lembrado da sua existência. Quando ele sorri e pisca para ela, quero soltar um gritinho agudo e bater os pés como eu costumava fazer quando era criança sempre que alguém me dizia *não*. Seus olhos voltam para os meus, então engulo o surto e sorrio.

Emma

Graham vai embora da Califórnia amanhã de manhã. Estou curtindo interagir com todo mundo, comemorar o noivado de MiShaun com David, mas tenho total noção das horas e dos minutos que se passam. A piscada dele é como um minúsculo choque elétrico que dispara um raio de prazer pelo meu corpo.

Ele está sentado do outro lado da mesa, com Brooke pendurada em cada palavra, e tento não sentir ciúme nem me preocupar.

Mas não está funcionando muito bem.

Digo a mim mesma que só estou com ciúme do tempo que estou perdendo com ele, o que é meio verdade e meio furado.

— Emma, ouvi dizer que você e o Reid vão participar da *Ellen*? — Meredith me faz sair do transe sombrio.

— É, daqui a algumas semanas. Estou morrendo de medo.

— Não precisa ter medo — diz Reid, voltando sua atenção para nossa conversa. — Ela é tão legal quanto parece.

— Você disse a mesma coisa sobre o Ryan — acuso, com um sorriso forçado. — Você vai me dizer isso todas as vezes?

— Eu estava certo, não estava? E, não, se alguém for pegar pesado, eu te aviso.

— Promete?

Ele junta meu dedo mindinho ao dele.

— Prometo. E, só pra registrar, nunca quebrei uma promessa de dedinho.

— E quantas promessas de dedinho você fez, sr. Alexander? — pergunta Meredith, com os braços cruzados sobre o peito enquanto se recosta para observar nossa conversa se desenrolar na sua frente.

— Meredith — diz ele —, isso é informação confidencial. Altamente secreta. Sem contar que eu tentei a promessa dos escoteiros meses atrás, e ela me acusou imediatamente de nunca ter sido escoteiro. Imagina. — Ele pisca inocentemente, e não conseguimos evitar uma risada. Depois de tanto tempo da humilhação no último outono, sua reputação ferina parece menos pessoal.

Com os lábios retos, Meredith diz:

— Sim, *imagina*. Acho que essa é sua *primeira* promessa de dedinhos, meu amigo.

Nossos dedos ainda estão presos sobre a mesa na frente de Meredith, que arqueia uma sobrancelha antes de eu tirar a mão e olhar feio para Reid.

— Tá bom, decidi acreditar em você e na sua promessa de dedinhos. Não quebra essa confiança.

Ele retribui o olhar, firme, de repente mais sério do que estava segundos atrás.

— Não vou quebrar.

* * *

Leva uma eternidade para o corredor na frente da minha porta ficar vazio. O quarto de Graham é no mesmo andar, mas duas esquinas e alguns quartos distante do meu. Mando mensagem para ele quando tudo fica quieto e não vejo nem uma alma passar pelo olho-mágico durante cinco minutos. São quase duas da manhã.

Quando ele aparece na porta, eu a abro em silêncio e tento fechá-la do mesmo jeito. Ele está de calça jeans e sandálias de lona, segurando o balde de gelo do seu quarto.

— Essa é a sua ideia de pretexto? — sussurro, apontando para o balde e tentando não rir.

Ele finge se sentir ofendido.

— A máquina de gelo fica entre os nossos quartos, então achei que faria mais sentido isso do que fingir que estou espiando no corredor sem nenhum motivo.

Pego o balde da sua mão.

— Ainda está vazio.

Ele revira os olhos.

— Dã, eu não ia perder tempo pegando *gelo* de verdade. — Deixei um pequeno abajur aceso no canto, e seus olhos pretos me analisam na luz fraca. Enquanto esperava o corredor esvaziar, troquei de roupa e vesti um conjunto de short e camiseta roxo-escuro da Victoria's Secret que a Emily me deu antes de eu sair da cidade. "Roxo é a versão sou-mulher do rosa", alertou ela, me lançando um olhar sagaz. A análise lenta de Graham é como uma carícia que me deixa sem fôlego. Eu me sinto ao mesmo tempo poderosa e vulnerável. Ele ergue uma sobrancelha. — A menos que a gente precise do gelo pra alguma coisa sexual.

Coro imediatamente e saio para colocar o balde de gelo na pia, num esforço para esconder minha reação, caso a luz não esteja baixa o suficiente. Os braços de Graham deslizam ao meu redor por trás, seu rosto alisando os pelos na minha nuca. Seus lábios são quentes, e agradeço por ele me segurar, porque minhas pernas parecem não ter ossos enquanto ele dá beijinhos leves e mais intensos na curva entre meu ombro e meu pescoço e segue até o vazio atrás da minha orelha.

— Se eu passasse um cubo de gelo por essa linha — ele murmura —, ele derreteria na hora, porque sua pele está muito quente. — Engulo em seco, imaginando sua língua traçando um rastro de água gelada pelo meu pescoço. Ele me vira com delicadeza, leva as mãos até o meu cabelo e sua boca encontra a minha, com tanta leveza e lentidão, que beijá-lo parece um sonho. Não quero acordar.

Um minuto depois, sinto as pernas atingindo a borda do colchão, como fizeram duas noites atrás. Mal consigo entender como ele faz para me transportar por todo o quarto sem eu perceber, antes de ele me levantar até o centro da cama, ainda me beijando.

Rolando de costas, ele me puxa para cima dele, uma mão na minha coxa e a outra apoiando a minha cabeça. Sua calça jeans é áspera nas minhas pernas nuas, e ele tirou os sapatos em algum lugar no caminho entre a porta e a cama. Meu joelho cai entre suas pernas enquanto ele se inclina para cima, sem tirar a boca da minha por mais de meio segundo. Sua mão desliza pelas minhas costas, vai do ombro até a cintura, pousa levemente no meu quadril e desce pela minha perna, entrelaçada nas dele.

Seu coração martela debaixo da minha mão, sincronizado ao meu, e não estou feliz em ficar deitada aqui e deixá-lo encontrar seu equilíbrio. Quando levanto a mão do seu peito e a deslizo por baixo da camisa, ele faz um barulho entre os dentes, *ssssss*, como se eu o tivesse queimado.

— Meu Deus, Emma. — Sua mão cobre a minha com a camiseta entre nós. Espalho os dedos pelo seu abdome, e ele prende a respiração.

No início, ele não solta o aperto, detendo minha mão com a dele. Então eu o distraio com beijos, espero até ele afrouxar um pouco e, quando isso acontece, faço meus dedos passearem lentamente por sua pele suave e seu músculo rígido, me movendo sob a camiseta serenamente. Ele congela, mas, quando meus dedos descem até a cintura da sua calça, seus olhos se abrem de repente e encaram os meus, a mão segurando a minha de novo.

— Você não pode dormir de calça jeans — digo, reprimindo a vontade de rir desse argumento enganosamente racional para ele tirar a calça na minha cama.

— Eu devia. — Nós dois estamos sussurrando, como se todo mundo no hotel pudesse nos ouvir se nossas vozes estivessem no nível normal.

— Graham, não vou me aproveitar de você. Eu juro. — Levanto dois dedos, com a promessa boba de Reid meses atrás ainda viva por causa da conversa mais cedo. — Promessa de escoteiro.

— Ai, meu Deus — ele ri baixinho. Depois acaricia meu rosto, seu polegar se movendo sobre meu lábio inferior enquanto sua expressão se transforma de diversão em desejo. — Não posso prometer a mesma coisa. É por isso. — Meus olhos se afastam dos dele, e ele respira de um jeito instável. — Além do mais, eu não trouxe nada comigo hoje... tipo, hum, proteção.

Ele não trouxe camisinhas, o que significa que ele não estava apenas *supondo* que não faríamos isso, ele estava *planejando* que não faríamos isso. Mordo o lábio.

— Então você não quer?

— Quero. Que inferno, eu quero, *sim*. Três semanas, lembra? Eu também preciso, hum, fazer um exame quando chegar em casa. — Quando meus olhos se arregalam, ele acrescenta: — Tenho certeza que está tudo bem, porque eu *sempre* fui cuidadoso. — Ele retorce a boca. — Bom, desde a Cara eu tenho sido cuidadoso. Fui muito burro antes disso, porque você sempre acredita que essas coisas nunca vão acontecer com você, até que acontecem.

Acabo me perguntando quantas garotas foram. E depois me pergunto se Brooke já foi uma delas, mesmo que não tenha resultado num relacionamento, mesmo que tenha sido casual. Quero perguntar, mas as palavras ficam presas na minha garganta e não saem. Eu não devia me surpreender. Ele é bom demais nisso para ter sido celibatário desde que a filha nasceu. Ele não me perguntou nada sobre meu histórico sexual, e eu me pergunto se ele não se importa ou se a minha inexperiência é tão óbvia.

— Ei. — Ele pega o meu queixo com a ponta dos dedos, me obrigando a olhar para ele. — Eu só... preciso que a gente tenha certeza. — Seus dedos traçam a ruga na minha testa. — Por favor, não fique preocupada achando que se isso tem alguma coisa a ver com desejar você. Não tem.

Não pergunto sobre a multidão de garotas que imaginei passeando pela cama dele. Não pergunto sobre Brooke. Simplesmente suspiro e me aninho em seu peito, sem tirar a mão de debaixo da camiseta. Terreno conquistado é terreno conquistado.

— Está bem. — Faço biquinho.

Rindo baixinho, ele me abraça.

— Humm. Não estou pronto pra parar de te beijar, você sabe.

— Eu não sabia — murmuro, encostada na sua camiseta.

— Bom, agora você sabe.

Recosto a cabeça no braço dele, e meus olhos encontram os seus.

— Tantos alertas, tão pouca ação... — Suspiro.

Ele rosna e me vira de costas, e não dormimos até perto de quatro da manhã. No fim, seu jeans está amontoado no chão, minha camiseta está decididamente torta, e ele fez pelo menos três intervalos muito sérios. Inexperiente ou não, tenho total certeza de que isso funciona a meu favor.

15

Graham

Eu estava certo de que Emma me incendiaria por dentro ontem à noite.

Ainda bem que meu senso de responsabilidade é tão firme, porque, em algum momento entre chegar ao quarto dela e cair no sono, eu já não me importava mais se ela me amava ou não — o desejo era tão poderoso e devastador que minha autodefesa emocional estava pronta para se jogar pela janela e mandar tudo para o inferno. Eu devo ter suspeitado dessa fraqueza escondida no meu íntimo, e foi por isso que deixei a carteira (e a camisinha que estava lá dentro) no meu quarto quando fui até o dela. Eu me conheço muito bem, pelo menos — usar proteção é um hábito. Desde a Zoe, não fiz sexo sem proteção nem uma única vez.

Prometi três semanas a Emma e vou cumprir essa promessa de bom grado, por mais que eu me preocupe com o fato de que ela não tenha sentimentos tão fortes quanto os meus. Acho que o amor nunca é uma coisa certa, não importa quais palavras sejam ditas. O amor exige um salto cego para o abismo, todas as vezes.

Rabisco um bilhete bobo para deixar em sua mesa de cabeceira. Minhas irmãs dizem que sou um garoto à moda antiga. Talvez isso seja resultado de eu ler e analisar demais a literatura do século dezoito. Mesmo assim, existem algumas partes românticas e antigas em mim que eu nunca libertei totalmente, e, por algum motivo, Emma traz todas elas à tona.

Zoe não gostava de ser cortejada. Quando eu deixava bilhetes em seu armário ou embaixo do limpador do para-brisa, ela perguntava se precisava responder da mesma forma e por que eu simplesmente não mandava uma mensagem, como uma pessoa normal. E, apesar de gostar de receber uma braçada de cravos no Dia dos Namorados, ela prestava pouca atenção ao poema que ia junto, que eu demorava uma semana para escrever.

Quase certo de que eu tinha ultrapassado essa bobeira nada masculina quando conheci Emma, meus sentimentos por ela me atingiram de maneira inesperada e inspiradora. De repente eu me vi competindo com Keats e Rilke por reflexões românticas.

O primeiro bilhete que deixei para Emma foi em Austin, depois que ela me contou da morte da mãe e de dormirmos vendo televisão. Aquele foi resultado de várias versões mais longas e sentimentais. Deixei a edição resumida em sua mesa de cabeceira e joguei os outros no lixo do meu quarto. Desde então, criei poemas para ela em minha mente (descartados sem serem escritos), escrevi duas cartas (colocadas na fragmentadora do escritório da minha mãe) e inventei diversos textos sinceros (apagados sem nem salvar nos rascunhos).

Enquanto fecho a porta dela, que se tranca atrás de mim, tenho um ataque de pânico de dois segundos em relação ao bilhete que acabei de deixar antes de respirar fundo e ir para o meu quarto. Não tem como voltar atrás, e eu não quero fazer isso.

Dobro o corredor e, inexplicavelmente, Brooke está parada na minha frente.

— Graham? — Sua expressão está perplexa, a cabeça inclinada como um cachorrinho confuso. Ela franze a testa para o balde de gelo na minha mão. — Você vai... pegar gelo? — Ela aponta para onde fica a máquina, da qual eu já teria passado se estivesse saindo do meu quarto.

— Hum. Não? — Minha mente está vazia. Não tenho ideia do que dizer como desculpa. Graças a Deus estou de calça.

Ela olha além de mim, na direção da porta da Emma, mas, felizmente, não formula a pergunta que brilha em seus olhos, porque eu teria de dizer que não é da conta dela, o que responderia à sua curiosidade de qualquer maneira. Por algum motivo, ela me dá seu melhor sorriso falso. Eu raramente recebo o sorriso falso de Brooke.

— Você vai fazer o check-out? — ela pergunta. Sua bolsa de viagem Louis Vuitton está pendurada sobre o ombro, os óculos D&G apoiados no topo da cabeça, e não tenho certeza de qual é a marca dos sapatos de salto alto, mas poderia apostar que são aqueles de sola vermelha. Ela é um estereótipo ambulante da garota de Los Angeles.

— É. Tenho que tomar uma ducha rápida e pegar um táxi para o aeroporto.

— Posso te levar. — Ela dá de ombros e vira para ir comigo até o meu quarto. — Não tenho agenda lotada. E não ficamos muito tempo juntos nesta viagem.

Eu *estava* concentrado em Emma nos últimos três dias. Não pensei que Brooke também podia querer um tempo exclusivo.

— Ah. Tá bom, legal. Obrigado.

Quando chegamos ao meu quarto, digo para ela ficar à vontade enquanto tomo uma ducha. Vinte minutos depois, atravessamos o saguão enquanto Reid entra com seu guarda-costas.

— Vocês dois estão indo embora? — ele pergunta, sem necessidade, já que ambos estamos com malas.

Prevejo a resposta certamente azeda de Brooke quando ela diz, sem um pingo de arrogância:

— É, vou levar o Graham até o aeroporto.

— Legal. — Ele empurra os óculos espelhados para o alto e estende a mão. — Vejo vocês daqui a três semanas, né? — Aperto a mão dele e, em seguida, ele dá um abraço rápido em Brooke, enquanto começo a me perguntar em qual zona imaginária eu entrei.

Quando ele se afasta, eu a encaro, perplexo. Com os óculos no rosto, ela pergunta:

— O que foi?

Balanço a cabeça.

— Ah, não sei... talvez o abraço e o papinho amigável com um cara que eu quase bati no meio de uma boate por sua causa alguns meses atrás.

Ela dá de ombros.

— Acho que precisamos esquecer aquelas merdas. Já faz tanto tempo... Estou tentando seguir em frente, tudo bem?

Faço que sim com a cabeça.

— Claro. Tudo bem.

Um manobrista aparece com o Mercedes de dois lugares de Brooke, e eu coloco nossa bagagem no porta-malas enquanto ela lhe dá uma gorjeta. Mal coloquei o cinto de segurança quando ela entra no tráfego.

— Então, me conta... esse negócio com a Emma é sério? — Seu tom é muito casual.

— Não vamos revelar nada sobre isso ainda. — Minha tentativa de ser evasivo me faz ganhar um sorriso forçado.

— É, foi o que imaginei. Por causa da ordem do estúdio pro Reid e a Emma parecerem um casal apaixonado na vida real?

— Quem te falou isso?

Ela gira a mão, tirando-a do volante.

— Ele, eu acho. Não lembro direito.

Isso está ficando cada vez mais esquisito. Quer dizer que agora eles estão conversando?

— Humm.

Ela olha para mim através dos óculos escuros e diz:

— Você pode me contar, tá? Você sabe que não vou dizer nada pra maldita *mídia*.

Em quatro anos de amizade, Brooke nunca me deu motivo para não confiar nela.

— Tá bom. É meio sério.

Ela me dá uma olhada por cima dos óculos.

Dou de ombros e olho pela janela.

— E eu quero que seja mais do que meio.

Seu sorriso falso está de volta, mas ela o direciona para o para-brisa.

— Isso é novidade pra você.

E não é?

— Sim.

Reid

Enquanto estou fazendo as malas, mando uma mensagem para John perguntando se ele quer sair hoje à noite, e ele me liga de volta enquanto estou no saguão, esperando o manobrista trazer o meu carro.

— Claro que sim, você sabe que estou dentro — ele diz. — Alguma ideia?

— Eu esperava que você tivesse alguma coisa. Nada de boates... tenho ordens do estúdio pra ser um casal exclusivo até a pré-estreia. Não posso me arriscar a levar alguém pra casa se isso vazar. — Sem falar no fato de que Brooke vai me pendurar pelas bolas se eu estragar o elaborado plano dela. — Alguma festa particular? — A rede de amigos do John inclui um monte de filhos ricos e entediados dos mais proeminentes cirurgiões plásticos de Los Angeles, executivos de Hollywood e profissionais como nossos pais. Ele é até mais conectado para essas coisas do que eu.

— Tá, claro, tem pelo menos uma ou duas que podem não ser ruins. Te pego às dez?

— Legal.

John e eu nos conhecemos há três anos, desde uma festa em que eu achei que ia morrer.

Eu estava dando em cima de uma garota, e ela estava correspondendo como uma profissional. Encontramos um cantinho escuro perto da cascata da piscina para fazer umas explorações meio bêbadas e nos conhecermos melhor. Tudo ótimo e maravilhoso até alguém me puxar de perto dela com a clara intenção de arrancar o meu braço. Aparentemente, ela tinha um namorado que ficou meio decepcionado de encontrá-la com a blusa aberta e uma das mãos enfiada na frente da minha calça jeans.

— Que *porra* você acha que está fazendo? — ele gritou, com os olhos alucinados e se balançando entre nós. Sua mão ainda estava agarrada no meu braço quase deslocado enquanto ela tropeçava para trás. Ele era menor do que eu, mas era mais velho e estava *muito* puto.

Quando ele me soltou, só tentei escapar e assumir que perdi. Não fazia sentido levar uma surra por causa de uma garota que nem tinha me dito seu nome ou perguntado o meu, pelo que eu me lembrava.

— Nada, cara, sério — murmurei, ainda tonto, mas ficando sóbrio rapidamente. Infelizmente, minha calça aberta e o fato de que ela estava tentando abotoar a blusa contradiziam minhas palavras.

Ele se aproximou, com os músculos do pescoço muito tensos.

— Vou te matar.

Foi aí que John apareceu ao meu lado. Eu nunca o tinha visto.

— *Ei!* Eu te conheço? — No início, achei que ele estava falando comigo, mas depois percebi que ele estava falando com o cara emputecido.

— Sai fora, babaca. — E apontou um dedo para mim. — Isso é entre mim e *ele*.

— Ah, é? Essa casa é *minha*. Então, por que *você* não cai fora? — John era menor do que nós dois, mas despejava uma indignação justa.

Foi então que o amigo do cara, que tinha um metro e noventa e cinco e a largura de um jogador de futebol americano, se materializou. Boquiaberto, pensei: *Estou morto. Que merda, estou totalmente morto.* Sem expressão, ele me encarou de volta enquanto eu pensava se era remotamente possível eu dar aquele soco que poderia deixá-lo tonto por tempo suficiente para escapar. Não consegui desviar os olhos de seu olhar vidrado até ele estalar os dedos.

Engoli em seco, tentando uma última conciliação com o namorado emputecido.

— Ei, hum, desculpa, cara... eu não sabia que ela tinha dono.

— Não adianta, *cara* — ele debochou, ainda irritado. Ele não queria um pedido de desculpas. Ele queria sangue. *O meu.*

Foi aí que John se meteu entre mim e o amigo corpulento, todos os seus sessenta quilos se jogando direto no cara emputecido. Depois de derrubar o cara de bunda no chão, ele começou a dar uma surra nele, com os punhos voando. *Ótimo*, pensei, meus olhos desviando para o brutamontes enorme cujo *pescoço* era do tamanho de uma das minhas coxas, *agora definitivamente vou levar uma surra.*

Eu me empertiguei, com os punhos cerrados, certo de que, se aquele cara me desse um soco, eu ia ficar: (a) inconsciente; e (b) nem um pouco atraente quanto no início daquela noite horrível. E aí o cara corpulento soltou um suspiro profundo e frustrado, revirou os olhos e se abaixou para tirar o amigo debaixo do John. Indo em direção ao portão lateral, ele arrastou seu camarada ensanguentado e cambaleante. Sem uma palavra, a garota os seguiu.

Isso tudo aconteceu num piscar de olhos.

Como um lutador premiado, John inclinou a cabeça para um lado e para o outro algumas vezes, estalou o pescoço e olhou para mim.

— Vamos lá, cara, preciso colocar gelo nos meus dedos. — Ele deu um sorriso idiota enquanto abria e fechava as mãos, como se isso pudesse aliviar a dor. — *Merda*, isso dói.

Balancei a cabeça para ele.

— Hum, obrigado.

— Sem problemas. Aquele cara era um babaca. — Eu o segui até a casa, onde ele abriu uma gaveta no congelador e procurou entre formas de gelo de vários formatos e tamanhos. — Minha madrasta faz kickboxing — ele disse, explicando as formas de gelo. Tentei e não consegui imaginar minha mãe fazendo kickboxing. Ele pegou uma forma no tamanho da mão na gaveta do congelador e continuou: — Então, você é Reid Alexander, não é?

Aos dezesseis, eu ainda era um completo anônimo.

— Você sabe quem eu sou?

Eu não tinha ideia, na época, de como tudo mudaria nem com que rapidez. Conhecer John foi uma das primeiras indicações da futura mudança no meu status social. John é um dos meus melhores amigos agora, mas ele sempre teve consciência de quem é quem, e eu me questionava se a nossa amizade teria acontecido se ele não soubesse quem eu era naquela noite.

— Eu conheço a Karen e a Olivia, e elas disseram que iam te trazer hoje à noite.

Na última vez que vi Karen e Olivia, elas estavam dançando juntas e enlouquecendo todos os homens em volta. Que pena para os caras, porque nenhuma das duas se interessaria por nenhum deles. Elas estavam muito mais interessadas uma na outra, e foi por isso que eu tinha ido procurar minha própria diversão.

John pegou duas cervejas na geladeira com a mão que não estava machucada e me deu uma delas.

Tirei a tampa e balancei a cabeça.

— Acho que eu tive sorte porque o grandalhão não estava com vontade de brigar, né?

John deu de ombros.

— O babaca era o menor. Imaginei que, se o derrubasse, o problema estaria resolvido.

Um palpite arriscado.

— É, bom, obrigado.

16

Emma

Acordo sozinha, com partes da noite passada e de hoje de manhã flutuando na minha mente. A primeira coisa que lembro é a última coisa que aconteceu — Graham deixando um pedaço de papel na mesa de cabeceira antes de se inclinar, com as mãos nos dois lados do meu rosto, e me dar um beijo de despedida. Voltei a dormir com o gosto dele nos lábios.

 Eu me levanto um pouco, me apoio nos travesseiros e esfrego os olhos. O bilhete está ali, onde me lembro que ele deixou. O relógio está marcando onze da manhã, então ele deve ter ido embora umas três horas atrás. Ele está em algum lugar entre a Califórnia e Nova York, provavelmente voando sobre uma colcha de retalhos de campos de milho e trigo. As cortinas que escurecem o quarto isolam completamente a luz do sol, então preciso acender o abajur para ler o bilhete. Passo o dedo sobre a caligrafia que já conheço. Meu nome está no topo, e o dele, na parte de baixo.

Emma,

Estou sentado ao seu lado com uma lista telefônica equilibrada sobre os joelhos, observando você dormir e lutando para escrever alguma coisa profunda e apaixonada que possa expressar como me sinto. Alguma coisa que te deixe sem ar esperando a minha volta. Em vez disso, sou eu que estou sem ar, me lembrando da sua boca se abrindo para mim, do carinho dos seus dedos em todos os lugares onde você me tocou, do seu peso perfeito em meus braços. Pensar no tempo que vou ficar longe de você é uma tortura. Eu nem sai do seu quarto e já estou com saudade. Hoje à noite vamos conversar, e eu vou te contar uma história sobre o que eu pretendo fazer com você daqui a três semanas. Ou talvez você prefira me dizer o que quer — tipo uma lista de desejos, uma caçada ao tesouro ou migalhas numa trilha... Sou muito bom em seguir migalhas. Ou instruções, orientações, súplicas...

Todo seu,
Graham

* * *

Chega uma mensagem de Reid:

> Você ainda está no hotel?

> Sim, vou para o aeroporto daqui a pouco.

> Eu te levo e a gente conversa sobre a agenda de entrevistas no caminho.

> Tá.

— Seu carro é muito... amarelo. — Amarelo ou não, esse é o veículo mais chique, sem ser uma limusine, em que já estive. Supera até o Marcus e seu Volvo de riquinho de Sacramento. Estou com medo de encostar nas coisas.

Os olhos de Reid estão invisíveis por trás dos óculos escuros, mas eu sei que ele está revirando os olhos.

— Argh! Nem começa. Logo, logo vou trocar este carro.

Prendo o cinto de segurança, e ele arranca.

— Por quê? Ele parece tão novo.

Ele dá um sorriso forçado e diz:

— Porque é amarelo.

Dou uma risada, confusa.

— Mas não foi você quem *escolheu*?

Ele dá de ombros, olha para mim e sorri.

— Semântica. — Então vira com tudo à direita numa esquina e diz: — Segura aí. — E de repente fico grata pelo assento moldado e pelas diversas barras interiores.

— Você foi piloto de corrida em outra vida? — pergunto, depois de ele passar por vários carros como se fosse o James Bond.

— Rápido demais pra você, Emma? — ele ri. — Droga. Sou *sempre* rápido demais pra você. Tenho que aprender a me controlar...

Com os lábios pressionados, olho para ele, que me dá um sorriso típico de Reid Alexander, diminuindo a velocidade e entrando na pista da direita. Sua mão manuseia calmamente o câmbio de marchas entre nós.

— Só estou provocando, você sabe.

Dou de ombros em resposta, esperando que a gente não volte ao que aconteceu no outono passado, que ele não peça novamente mais uma chance. Tudo com Graham é muito recente, e não estou preparada para falar nisso nem para defender a situação para Reid.

Ele fica calado por alguns minutos, batucando os dedos no volante, acompanhando o ritmo da música. Por fim, pigarreia e diz:

— Então, vamos aparecer no rádio e na TV... Temos compromissos para todos os dias da próxima semana.

Suspiro, aliviada com a mudança de assunto.

— Acho que vou voltar para Los Angeles na segunda, então.

Ele faz que sim com a cabeça.

— A maioria dos programas são de manhã, em horários *totalmente* nada a ver... começando com segunda de manhã às seis.

— Seis *da manhã?* Que droga.

Ele balança a cabeça.

— Essa palavra não é forte o suficiente pra qualquer coisa que comece às seis da manhã. A primeira é numa estação de Los Angeles. Eu dirijo ou pego um carro e te apanho no hotel, pra você não se preocupar com transporte. Na verdade, acho que é melhor eu fazer isso em todas as entrevistas, pra que ninguém fale com a gente em separado, por causa da nossa farsa romântica. — Ele sorri de novo para mim, mas de um jeito brincalhão. Nenhum motivo para me preocupar.

Na próxima semana vou passar muito tempo com Reid. Quem diria que algum tempo atrás eu teria ficado eufórica com uma oportunidade dessas. Agora fico nervosa de um jeito totalmente diferente. Apesar de eu não querer mais um relacionamento com ele, Reid ainda é carismático e curiosamente fácil de lidar... a maior parte do tempo. Eu devia me sentir mais desconfiada e preocupada. Este é o problema, na verdade: não estou totalmente vigilante quando todas as células lógicas do meu corpo me dizem que eu *deveria* estar. Mas, por outro lado, esse é o tipo de coisa em que Reid Alexander é excelente: fingir que é confiável.

O resto da viagem é repleto de conversas casuais. Ele pergunta o que eu pretendo estudar na faculdade, e eu pergunto sobre seu próximo projeto, um filme de ação com Chelsea Radin, garota do tempo do interior que se transformou em celebridade gostosa. Ele não fala no último outono nem na conversa que tivemos em março. Quando chegamos ao aeroporto, ele salta para pegar minha bagagem no porta-malas. Ele a coloca na minha mão e, antes que eu possa reagir, ele se aproxima e dá um beijo rápido no meu rosto.

Em seguida ajeita os óculos escuros de novo e entra no carro, gritando:

— Te vejo na segunda de manhã. — Fico parada na calçada, piscando. O beijo foi um choque inesperado, mesmo não tendo sido na boca e parecido tão casual. Mas seu beijo basicamente inocente não é o que me deixa congelada.

Do outro lado das várias pistas de mão única na frente do meu portão de embarque está uma garota com uma câmera apontada para mim. Não é um celular nem uma câmera de turista da Kodak de trezentos dólares. É um equipamento grande, preto, e parece profissional. *Droga.* Quando viro para o outro lado, o rosto dela se transforma num sorriso feliz e *maligno* antes de ela também virar e desaparecer rapidamente na garagem do estacionamento.

Sei o que acabou de acontecer entre mim e Reid na calçada: um beijo inocente. Também sei exatamente o que vai parecer em todos os sites de fofocas de celebridades para os quais aquela garota pode fazer um upload e vender a foto.

Brooke

Não tenho tanto medo dos paparazzi quanto algumas celebridades. Pouca coisa da minha vida *não é* um livro aberto. Tirando meu segredo gigantesco, de que em algum lugar por aí existe uma menina de três anos (provavelmente), loira de olhos azuis e com uma mistura de genes meus e do Reid. (Que Deus ajude quem estiver tentando criar essa criança, se houver alguma verdade na questão da "natureza" no debate entre natureza e criação.)

Tenho uma arma secreta sempre disponível entre os paparazzi. O nome dela é Rowena, e ela é uma chacal no bando de uma profissão principalmente masculina. Eu a escolhi por esse motivo, na verdade. Sempre que posso dar vantagem a uma mulher em relação a um homem, eu faço isso — desde que a mulher em questão não seja uma concorrente, porque aí a situação muda totalmente. Rowena não confiava em mim, no início. Não até ela receber duas ou três fotos que nunca seriam possíveis sem a minha ajuda. Desde então, quando ligo, ela só quer saber uma coisa: *onde*.

Eu a uso para minhas fotos "informais", é claro. Foi assim que eu a atraí originalmente. Eu a convenci a me dar seu número, depois ligava quando passava numa Starbucks para tomar um frappuccino com um ator bonitão. Eu mandava mensagem quando ia fazer compras com a minha mãe. Como eu controlo os cenários, apareço como quero aparecer, e Rowena dá a impressão de saber como pegar celebridades importantes tentando ser discretas pela cidade. Agora os sites e revistas de fofocas atendem as ligações dela com ansiedade, e eu fico em destaque — parecendo uma pessoa (atraente) normal, e não uma mendiga mostrando a calcinha — ou a falta dela — para o mundo.

Algumas celebridades acham que estão acima de tais manobras ou simplesmente são burras demais para entender como fazer isso funcionar a seu favor. Não sou presunçosa e *não* sou burra.

Quando liguei para Rowena hoje de manhã e falei para ela correr até o aeroporto para conseguir uma exclusiva de Reid Alexander e Emma Pierce, ela perguntou o número do portão e saiu como um galgo bem treinado.

— Não se preocupe em procurá-la — falei para Reid ontem à noite. — Ela é profissional. Você provavelmente nem vai vê-la até ela já ter batido a foto.

— Você é uma piranha maliciosa, Brooke.

Não levei para o lado da ofensa porque havia admiração na voz dele.

— Para sua informação, *não* estou dizendo pra você tentar alguma coisa que possa atrapalhar o nosso plano... mas, quanto mais você der a impressão de que está deixando sua amante no aeroporto depois de uma noite tórrida, melhor.

Ele riu.

— Tudo bem, tá bom, vou ver o que posso fazer.

O beijo que ele deu na bochecha dela foi brilhante. Reid e Emma sabem que foi rápido e inocente, mas as fotos que começaram a aparecer algumas horas depois poderiam ser interpretadas de um milhão de maneiras, e poucas dessas interpretações são *inocentes*.

* * *

Aproveito para enviar uma mensagem ao Graham:

> Acabei de saber que vou estar em NY na semana da sua formatura. Não quero me convidar, mas... posso me convidar? Sua família vai me odiar se eu me intrometer?

> Não, tenho certeza que seria legal, se você tiver certeza que quer ir. Pode ser uma cerimônia chata e demorada.

> Você está se referindo à minha capacidade limitada de atenção? Porque eu prometo que estou orgulhosa de você e posso ficar sentada paradinha durante a COISA TODA.

> Haha, tudo bem. Vai ser legal.

Eu *não* estou feliz de esperar uma semana e meia para aparecer em Nova York... Com Emma presa na turnê publicitária de Los Angeles com Reid, este é o momento certo para fazer uma visita amigável inesperada ao território de Graham. A comédia romântica que vou filmar lá no outono pede um apartamento de temporada, acho eu. Um apartamento que poderia virar fixo. Meu objetivo declarado para estar na cidade são reuniões com produtores — totalmente viável, então isso não será questionado.

Se eu quiser ficar com Graham, vou ter que conquistar sua mãe, suas irmãs condescendentes e sua filha. Só vi Cara uma vez, e foi alguns anos atrás, então ela não deve se lembrar de mim de jeito nenhum. Aquela viagem também incluiu um incidente de beijo desastroso e bêbado que (por sorte) Graham decidiu fingir que nunca aconteceu.

A vida é uma praia estava gravando um episódio em que vários personagens vão para Nova York. (Personagens praianos de Los Angeles em Nova York — que inferno, né? Mas, poxa, era semana de medição de audiência, e eu faço o que me pagam para fazer.) De algum jeito, eu tinha conseguido ficar na casa de Graham enquanto estava em Nova York, então, quando soube de uma festa numa cobertura na Union Square, de propriedade do amigo de um dos meus colegas de elenco, eu o convidei para ir junto.

Estávamos dançando, ficamos com calor e fomos parar no terraço, vendo estrelas. Ou ele estava. Eu estava olhando para *ele*. Eu estava acostumada com caras como Reid, que tiram vantagem de garotas que bebem até ficar idiotas ou fingem fazer isso para conseguir um cara gostoso. Eu devia saber que Graham não reagiria a isso.

Não que ele fosse insensível. Quando me joguei em seus braços e o beijei, durante alguns segundos estonteantes, ele me beijou também. Achei que eu fosse derreter, de tão bom. Mas aí ele me pegou pelos ombros e me afastou, dizendo:

— Brooke, não. — Eu estava bêbada apenas o suficiente para não perceber o que ele estava fazendo, no início... e, assim que percebi, fiquei sóbria apenas o suficiente para me sentir humilhada. E puta da vida.

Meu Deus, como eu fiquei puta. Voltei irritada para dentro, tremendo e furiosa, e agarrei o primeiro cara com aparência decente que encontrei. Eu o joguei contra a parede, com a batida da música ressoando na placa de gesso e entrando em nós, fechei os olhos e fingi que ele era quem eu queria. Não me lembro muito dessa parte, só que não consegui enganar a mim mesma, por mais que eu tentasse. Instantes depois, Graham me separou do cara, que quase deslizou até o chão porque eu não o tinha deixado respirar direito.

— Vamos embora — ele disse, com a mão apertando o meu braço.

Eu me soltei, cruzei os braços e lhe lancei um olhar furioso.

— Pra mim a festa ainda não acabou.

— Ah, acabou, sim — ele devolveu, se aproximando para eu poder escutar. — Você está mal e vai fazer alguma coisa de que vai se arrepender se não formos embora agora. — Sua proximidade estava me matando.

— Já fiz isso — murmurei, com os olhos ficando marejados. Pisquei para afastar as lágrimas e apertei meus antebraços, determinada a continuar com raiva.

— O quê?

Soltei os braços, colocando os punhos na lateral. Eu me sentia firme, mas frágil, como se fosse feita de concreto. Um soco forte e eu viraria pó.

— Eu disse que *já fiz isso*. Agora você vai me odiar porque eu destruí nossa amizade. — Minha voz falhou novamente, e eu percebi que estava com mais raiva de mim do que dele. — Eu só quero alguém que goste de mim. Por que isso é tão errado?

Ele fechou os olhos.

— Não é errado. — Quando ele colocou o braço ao meu redor e me conduziu para a porta, não lutei contra ele. Andamos alguns quarteirões antes de eu parar e reclamar que meus pés estavam doendo e eu estava cansada, e ele chamou um táxi para nos levar de volta para a casa dos pais dele.

Era tarde, e a casa estava silenciosa. Ele parou do lado de fora do quarto de hóspedes, em frente à porta, e sussurou:

— Brooke, você não destruiu nada. — Suspirou. — Vamos simplesmente esquecer que isso aconteceu? Você significa muito pra mim. É uma das poucas amigas que sabem da Cara. Você bebeu demais. Foi um erro bobo. Eu nunca te odiaria.

Por um instante, antes de ligar para o meu agente de viagens e fazer uma reserva no voo de terça-feira, reflito sobre a frase: *eu nunca te odiaria*. O que ela significou para mim na época, o que significa para mim agora. E quase desisto.

Mas eu sou a pessoa certa para ele. Eu sei disso. Só preciso de uma chance para provar.

17

Reid

Não importa quantas vezes tenhamos acordado juntos de ressaca, nem quantas vezes tenhamos resmungado "nunca mais vou fazer isso" para nós mesmos e um para o outro, na próxima vez que saímos juntos, John e eu geralmente tomamos todas até não conseguir enxergar direito. A exceção é quando nos drogamos.

Nós nem nos preocupamos com uma ressaca na manhã de sábado. Simplesmente fomos direto para nossa próxima farra, tornando a ressaca de domingo uma filha da mãe. Só conseguimos nos mexer no fim da tarde e, em algum lugar no fundo da minha mente, existe a incômoda pergunta filosófica do momento: se eu não consigo me lembrar, foi divertido?

Tem uma garota desmaiada no sofá de John, e nenhum de nós se lembra quem foi responsável por trazê-la para este apartamento nem o que foi feito com ela depois que chegamos. Pelo que sei, todos nós caímos no sono. A maquiagem dela está muito borrada, e ela está deitada de bruços, com a saia e a blusa estranhamente tortas, revelando muitas partes do seu corpo, e todos os quatro membros esticados, como se tivesse sido jogada ali.

— Ela é meio alta. Provavelmente é sua — digo, por causa da conhecida fraqueza de John por modelos.

— Ela é meio loira. Provavelmente é sua — ele retruca, empurrando o quadril dela com o pé. — Ei. Acorda. — Ela solta um resmungo irritado, mas nada além disso.

Isso é muito errado, de verdade, e absurdamente hilário. Infelizmente, minha cabeça dói quando eu rio.

— Que merda, John, ela não é uma vagabunda.

Ele expira e pisca devagar, estreitando os olhos para ela naquela luz do dia não tão clara; as persianas ainda estão bem fechadas.

— Cara, eu discordo. Ela está desmaiada, num lugar onde não devia estar, onde ninguém sabe quem ela é. Basicamente, essa é a definição de vagabunda. — Ele se inclina e tenta cutucar o ombro dela, desta vez com as mãos. Ela resmunga de novo, e ele recua. — Ah, pelo amor de Deus, ela tem o *hálito* de uma vagabunda.

Pego meu celular no bolso da calça que estava usando ontem à noite, que encontro pendurada nas costas de uma cadeira próxima.

— Vou chamar um táxi. Você procura a identidade dela. A gente coloca ela no táxi, joga uma nota de vinte pro motorista e manda ela pra casa.

Segurando a cabeça, John procura a bolsa da garota enquanto faço a ligação.

— Carteira! — ele diz finalmente, sua mão surgindo por entre as almofadas do sofá. — Tudo bem, quem é você...

— O táxi vai chegar daqui a cinco minutos. — Eu me jogo na poltrona enquanto John berra um monte de palavrões. — Que droga, John, cala a porra dessa boca — sibilo, levando as mãos às têmporas.

— É, tá bom. Olha. — Ele me entrega a identidade da garota.

Não reconheço o nome nem o endereço, mas o táxi certamente não vai servir para nada.

— Merda... *San Diego?* Não podemos mandar uma garota desmaiada pra San Diego num táxi.

John balança a cabeça devagar.

— Não, cara, o problema não é esse. — Ele solta mais uma rajada de palavrões, mais baixo dessa vez, encarando-a como se ela fosse um zumbi e, a qualquer momento, fosse acordar e atacar.

— O *quê é*, então? — pergunto, e ele me dá outra identidade. Eu não olhei para a foto da primeira, nem para a idade. Olho agora. A foto pode ser dela: Amber Lipscomb, vinte e um anos... Até eu olhar a segunda identidade, que *claramente* é da garota no sofá: April Hollingsworth, dezessete anos. — Ai, que merda. — Eu sabia que a boate não era uma boa ideia. Eu *sabia*.

— Estamos muito fodidos. — Ele encara a garota-zumbi, sem fazer mais nenhum esforço para acordá-la.

Meu celular toca, dando um susto em nós dois.

— Alô — resmungo, com a boca seca e a pulsação acelerada. E eu que achei que minha cabeça estava latejando antes. Rá! — Tá bom, obrigado. — Olho para John. — O táxi chegou.

Seus olhos disparam para mim.

— Coloca as calças e sai daqui, cara.

— Tá falando sério?

Ele encara a garota de novo, preocupado.

— Eu não sou ninguém. Ela não pode provar porra nenhuma de quem estava com ela ontem à noite, e não pode ir muito longe com uma maldita identidade falsa na mão, ainda mais estando numa boate pra pessoas de mais de vinte e um anos. Nós temos dezenove, o que torna isso, no máximo, uma contravenção. Ninguém vai fazer nada *comigo* por causa de um problema tão insignificante, mas vão dar um jeito de fazer *você* pagar por isso. Então sai daqui.

John e eu já estivemos em situações difíceis, mas essa provavelmente é a pior de todas. Se isso der errado, o pai dele vai acabar com ele. Nunca imaginei John entrando numa confusão dessas por mim. Não consigo entender.

— Olha, você acordou no seu quarto, eu acordei no quarto de hóspedes, e ela claramente não saiu do sofá desde que chegou aqui. Talvez não tenha acontecido nada.

— Talvez — ele bufa. — *Reid*. Pega esse táxi e vai pra casa. E faz uma promessa ou sei lá o que quando chegar, cara. Eu te ligo mais tarde.

Emma

Derek e Emily me pegaram no aeroporto na tarde de sexta e, quase quarenta e oito horas depois, estão me deixando lá de novo.

Andar no Jeep do Derek provoca um *déjà-vu* do meu passeio com Graham até Griffith Park. Prendo o cabelo num rabo de cavalo e me lembro do prazer de ficarmos abraçados para ver o sol nascer, e a sensação da sua boca no meu pescoço quando ele murmurou *você é tão linda*. Reli seu bilhete várias dezenas de vezes, e só o medo de ele ser arrancado da minha mão por uma rajada de vento me impede de pegá-lo agora de novo. Nossas três semanas estão diminuindo.

Eu não sabia, no último outono, nos meus intermináveis conflitos com Reid, que é assim que a gente deve se sentir. Não ter infinitos questionamentos internos de *devo ceder* ou *não estou pronta ainda*, não ter uma sensação constante de defender os próprios limites, mas ansiar pelo próximo passo, por essa conexão. Uma confiança inerente que significa tudo que deveria significar.

Do banco de trás, observo Derek e Emily se comunicarem por gestos, algo que eles provavelmente aprenderam a fazer por causa do veículo aberto. As mãos estão entrelaçadas sobre o console central — o antebraço forte e bronzeado dele roçando na pele mais pálida e frágil dela. Não consigo evitar um sorriso. Graças ao Jeep e às várias atividades ao ar livre, Emily agora tem marcas de bronzeado. São as marcas mais fraquinhas do mundo, por causa da mania que ela tem de usar filtro solar no corpo todo, mas mesmo assim.

Derek levou minha melhor amiga para escalar recentemente — algo que fez a sra. Watson parar de falar com ele durante uma semana, exceto por comentários sussurrados sobre *perigo* e *sua filhinha* e *morte iminente*. Emily diz que ele finalmente conseguiu fazer um esforço para explicar todos os detalhes do sistema de roldanas e o fato de que uma novata como Emily estaria *sempre* presa a ele, o que acabou convencendo a mãe dela de que ele não permitiria que absolutamente nada acontecesse com a garota que ele ama.

— Foi bem cena boba de sitcom — Emily me disse no sábado de manhã, enquanto estávamos deitadas na cama dela. — Falei pro Derek que ele não podia falar com a minha mãe daquele jeito... todas aquelas bobagens melosas... e isso, é claro, uniu os dois imediatamente. — Seu sorriso travesso me fez rir alto, e me perguntei como meu pai e Chloe vão lidar com a novidade sobre mim e Graham.

Na noite de sexta, fotos minhas com Reid em frente ao aeroporto estavam espalhadas por toda a internet, ao lado de especulações desenfreadas sobre nosso possível relacionamento.

— Acho que essa porcaria se encaixa na categoria de você-precisa--saber — suspirou Emily, virando o monitor para mim. A hora do dia em que ele me deixou no aeroporto, insistiam alguns sites, confirmava a probabilidade de termos passado a noite juntos.

Mandei uma mensagem para Graham, para ele não ser pego de surpresa, de novo, por ver uma foto minha com Reid numa cena aparentemente íntima. Ele respondeu:

> Abutres. Obrigado por me avisar.

Emily não era a única que ficava de olho em busca de fotos incriminadoras a meu respeito. Eu devia ter imaginado, logo de cara, pelas perguntas condescendentes de Chloe ontem à noite no jantar, que ela também tinha visto as fotos, mas minha mente estava tão ocupada com pensamentos sobre Graham e suas promessas de conversarmos pelo Skype mais tarde que eu estava dando respostas automáticas e praticamente a ignorei.

Quando me passou o molho vinagrete, ela comentou:

— Emma, sua dissimulada... como foi Los Angeles?

Respinguei molho na minha salada, jurando tentar encaixar uma longa corrida na manhã.

— Foi ótimo. Na verdade, bem claro nessa viagem — comentei, fazendo alusão ao clima de Los Angeles e à sempre bem-vinda falta de neblina.

Quando passei o frasco para o meu pai, Chloe lhe deu um olhar satisfeito, do tipo *viu só?*, que o fez franzir a testa.

— Tudo está definitivamente *mais claro* nos últimos tempos. — Essa foi a tentativa de Chloe ser enigmática, mas nada na minha madrasta é obscuro, nem mesmo vagamente misterioso. Seus pensamentos e planos são transparentes, sem se limitarem por ideias sociais, como tato ou raciocínio. Aprendi a considerar isso um de seus traços positivos, do mesmo jeito que você sabe que um tubarão é capaz de arrancar seu braço porque você consegue ver seus dentes.

Primeiro, registrei o fato de ela me chamar de dissimulada. Depois o comentário sobre estar mais claro.

Percebi o que estava acontecendo.

— Ah. Você viu as fotos. — Virei para os olhos preocupados do meu pai. — Eu e o Reid estamos *fingindo* que somos um casal antes da pré-estreia. Ordens do estúdio... Bom, é isso que estamos fazendo; só pra você saber. Não está acontecendo *nada* de verdade entre nós.

— Por que não? — Chloe não conseguia acreditar. — Ele é lindo!

O franzido da testa do meu pai se transformou numa cara feia.

— Pelo amor de Deus, Chloe, não quero que a minha filha transe nem nada assim com aquele Casanova adolescente.

Quase engasguei com um tomate quando ouvi meu pai dizer *transar*, ainda mais porque ele fez um sinalzinho de aspas com as mãos.

Chloe suspirou fundo e revirou os olhos como se tivesse doze anos.

— Só estou dizendo que, já que ela vai *abandonar* a indústria cinematográfica, *nunca mais* vai conseguir uma chance com alguém como ele.

— Melhor ainda! — contrapôs meu pai, resmungando depois de dizer isso enquanto enfiava uma garfada de salada na boca.

Olhei para os dois com raiva.

— Dá licença. *Estou aqui na frente de vocês.* E, se esqueceram, sou adulta e perfeitamente capaz de conduzir meus próprios casos amorosos... do jeito que forem. — Meu rosto ficou quente, e o do meu pai também. Agora provavelmente não era o momento de falar do novo relacionamento com Graham. Pigarreei. — Eu, hum, vou terminar a salada no meu quarto.

Graham dedicava um tempo para mim todas as noites, mas estava envolvido em ser pai de Cara e estudar para as provas finais. Ele me avisou que estaria ocupado estudando e terminando as últimas revisões de trabalhos na semana seguinte, depois sua boca se contorceu de um jeito fofo.

— Mas, na sexta, sou todo seu.

***

Fico contente de ter algo para me distrair, nem que seja ficar em quartos de hotel, acordar antes do amanhecer e passear de carro com Reid por Los Angeles e regiões vizinhas. Existem muitas horas para preencher além das noites que eu passo trocando histórias de vida com Graham e pedindo, aos sussurros, que ele conte suas histórias sobre nós dois — vida de contos de fadas que teríamos se tivéssemos nos conhecido em circunstâncias diferentes ou se simplesmente não fôssemos atores.

A história que ele conta hoje à noite, minha primeira noite de volta a Los Angeles, supõe que nos conhecemos como alunos normais do ensino médio — algo que nenhum de nós foi.

— Eu seria veterano aos dezessete, em vez de estar no primeiro ano da faculdade. E você teria catorze, ou seja, uma caloura, com olhos arregalados e inocente. Se bem que isso meio que te descreve agora, também. — Seu sorriso é provocador, mas simpático. — Então talvez não seja muito difícil de imaginar.

Apoio a cabeça na mão, e meus olhos absorvem seu rosto na tela do notebook.

— Mas você seria popular. Então por que você se interessaria por uma caloura quando poderia escolher qualquer garota da escola?

Ele balança a cabeça.

— Eu teria te visto no primeiro dia, tentando abrir o armário. — Ele se refere à primeira vez que me viu, no corredor do hotel em Austin. — Imediatamente intrigado, eu teria ido até você, agindo de um jeito blasé, mas tremendo por dentro, pensando: *Quem é essa garota linda?* Então eu diria: "Precisa de ajuda?", e você olharia para mim, desconfiada. Eu afastaria seus dedos com delicadeza e perguntaria: "Qual é a sua combinação?", mas você seria esperta demais pra isso.

— Eu seria? — Dou uma risada. — Acho que talvez eu simplesmente me esqueceria da combinação na hora, se você falasse comigo.

Ele também ri.

— Nada, você ia responder: "Mas eu não devo dizer minha combinação pra ninguém". E eu diria: "Não se preocupe, pode confiar em mim".

Seu sorriso é positivamente mal-intencionado. Eu teria me derretido e virado uma poça no chão se ele falasse isso para o meu eu de catorze anos.

— Depois de mais garantias e contra todos os argumentos, você me daria a combinação, e eu abriria o armário pra você. Então eu me recostaria no armário ao lado e diria: "Eu cobro uma pequena taxa de donzelas em perigo na hora de abrir o armário, sabe". Suas suspeitas voltariam com força total, seus olhos se estreitariam, esperando que eu dissesse qual era essa suposta taxa. Eu diria que você teria que sair comigo na sexta, pra ir numa festa de orientação obrigatória para os calouros. E, já que você *teria* que ir, melhor que fosse comigo.

— Ah, *perfeito*.

— Você ia ficar meio sem entender nada, pensativa, do jeito que às vezes você fica, depois ia dizer: "Hum. Ninguém falou nada sobre essa festa de orientação obrigatória..."

Ele tamborila o dedo no queixo, e eu dou uma risada por causa da referência à minha palavra habitual preferida.

— E aí eu diria: "Ah, é só pra calouras especiais... Você tem que ser convidada por um veterano". Agora você está totalmente convencida de que eu sou arrogante. "Parece um belo trote", você diria. "Não, não... Eu ia mentir pra você?", eu perguntaria, exalando meu charme de garoto de dezessete anos.

— Você era brega assim quando tinha dezessete anos? — pergunto.

Ele sorri.

— *Emma.* Estou tentando contar uma história! E não posso testemunhar contra mim mesmo.

— Desculpa.

— E aí você ia me derrotar. Você diria: "Não sei. Você *mentiria* para mim?" E eu olharia nos seus olhos e veria tudo que eu jamais poderia querer. "Vamos deixar a festa pra lá. Vou te levar pra jantar. Depois vou te levar para algum lugar particular e te beijar até você me mandar parar." Qual seria sua resposta, Emma?

Eu mal conseguia respirar.

— Ah... Eu acho que, pelo bem da história, provavelmente eu aceitaria.

— Você acha? — Sua boca se curva para cima num dos lados, e eu percebo que ele me observa na tela com a mesma proximidade que eu o observo.

— Não sei. Preciso de mais informações sobre os beijos.

Ele dá uma risadinha baixa.

— Digamos que você responda sim e a gente saia para jantar. Conversando, nós dois ficamos surpresos de saber como nos sentimos à vontade. Então entramos no meu carro e vamos até um lugarzinho escondido com vista para nossa cidadezinha adormecida. Totalmente privado, escuro, exceto pelo céu cheio de estrelas... mas amanhã eu te digo o que acontece depois.

O ruído que escapa da minha garganta é um misto de gemido e lamento, e ele solta um *huuuuummm*.

— Preciso estudar um pouco mais hoje à noite, se é que agora vou *conseguir*, e você tem que acordar antes das cinco da manhã, animada e apresentável diante da câmera.

A última coisa com que me importo é estar animada e apresentável amanhã.

— Hummm. Amanhã tem mais? Você não vai esquecer?

— Claro que não vou esquecer — ele diz, com um sorrisinho. — Na verdade, vai ser uma sorte se essa história não for parar no meu trabalho sobre a Colônia Perdida de Roanoke, na prova final de História da América Colonial. Estou vendo tudo: *Nenhuma evidência do que aconteceu com os cento e catorze colonizadores jamais foi encontrada, mas, no sonho que tive na noite passada, levei Emma para um estacionamento e fomos além das carícias.*

— Graham! — Dou uma risada, com as mãos na boca.

— Estou brincando. Eu não chegaria tão longe no primeiro encontro... Talvez às carícias? — Ele ri baixinho quando cubro totalmente o rosto. — Provavelmente foi bom você não me conhecer quando eu tinha dezessete anos. Eu era meio que cachorro no cio. Mas acho que eu saberia o suficiente pra ser cuidadoso e ir devagar com você. Pelo menos vou ser assim nessa história, que continua amanhã...

Não vou conseguir dormir hoje.

18

Brooke

Rowena e eu não fazemos contato visual enquanto ela passa pela primeira classe a caminho da classe econômica, com a sacola do equipamento de fotografia pesando no ombro e provocando uma inclinação. Ela parece um espantalho torto. Consigo facilmente imaginá-la entrando sorrateiramente em espaços estreitos impossíveis, conseguindo fotos que os homens robustos e agressivos da profissão — aqueles que apavoram as celebridades com sua beligerância ofensiva — nunca conseguiriam. A única coisa enervante em Rowena são seus olhos. Não são vazios como os de um psicopata assassino — são simplesmente implacáveis.

Não que eu possa falar alguma coisa.

Geralmente ela não tem que sair da região de Los Angeles para ganhar a vida, mas entende a parte estratégica de fazer favores pessoais para as pessoas certas, e eu sou uma dessas pessoas. Graham e eu podemos não estar no topo da lista, mas estamos perto o suficiente para chegar aos noticiários se a história for suculenta, especialmente com a pré-estreia do filme daqui a duas semanas. Deixei claro para Rowena que esse favor não é negociável, se ela quiser continuar recebendo dicas como o bônus Reid-e-Emma, que provavelmente pagou vários meses do seu aluguel. Vou bancar a passagem aérea e o hotel, e ela vai ganhar dinheiro com as fotos.

Agora tudo o que preciso fazer é colocar Graham em cena.

Odeio voos longos porque não tem nada para *fazer*. Deus sabe que não vou conversar com o CEO ou o que quer que ele seja de meia-idade sentado ao meu lado. Ele lembra o meu pai — do Rolex estereotipado e o terno sob medida até o corpo sarado e os dentes branqueados.

Papaizinho querido está no quarto casamento com alguém jovem demais para ele. Conforme eu envelheço, elas se aproximam cada vez mais da minha idade. Acabei de fazer vinte anos, como ele consegue aceitar o fato de que a mais recente sra. Cameron é cinco ou seis anos mais velha que sua filha mais nova? Acho que minha irmã mais velha tem *a mesma idade que ela*. Ele deveria pelo menos ter noção e sentir vergonha.

Minha mãe foi a segunda esposa idiota; a mulher mais jovem que atraiu um homem casado poderoso e o tirou da esposa e das duas filhas e engravidou de mim, provavelmente de propósito. Quando o divórcio dele foi concluído e o acordo pré-nupcial que minha mãe ignorante aceitou foi assinado, eu tinha um mês. Inexplicavelmente, eu estava nas fotos de casamento ridículas (que minha mãe passou na fragmentadora quando meu pai a deixou pela esposa número três — *ei*, quem não teria previsto *isso?*). Por que nenhum dos dois achou que um dia eu ia crescer para ver aquelas fotos emolduradas e descobrir que eu sou *muito mais do que* ilegítima ou que os meus amigos não chegariam à mesma conclusão?

Minha mãe atualmente está caçando o Marido Número Quatro. O Número Dois, Rick, era legal, na verdade. Eu meio que sinto saudade dele. O Número Três era um babacão, e eu fiquei mais do que feliz em conseguir meu próprio apartamento em Los Angeles quando minha mãe se mudou de volta para o Texas com ele — já foram tarde. Ela agora diz que o terceiro casamento foi a variação dos "quinze minutos". Na verdade, durou mais ou menos um ano, mas talvez quinze minutos simplesmente se refira a quanto tempo cada um deles foi fiel.

O sr. CEO continua me espiando, e não tenho certeza se é por causa do meu corpinho gostoso de Los Angeles ou se ele me reconheceu. Não me importo. Pego a máscara de dormir de cetim e a coloco, reclino a poltrona e me ajeito para fingir dormir. Não quero pensar em safados de quarenta anos nem nos meus pais e em suas histórias de relacionamento sem sentido. Só quero pensar em Graham.

Não quero estragar isso. Sei que estou prestes a manipulá-lo de maneiras deploráveis, mas sou uma garota prática. Os fins justificam os meios. Isso é algo que meus pais nunca, em suas vidas patéticas, fizeram — planejar o futuro, em vez de viver o momento. Graham não é um capricho momentâneo, apesar de eu admitir que era, no início. Mas isso foi há muito tempo. Agora eu sei que ele é exatamente o tipo de cara estável que eu preciso. Ele é uma das únicas duas pessoas no mundo com quem eu consigo conversar confortavelmente sobre o que aconteceu com Reid.

Meu Deus, *Reid*. Que coisa tortuosa.

Quando nos conhecemos, ele tinha catorze anos, e eu tinha quinze. Nós dois éramos figurantes recorrentes no set de uma sitcom que estava prestes a ser cancelada. Eu o pegava me encarando às vezes, e ele ficava vermelho, ou vice-versa. Eu achava que ele era o garoto mais bonito que eu já tinha visto. Conversamos algumas vezes, mas eram frases curtas e nervosas sobre assuntos superficiais, sem nenhuma importância.

Um mês depois, nós dois conseguimos papéis insignificantes no mesmo filme. Era o destino, de certa forma, mas não tenho ideia de qual era o objetivo.

O elenco estava no set de filmagens em Idaho, morando em trailers. Sem ninguém da nossa idade por perto, Reid e eu tínhamos aulas particulares juntos e rapidamente nos tornamos próximos. Nossos pais não se envolviam muito e não ficavam por perto, e a ideia de que a produção faz papel de babá para menores de idade é ridícula. Sim, nós ficávamos um pouco separados dos colegas de elenco mais velhos, porque esse tipo de lapso meio que significaria um desastre, mas, para nós, a situação era semelhante a sermos jogados no mesmo berço. Podíamos fazer toda a bagunça que quiséssemos *um com o outro*. E nós fizemos.

Eu tinha me mudado para Los Angeles com a minha mãe quando ela se casou com Rick, e a sitcom foi meu primeiro trabalho de atriz. Quando o filme que eu e Reid estávamos gravando terminou e voltamos para Los Angeles, continuamos nos encontrando. Nenhum de nós tinha idade suficiente para dirigir, mas éramos filhos privilegiados de pais sem noção. Alugávamos carros e ficávamos frequentemente na casa um do outro, pois morávamos perto.

Éramos jovens e irresponsáveis demais para sermos sexualmente ativos, mas, em certo momento, ir até o fim parecia um desenrolar natural. Reid me olhou como se eu fosse uma deusa em carne e osso no seu quarto. Foi reverente e carinhoso. Eu adorava o jeito como meu cabelo se espalhava sobre seu travesseiro, seu peso sobre mim e a expressão no seu rosto quando ele me encarou e sussurrou:

— Eu te amo.

Meu Deus, como éramos burros. Nós usávamos proteção a maior parte do tempo, mas às vezes nos esquecíamos, principalmente quando bebíamos. Reid resistia a beber comigo a maior parte do tempo, ou então bebia uma cerveja ou uma dose e parava. Tinha alguma coisa a ver com a mãe dele. E aí veio a noite dos screwdrivers. Acho que bebemos meia garrafa de vodca, e ficamos violentamente enjoados a maior parte da noite. Na manhã seguinte, o pai dele nos descobriu no quarto do Reid, desmaiados e com ressaca. Depois de dar um sermão paternal rígido, o pai dele ligou para a minha mãe.

Por ser uma mãe carinhosa, ela mandou um carro me pegar. (Será que ela percebeu que eu não tinha voltado para casa na noite anterior? Vai saber!)

Quando entrei cambaleando, a única coisa que ela perguntou, em tom de caçoada, não de preocupação, foi se eu precisava de uma pílula do dia seguinte. A última coisa que eu queria era parecer mais burra que a minha mãe.

— Claro que não — respondi, passando as mãos nas paredes do corredor a caminho do meu quarto. — *Nós* usamos proteção.

Ela semicerrou os olhos, e, se ela tivesse o mínimo de bom senso, nunca teria acreditado em mim. Em vez disso, ela soltou:

— Você não pode ser tão arrogante só porque sabe usar um pedaço de borracha, mocinha.

— Por que diabos não? — devolvi, com a cabeça latejando. — Se *você* soubesse usar, eu não estaria aqui pra te incomodar.

Ela me deu um tapa nessa hora, e não foi nada parecido com ver estrelas; simplesmente pareciam fagulhas explodindo, e tudo ficou preto nas bordas. Rick se aproximou rapidamente e disse, *Já chega, Sharla*, e tirou minha mãe do meu quarto enquanto eu cambaleava até a cama. Ele voltou minutos depois com pedras de gelo e comprimidos para dor. Meus ouvidos ainda estavam zumbindo quando ele suspirou:

— Dorme um pouco, Brooke. Você vai se sentir melhor mais tarde. — Em seus olhos gentis estava a preocupação que faltava nos da minha mãe. Ele estava decidindo alguma coisa que nunca pôde falar, porque minha mãe começou a chamar o nome dele naquele tom petulante. Ele deu um tapinha no meu braço, suspirou e saiu do quarto.

Ela preferia que eu fosse invisível para ele. Eu estava começando a parecer uma mulher e, de repente, eu era uma rival ou, pelo menos, alguma coisa concebivelmente mais bonita do que ela. Minha mãe não gostava disso.

Não lembro qual foi o motivo da briga com Reid na noite em que terminamos. Somos tão parecidos que, se nós dois por acaso ficássemos zangados ao mesmo tempo, inevitavelmente acabávamos numa discussão cruel. No início, ele parecia chocado com as coisas que eu dizia, tentando magoá-lo para conseguir uma reação. Mas seu temperamento era tão terrível quanto o meu; só que ele tinha um pavio mais longo. Quando ele finalmente perdia a cabeça, nós dois dizíamos coisas cruéis e vingativas um para o outro e nos acusávamos de todo tipo de pecado.

Confesso que deixá-lo irritado às vezes era excitante. Se eu conseguisse fazê-lo perder a cabeça e controlá-lo bem no momento certo, a paixão que ele liberava era insana. Ele me prendia na cama e me beijava com tanta força que chegava a doer, engolindo a raiva e redirecionando-a para algo mais gratificante do que gritar obscenidades.

Às vezes eu ultrapassava os limites e o forçava demais. Aquela noite foi uma dessas. E aí, pela primeira vez, ele não me ligou uma hora depois, chorando. Essa reação dele sempre me fazia chorar também, e nós balbuciávamos pedidos de desculpas e reafirmávamos nosso amor e a necessidade de nos vermos, mesmo que fossem três da manhã.

Esperei, mas ele não ligou. Dois dias depois, eu estava em pânico. Eu não queria ligar primeiro e parecer fraca, mas eu estava arrasada. Eu sentia saudade dele. Queria seu perdão. Também queria que ele precisasse mais de mim do que de qualquer outra coisa, mas, se ele ficasse longe, isso não aconteceria.

Então fui a uma boate com duas colegas do elenco do último filme; garotas de vinte e poucos anos que sentiam pena das minhas pequenas infelicidades de fim de namoro aos quinze anos. Eu não tinha problema para me fazer passar por maior de idade com a maquiagem, a roupa e a atitude adequadas, além de uma identidade falsa de primeira. Mas ser paquerada por caras mais velhos não me ajudou como eu imaginei.

Eu estava quase pegando um táxi para a casa de Reid e implorando seu perdão quando percebi um cara com uma câmera. Fracassando na tentativa de ser sutil, ele estava escondido atrás de uma coluna que não disfarçava sua circunferência. Eu sabia que ele seria descoberto e expulso a qualquer instante. Quando ele mirou nas minhas amigas, decidi tomar um rumo diferente e mais ousado. Eu deixaria Reid maluco de ciúmes, e ele voltaria para mim.

Encontrei um cara gostoso, o puxei para a pista de dança e acariciei seu corpo do jeito mais sensual e degradante possível. Incorporei coisas que eu tinha visto minha mãe fazer no pole dance que ela instalara no quarto extra para "se exercitar", e o fotógrafo registrou tudo. Reid e eu não éramos grande coisa, mas éramos fofos juntos, e Hollywood gostava de nós. Eu não tinha ideia de que ser idolatrada também significava que as pessoas ficavam salivando à espera do momento em que nos separaríamos e como isso aconteceria. Eu simplesmente estava desesperada para fazer Reid desmoronar primeiro.

O artigo online no dia seguinte me transformou na maior piranha da face da Terra — *que triste, ela é tão novinha* —, enquanto Reid foi considerado o garoto ingênuo que não fazia ideia do que sua namorada vagabunda estava fazendo pelas suas costas.

Naquela noite, e na seguinte, e na seguinte, Reid foi fotografado saindo de boates, festas e lugares da moda com uma multidão de garotas diferentes, até não haver mais dúvidas na minha mente de que tínhamos terminado e ele tinha me esquecido.

Chorei durante duas semanas. Eu mal comia. Não conseguia dormir. Eu queria ligar e dizer que não tinha estado com mais ninguém, que era tudo armação. Mas eu estava magoada e ressentida, sabendo que isso não era mais verdade para ele. Minha mãe, que tinha acabado de se separar de Rick, sentou comigo e me disse que o único jeito de esquecer um cara como aquele era conseguir um novo. Prestei atenção ao conselho dela, mas não conseguia me acertar com um cara só, não conseguia exorcizar Reid da minha cabeça.

Foi aí que eu conheci Graham, que resistiu e me desprezou. *Ninguém* me rejeitava, não quando eu estava oferecendo uma trepada sem compromisso. Estávamos no set de locação não muito longe de Los Angeles, começando a gravar um filme. Eu conhecia Graham havia uma semana e já o detestava por ele ter me dispensado.

E foi aí que percebi que já fazia um tempo que eu não ficava menstruada. Fiz xixi numa vareta e fiquei surpresa ao descobrir que estava grávida. Aborto? Nenhum problema. Pode me colocar na lista. Até o médico dizer com quanto tempo de gravidez eu estava: quase dez semanas.

Isso significava que era do Reid. Certeza que era do Reid. Falei para eles que eu não podia fazer isso. Não quando minha mãe me implorou para não estragar minha carreira. Não quando meu pai foi chamado para me obrigar a obedecer (porque, claro, *isso* sempre funcionou comigo).

— Já marquei a consulta, e nós vamos amanhã — minha mãe disse, como se eu não tivesse opinião sobre o assunto.

— Seja uma boa garota e escute a sua mãe — meu pai acrescentou.

Eu odiei os dois.

Graham me ouviu chorando no trailer naquela noite e bateu na porta. Não sei por quê, mas dei uma olhada naqueles olhos castanhos aconchegantes e contei tudo para ele.

Ele me abraçou enquanto eu chorava e me contou que ele e a ex-namorada iam ter um bebê em poucos meses. Ela estava planejando entregar o bebê para ele e se afastar, mas ele esperava uma reconciliação.

— Brooke, essa pode ser a decisão mais importante que você já tomou. Não importa se você não planejou isso; existe uma escolha a ser feita, e *você* precisa fazê-la. Decidir o que é certo pra você, *o que quer que seja*, e depois *fazer*.

Ninguém tinha me falado isso antes, e lá estava esse garoto, que não era nem um ano mais velho que eu, parecendo tão sábio e seguro. Claro, eu sei que, naquele momento, Graham ainda acreditava em Zoe, e ela não era merecedora disso, então ele não era exatamente a alma do discernimento que parecia ser. Mesmo assim, ele estava certo sobre assumir as decisões em relação à própria vida. Foi naquele momento que eu comecei a fazer isso.

Se eu sou capaz de amar alguém, tem que ser o Graham.

Os fins justificam os meios, certo? Os fins justificam os meios.

Envio uma mensagem para ele:

> Estou na cidade por alguns dias. Reuniões daquele projeto de outono. Jantar?

> Semana ruim. Tenho provas finais e trabalhos para entregar até sexta. Quando você vai embora?

> Sexta cedo. :(

> Droga, sem carinha triste! Acho que consigo escapar por uma hora mais ou menos amanhã.

> Sim, por favor! :) Me manda seu endereço e eu te pego às oito.

Reid

Recebo uma mensagem de Brooke:

> Vamos jantar amanhã à noite. As fotos devem aparecer na quinta. Dá um jeito de ela ver.

> Blz.

> Essa resposta não me deixa comovida.

> Você é capaz disso? Achei que você não tivesse coração.

> Você consegue calar a porra dessa boca??

> Para de surtar. Eu cuido de tudo.

* * *

Emma e eu estamos no nosso segundo dia de entrevistas em programas matinais da televisão local. São tipo um ensaio chato e desnecessário para aqueles que importam — os programas nacionais sindicalizados, o canal da madrugada e os programas de TV a cabo.

A maioria desses âncoras matinais locais nunca vai passar dos trinta anos diante de uma câmera, especialmente as mulheres. Não porque elas não conseguem fazer o trabalho, mas porque sempre tem uma mocinha de vinte e poucos anos, ambiciosa e com rostinho novo, que quer o emprego, vai aceitar um salário mais baixo e vai parecer mais gostosa fazendo isso. Não é de surpreender que algumas delas olhem para Emma e para mim como se fizessem qualquer coisa só para nos dar um soco na cara.

Posso estar exagerando um pouco.

Mas, hoje de manhã, a âncora está interrogando Emma como se ela fosse pessoalmente responsável por uma multidão de crimes de ódio varridos-para-debaixo-do-tapete. Ela se inclina tanto para a frente que Emma se aproxima de *mim*, e Wynona estreita os olhos com excesso de delineador e rímel.

— Emma, você não pode dizer que não tem *alguma coisa* acontecendo entre vocês dois. Olhe as provas fotográficas!

Sem tirar os olhos do rosto de Emma, ela aponta para um monitor enorme entre a cadeira dela e nosso pequeno sofá. Abafo uma risada. A foto de celular que eu suspeito que a Brooke tirou durante o programa de Walt? Sério? *Todo mundo* viu e criticou essa foto *meses* atrás.

— Hum... — Emma responde, e eu me endireito, dando uma leve risadinha.

— Wynona. — Minha voz é como mel, e sua atenção se volta para mim. Mulheres profissionais de trinta e poucos anos não sabem muito bem como reagir quando eu assumo esse tom familiar e um pouco condescendente. — Essa foto é muito velha. Está distorcida. — Dou de ombros. — Como dissemos em entrevistas anteriores, o elenco todo se dava muito bem durante as filmagens. Éramos todos muito próximos. — Quando Emma quase vira para me olhar, pressiono meu joelho no dela, e ela congela. Boa menina.

— Reid, acredito que você tinha uma *velha chama* no elenco também, não é? — Wynona aperta o dispositivo na palma da mão e, de repente, surge uma foto minha com quatro anos a menos, carregando Brooke pela mão enquanto saíamos de um local da moda de Los Angeles. Nós dois estamos sorrindo — eu, diretamente para a câmera; e Brooke olhando para mim. Não vejo essa foto há muito tempo.

— Sim. — Meu sorriso é semelhante ao do garoto na tela, se Wynona não olhar perto demais. Aquele menino ainda não é o canalha indiferente sentado na frente dela.

Ela se aproxima um centímetro a mais.

— Você e a srta. Cameron tiveram contato entre o romance *pré-adolescente* de vocês e a filmagem de *Orgulho estudantil?* — Pelos seus olhos frios, percebo que ela sabe muito bem que não éramos *pré-adolescentes* naquela foto, mas ignoro sua provocação sem sentido.

— Claro — minto.

Ela me ignora e afirma:

— Porque existem boatos de que vocês dois tinham... *problemas*... no set do filme mais recente.

Dou uma risada tranquila e espelho seu olhar gelado.

— Tem um motivo pra isso se chamar *boato*, certo?

Ela parece que quer me morder. E não de um jeito bom.

— E agora? Vocês se consideram... *amigos*... atualmente?

Que *vaca*. Decido jogar uma bola rápida nela, que por acaso tem um timing perfeito.

— Sim. A gente saiu no último fim de semana, na verdade.

Graças a Deus, às vezes eu falo a verdade, porque, assim que eu admito isso, ela clica e logo aparece uma foto de três dias atrás, na qual estou entrando no apartamento de Brooke. Ela está bem visível na porta, me deixando entrar. Eu me pergunto se Brooke sabe disso. Eu me pergunto até se ela armou isso com aquela fotógrafa que está na sua folha de pagamentos. De que outra maneira essa foto pararia nas mãos exclusivas de um canal de notícias local quando a revista *Star* ou a *Us* teria pago uma fortuna por ela?

A expressão de Wynona revela certa decepção ao perder o elemento-surpresa, mas ela se recompõe e se vira de novo para Emma.

— Então, se você e *Reid* não estão envolvidos... isso se deve a sua ligação com um tal de... — ela olha para uma ficha — ... Marcus Hoffpauer?

A foto no monitor muda para Emma parecendo entediada até a morte, com os braços cruzados, em pé ao lado daquele idiota convencido no baile de formatura dele. Naturalmente, esse encontro *só* pode ter sido motivado por compaixão.

Emma está sem fala, então dou uma risada e aponto para a foto, sorrindo de um jeito conspiratório para ela.

— Ah, eu me lembro disso... o cara do teatro comunitário, não é?

Emma faz que sim com a cabeça, seus lábios se comprimindo quando ela olha para a foto.

— É, no baile de formatura dele.

Balanço a cabeça, sorrindo e encarando Wynona como se estivesse lançando facas.

— Se ele quisesse marcar pontos, poderia ter... sei lá... apresentado a Emma para os amigos? É isso que *nós* fazemos quando convidamos amigos, não celebridades, para as *nossas* festas. — Uma olhada para Emma deixa claro que ela está agradecida pela minha interrupção.

Viro e dou um sorriso hipnotizante para Wynona.

— Então, sobre *Orgulho estudantil*. Nós dois estamos muito empolgados com o lançamento que está se aproximando e preparados para falar sobre o filme. Trouxemos vários clipes. Podemos mostrar alguns para o seu público agora?

* * *

Emma solta um suspiro profundo no instante em que fechamos as portas do carro e eu dou partida, deixando o motor ocioso e ronronando por um tempinho.

— Uau, a cara dela... — Sua boca se curva para cima num dos lados. — Teve uma hora que eu meio que achei que ela fosse pirar.

Wynona foi dura, mas já tive sessões de perguntas e respostas mais hostis do que essa. No entanto, não preciso passar essa informação para Emma.

— Educação nunca funciona com pessoas como ela, então eu não me preocupo. Se você quiser mudar de assunto, tem que forçar a barra. Com um sorriso e um olhar angelical, é claro.

— Claro.

Entramos no meio do trânsito e fico feliz pelas janelas com vidro bem escuro. A última coisa que nós dois queremos agora é mais exposição pública.

— Você parecia arrasada no baile de formatura. Alguém conversou com você?

Ela dá de ombros e responde:

— Os garçons foram simpáticos. — Dou uma risada, e ela me dá um sorriso amargo em troca, com a cabeça inclinada. — Como você sabia? Quer dizer, praticamente todo mundo caiu na conversa de que sou tão arrogante que não me rebaixaria pra conversar com pessoas normais.

Faço um som de repulsa.

— *Por favor*. Você é uma das pessoas menos arrogantes que eu conheço. Sua melhor amiga não é celebridade. Isso é prova suficiente de que você não se preocupa de se misturar com os plebeus.

Ela me dá um sorriso forçado, e eu retribuo.

— Deixa eu adivinhar: você falou que ia se mudar para o outro lado do país pra fazer faculdade, por isso não conseguia imaginar um relacionamento entre vocês dando certo ou algo assim, e ele ficou puto. Eu não me surpreenderia se ele quisesse que você o ajudasse no meio cinematográfico e, com isso, ele viu essa chance indo embora.

Ela pisca, surpresa, e suas mãos se abrem sobre o colo.

— Não posso culpar o Marcus por ficar decepcionado com isso, se for o caso.

Balanço a cabeça antes de ela parar de falar.

— Por que ele deveria se esforçar mais do que namorar a garota certa? Sim, existe muita sorte e muito quem-indica, mas nós dois tivemos que trabalhar como o diabo para nos tornar atores de sucesso. Não foi simplesmente dado de bandeja pra gente. Apesar de você *estar* planejando jogar tudo pro alto para se tornar uma aluninha comum.

Ela pigarreia, com um leve rubor no rosto.

No silêncio, começo a ruminar sobre a incrível sorte que John sempre teve, especialmente quando precisou lidar com aquela garota menor de idade. Depois que eu fui embora e ele conseguiu acordá-la, ela ficou muito feliz de receber o dinheiro do táxi para ir até a casa de uma amiga, de modo que seus pais não descobrissem que ela passou a noite no apartamento de um cara desconhecido.

— Tenho noventa e nove por cento de certeza que todos nós desmaiamos quando chegamos à minha casa — disse John.

— E o um por cento restante?

John suspira, revelando um raro insight.

— Cara, espero que a gente nunca tenha filhas.

Meu melhor amigo não sabe do meu possível filho com Brooke. Eu adoro o John, mas, diferentemente da Brooke, não confio essa informação a *qualquer pessoa*. Graças a ela, Emma e Graham sabem da história.

— Você se importa se eu perguntar sobre o seu relacionamento com a Brooke? — Emma questiona. Fico feliz por ela não poder ver meus olhos por trás dos óculos escuros. Quero dizer *maldição*, ela lê mentes? — Você não precisa me contar nada. Não é da minha conta. Mas vocês não se aturavam alguns meses atrás e agora estão, hum, saindo juntos.

Dou de ombros e saio da pista, decidindo de última hora mantê-la comigo mais um tempinho.

— Sabe aquela foto antiga que a Wynona mostrou hoje de manhã? — Ela faz que sim com a cabeça. — Acho que não posso culpar nenhuma daquelas duas crianças pelo que fizeram naquela época. Crescer sob os holofotes, como você sabe, não é algo fácil de lidar.

— Então, vocês são o que agora? *Amigos?* — Não posso culpá-la por não acreditar. A ideia de Brooke e eu sermos amigos um dia é absurda. Ela olha pela janela e acrescenta: — E onde estamos, por sinal?

Dou uma risadinha.

— Vamos parar e comer tacos no café da manhã num lugar típico que eu conheço. E digamos apenas que eu e a Brooke chegamos a um entendimento.

Suas sobrancelhas se arqueiam quando ela percebe o cenário do leste de Los Angeles.

— Este lugar é seguro pra gente parar?

— Este carro é tipo o Batmóvel. É à prova de balas.

Ela olha para mim.

— Isso é verdade?

— Hum... — Rio da sua credulidade, e ela soca o meu braço.

Entro num estacionamento remendado e cheio de rachaduras. Tento evitar os buracos, estaciono e pego meu celular. Emma encara a fileira de estabelecimentos multiétnicos enquanto eu faço uma ligação rápida. Com um vocabulário de espanhol limitado, vindo de uma vida inteira de cuidadoras e empregadas, faço meu pedido de sempre, só que em dobro. Cinco minutos depois, um cara tatuado com um avental frouxo de espancador de mulheres sai do restaurante com uma sacola de papel e dois cafés. Ele vem direto até nós. O Lotus se destacaria nesse estacionamento mesmo que não fosse amarelo.

Minha janela se abre sem fazer barulho.

— *Gracias*, Raul — digo, passando os cafés para Emma e trocando uma nota de vinte dólares pela sacola.

Raul guarda o dinheiro no bolso, levanta o queixo e agradece, antes de voltar para dentro.

Entrego os recipientes de creme e os pacotinhos de açúcar para Emma e desembrulho uma das pequenas tortillas recheadas, sentindo fome de repente. Já terminei uma e estou começando a segunda enquanto ela está misturando o café. Quando dou ré, já terminei o segundo burrito, e Emma está dando a primeira mordida hesitante.

— Bom?

Ela faz que sim com a cabeça.

— Batata? E...?

— *Cabrón*. — Espero que ela não saiba o que é isso.

Ela arqueia a sobrancelha.

— Isso é... carne de cabrito?

Droga.

— Eu disse que era típico. — Ela não parece enojada *demais*. — Não é tão ruim quanto atum, né? — Lembro a ela o nosso primeiro beijo oficial na tela. MiShaun tinha brigado comigo antes por comer sanduíches de atum, e eu fingi estar numa boa com isso na frente dela e depois corri até meu assistente pessoal e exigi uma escova de dentes e creme dental antes de fazermos a cena.

Emma ri enquanto termina a mordida, colocando a mão sobre a boca.

— Não acredito que você se lembra disso.

Minha resposta é um sorriso indireto e nada mais, porque tudo que me lembro agora é da doçura do seu beijo. Brooke não vai conseguir concluir sua metade do acordo maluco tão rápido quanto eu queria.

19

Graham

Meu trabalho de pesquisa tem um título formidável sobre Flannery O'Connor e didatismo, e nem um pensamento completo ou coerente. Terminei a pesquisa e fiz alguns rascunhos, mas minhas deduções e conclusões são uma confusão bagunçada. Graças a Deus, o prazo desse trabalho vai até sexta. Então ainda tenho quarenta e oito horas para terminá-lo.

Decido parar um pouco e ver o que minha mãe e Cara estão fazendo, quando percebo que estou encarando o nada e criando uma nova história para Emma. Ela parece adorar as narrativas apaixonadas que eu faço para ela todas as noites.

Depois dessas histórias, sempre tomo banhos absurdamente gelados.

Eu me comprometi a jantar hoje à noite com a Brooke e não deveria ter feito isso, não com tudo que preciso fazer. Sofro de uma vaga sensação de culpa quando se trata dela. Às vezes, sinto que ela quer mais de mim, mas nunca fala nada. Enrolar uma garota não é algo que eu tenha feito de propósito, e isso é exponencialmente verdade quando se trata de alguém que eu considero como amiga. Mas ela só forçou a barra comigo uma vez durante a nossa amizade, e ela estava muito bêbada naquele momento. Ignorar aquele episódio todo pareceu a melhor maneira de lidar com isso.

Brooke acha que sua casca grossa é sinal de força. Na realidade não passa de um escudo, mas não posso dizer que a culpo por isso. Sou uma das poucas pessoas a quem ela permite contornar essa barreira, e sempre senti a necessidade de provar para ela que relacionamentos, inclusive amizades, podem sobreviver sem manipulação ou exploração. Se tive sucesso nessa tentativa, é discutível.

Até o último outono, eu tinha certeza de que os problemas da Brooke eram principalmente culpa do Reid. Ainda acredito que o relacionamento dos dois tinha muito a ver com isso, mas, depois de conhecê-lo e ver os dois interagindo, acho que eles simplesmente são parecidos demais. Como se seus defeitos fossem paralelos, e um reconhecimento subliminar dessa semelhança fosse o motivo para eles terem sido atraídos um para o outro desde o início.

Minha mãe sempre alertou a mim e às minhas irmãs sobre o fato de que, por termos sido criados por uma psicóloga, saberíamos o suficiente para sermos perigosos; acho que eu devia deixar de lado a análise amadora. Na realidade, não tenho a menor ideia de como ajudar a Brooke além de preservar nossa amizade. Então, é isso que eu faço.

Encontro minha mãe e Cara na escada. Minha filha está obviamente pronta para um cochilo; quando eu a pego, ela deita a cabeça no meu ombro depois de um bocejo enorme. Minha mãe continua subindo a escada, e eu a sigo.

— Tenho aquele paciente urgente daqui a uns quinze minutos, depois *tenho* que começar a corrigir as malditas provas finais. — A pilha de provas azuis nos seus braços tem pelo menos dez centímetros de altura. — E não esqueça que tenho aquela festa de aposentadoria da faculdade hoje à noite e vou arrastar seu pai comigo.

Droga. Eu tinha me esquecido da festa e da consulta com o paciente — e não vou falar isso para ela, porque parece que eu estava a caminho do andar de baixo para pegar a Cara por causa dessa consulta.

— Hum, eu ia sair pra jantar hoje à noite... Esqueci completamente de falar isso, né?

Ela me dá o coelhinho de Cara.

— Liga pra Brynn. Talvez ela esteja livre. — Minha mãe me observa da porta enquanto coloco Cara na cama, fingindo não estar morta de curiosidade. Não está funcionando *de jeito nenhum*. — É... com quem você disse que ia jantar?

Ajeito Cara sob o edredom, com o brinquedo de pelúcia.

— Não falei. É com a Brooke.

O rosto da minha mãe desaba.

— Ah.

Não consigo evitar de rir assim que saímos do quarto.

— Poxa, mãe. Você não a vê há o quê? Uns dois anos?

Ela resmunga.

— Ela fez mudanças positivas na vida desde então? Começou a fazer terapia? Conquistou alguma maturidade ou fez um ajuste de personalidade?

Suspiro e mando uma mensagem para Brynn, para ver se ela pode cuidar da Cara.

— Mãe, *tenta* lembrar que você é uma psicóloga profissional.

Ela pega o meu braço, uma conexão tátil que sempre usa quando quer garantir que estou escutando.

— Também sou mãe e não posso evitar de querer o que é melhor para os meus filhos.

Franzo a testa, sabendo exatamente o que ela quer dizer.

— Mãe, eu não estou *saindo* com ela.

Ela arqueia uma sobrancelha, numa expressão que compartilhamos.

— Estou saindo com a Emma agora. Eu poderia jurar que a Cassie ia te dar todos os detalhes disso. — Quando chegamos ao meu quarto, começo a reorganizar a confusão de livros, revistas e papéis na mesa e na cama enquanto ela se apoia no batente da minha porta.

— Ah, ela falou. Eu só estava esperando pra ver se *você* ia me contar sobre ela. — Arqueio uma sobrancelha, e ela suspira. — A Cassie gostou muito da Emma. — Um sorriso convencido atravessa o meu rosto, depois ela acrescenta: — Mas toma cuidado com a Brooke. Acho que ela tem segundas intenções, quer você perceba ou não.

Tento com muita força não revirar os olhos como uma garotinha de dez anos. Ela acha que eu sou incapaz de ver a Brooke de um jeito realista.

— Mãe, eu sei que *você* me acha o máximo, mas nem todas as garotas que eu conheço me *querem*. Além do mais, eu conheço a Brooke faz quatro anos. Você não acha que eu já teria percebido algum sinal de que ela está tramando algo, se estivesse? — Nunca contei a ela sobre aquele mal-entendido do beijo quando estávamos bêbados, é claro, nem planejo contar.

— Tem certeza que ainda não percebeu? — Ela inclina a cabeça como se soubesse que estou escondendo alguma coisa.

— Tenho — respondo, para tranquilizá-la.

Ela suspira e vem na minha direção.

— A vida é sua, querido. — Franzindo de novo a testa, ela tira o cabelo do meu rosto, algo que faz comigo há uns doze anos. Ela gosta do meu cabelo num penteado curto, mas sempre aceitou o estilo que eu prefiro — normalmente, um pouco bagunçado, a menos que eu tenha que cortar por causa de um papel num filme. Em seguida, envolve meu queixo e encara meus olhos. — Só não me obriga a dizer "eu te avisei", porque você sabe que eu não consigo resistir a isso.

Balanço a cabeça e sorrio.

— Eu sei, mãe.

Brooke

Chega uma mensagem do Graham:

> Não posso jantar hoje. Sem babá. Desculpa.

Um milhão de coisas martelam meu cérebro, começando com *maldição*. Depois reconheço que essa é uma grande oportunidade. Não posso surtar por causa de um imprevisto relacionado à filha dele, senão é melhor desistir agora. Rowena está preparada. Se Cara colaborar, vamos parecer uma pequena família adorável. As especulações podem ser ainda melhores do que fotos de nós dois sozinhos.

E o segredo de Graham seria revelado — e isso vai acontecer assim que ele ficar um pouquinho mais conhecido, mas não precisa ser hoje à noite. Hoje preciso focar em como posso ser tranquila em relação a suas obrigações de pai. Rowena vai ter que se esforçar um pouco mais para tirar as fotos.

Assim, respondo:

> Por que eu não vou até aí? Podemos pedir comida, e eu posso te ajudar com a Cara, pra você poder voltar a estudar mais cedo.

> Seria legal. Tem certeza?

> Claro.

* * *

— Oi. — Sorrio quando ele abre a porta.

Seus olhos são amigáveis, e seu sorriso é autêntico, como sempre. Ele abre a porta toda, dizendo:

— Oi, Brooke, há quanto tempo. — Que nerd adorável.

Provavelmente ele cochilou mais cedo de calça jeans e camiseta azul-marinho com decote em V, agora ligeiramente amassada. Uma única mecha na frente se destaca do cabelo desalinhado. Sorrindo, estendo a mão e a faço se misturar ao resto. Estou de salto alto, mas ele ainda é alguns centímetros mais alto, mesmo descalço. Ele parece bom o suficiente para ser traçado, e meu estômago se agita quando percebo seus olhos me observando dos pés à cabeça. Essa calça jeans se ajusta a mim como uma segunda pele, e a camiseta de seda é macia o suficiente para mostrar curvas e decote sem fazer isso explicitamente.

— Sinto muito por ficarmos em casa — ele diz. Passo por ele e entro no hall. Ele fecha a porta da frente e atravessa o piso de ardósia. — Tenho certeza que você tinha esperança de mostrar essa roupa. — Ele pega minha bolsa e minha echarpe. Nossos dedos se roçam, provocando um frenesi até a ponta do meu pé. Quando ele se vira para pendurá-las num gancho de metal na entrada, respiro fundo e em silêncio.

— O quê? Você me conhece, Graham. Salto alto e seda são roupas confortáveis. — Não venho a esta casa há dois anos, mas ela não mudou. Sua família gosta de uma decoração aconchegante, uma paleta de cores quentes e elementos naturais. Praticamente o oposto completo da minha casa. Mas isso agrada ao Graham — um fato que vou ter em mente ao procurar um apartamento amanhã. Quero que ele se sinta em casa quando estiver lá.

De repente, Cara aparece aos meus pés e me encara lá de baixo, com os olhos grandes e escuros. Pelas perguntas que fiz anos atrás, sei que a família dele insistiu num teste de paternidade quando ela nasceu, mas esses olhos certamente são do Graham. O cabelo loiro-avermelhado dela deve ser da mãe. E precisa de um corte. E de uma chapinha.

— Você é uma das Gossip Girls? — ela pergunta.

Dou uma risada.

— Hum, não. Bem que eu queria! Elas são todas lindas.

Ela faz que sim com a cabeça, com os olhos vidrados nos meus.

— Você também é. E você se veste como elas. Você podia ser uma delas, se quisesse. — Essa menina é observadora e direta como o pai.

— Ah, bom, obrigada. Talvez, se eu avisar aos produtores que você falou isso, eles me deixem entrar no programa. Hummm. — Tamborilo o dedo no queixo. — Qual garoto eu ia namorar?

Com o nariz franzido, ela diz:

— Eu não gosto de *garotos*. Os garotos são meio nojentos. — Ela olha para Graham, que está tentando não rir. — Menos o papai.

Ela dá de ombros enquanto arqueio uma sobrancelha e dou um sorriso afetado para ele.

— Concordo plenamente. Os garotos *são* nojentos, menos o seu pai.

Pedimos comida chinesa, e fico impressionada quando Cara diz o que quer e, depois, come a refeição toda com palitinhos, como se tivesse nascido com eles na mão.

— Uau. Acho que eu nunca *comi* comida chinesa até me mudar pra Los Angeles. — Pelo conceito da minha mãe durante meus primeiros quinze anos de vida, *típico* significava comida mexicana ou um pote de ragu. Meu pai fez um esforço fracassado para ampliar minhas fronteiras culturais durante os fins de semana obrigatórios e partes dos verões dos quais eu detestava abrir mão para ficar com ele. Eu resistia a tudo que ele sugeria só para provocá-lo, e cheguei a Los Angeles com um paladar desesperadamente deselegante. Reid foi quem me apresentou à ampla gama de comidas típicas que eu não conheci enquanto crescia.

— É isso que acontece quando você é criado em Manhattan: um gosto multicultural e um conhecimento inato de comidas pra viagem. — Graham rouba uma ervilha da tigela de Cara e, sem perder tempo, seus palitinhos seguram um pedaço de brócolis da dele. Mastigando, os dois sorriem entre si, e eu me surpreendo porque até *essa* interação me faz desejá-lo.

Na hora em que vou embora, já colocamos Cara para dormir, e Graham e eu tivemos todas as conversas que consigo suportar. Infelizmente, hoje não é a noite para eu deslizar para o seu colo e implorar para ele me levar até o seu quarto. Os sinais que ele envia ainda são totalmente de amigo, e eu sei o que acontece quando forço a barra para algo que ele não sabe que quer. Paciência é uma virtude que eu tenho em abundância quando tenho uma meta na qual me concentrar. Minha meta com Graham não é apenas sexo e culpa na manhã seguinte (por parte dele; eu não sinto nada disso). Eu quero tudo.

Do nada, ouço a voz da minha mãe na minha cabeça, se referindo a um homem com quem ela começou a sair há pouco tempo: *Não vou ser uma trepada rápida no celeiro. Se eu quiser o estilo de vida cheio da grana, tenho que ser paciente. Eu quero tudo.*

Recosto a cabeça no assento do táxi e fecho os olhos. Eu. Não. Sou. *Ela.*

Eu me sustento. *Totalmente.* Tenho meu próprio dinheiro. *Ganho* meu próprio dinheiro. Diferentemente da minha mãe, que salta da conta bancária de um homem para a de outro, não faço isso agora e nunca vou precisar de um homem para ter meu sustento financeiro.

Eu não sou ela. Eu não sou ela. Eu *nunca* serei ela.

20

Emma

— Eu não tinha ideia da frequência com que você *come*. — Depois da entrevista de hoje de manhã em San Bernardino, Reid e eu partimos para San Diego. Nossa última entrevista no início da manhã esta semana será lá, amanhã, e, de alguma forma, ele me convenceu a deixar que ele nos levasse de carro em vez de irmos de avião.

Ele já falou que estava morrendo de fome duas vezes, apesar de admitir que tomou café da manhã. Primeira parada: duas batatas hash brown, três ovos e suco de laranja no McDonald's; segunda parada: um macchiato de caramelo grande na Starbucks e uma barra de proteína que estava no porta-luvas. Agora estamos procurando uma rede de hambúrgueres em algum lugar da I-15, pouco antes de entrarmos em San Diego, e ainda nem é meio-dia.

— Preciso de alguns milhares de calorias por dia, senão começo a perder músculos. Logo depois de desmaiar.

Faço uma careta para ele. Eu nem sequer olho para um hambúrguer de fast-food há três meses e já planejei pedir uma salada no serviço de quarto para o almoço.

— Eu te odeio.

Ele ri.

— Você vai comer alguma coisa nesta parada, né? Hambúrguer? Milk-shake de chocolate?

Minha boca se escancara.

— Você está falando sério? Vamos estar na *Ellen* na próxima semana. Você não lembra o que a mídia fez comigo no outono passado, quando comi *pão* um dia?

Droga. Não acredito que acabei de fazê-lo se lembrar disso.

Ele me dá um sorriso cruel.

— Ah, sim, a infame semana da gravidez. — Ele dá um risinho quando reviro os olhos e cruzo os braços. — Emma, você não pode levar essas coisas pro lado pessoal. São só fofocas sem sentido.

— Como é que eu não vou levar pro lado pessoal quando as pessoas do mundo todo estão discutindo qual dos gostosos do elenco me comeu?

Ele faz um som de *shhhh*, desprezando meu argumento.

— Um monte de especulações idiotas, todas comprovadamente falsas, no final.

Solto um suspiro pesado.

— É exatamente isso que eu quero dizer. Por que eu tenho que provar esse tipo de coisa? Isso não é da conta de ninguém.

Ele está olhando diretamente através do para-brisa, e eu me pergunto se Reid vai responder quando ele aponta e diz:

— Rá! Olha isso. — Enquanto sai da rodovia, ele abre o console central, pega um boné do Lakers e o coloca sobre o cabelo loiro. Depois sorri, os olhos azuis escondidos atrás do Ray-Ban espelhado. — E aí, pareço um cara comum?

Claro, porque um boné do Lakers e um óculos Ray-Ban são a camuflagem automática de um cara comum. Tivemos sorte nas outras duas paradas: a pessoa na janela era mais velha e não o reconheceu nas duas vezes.

— Reid, não estamos em Beverly Hills nem mesmo em Long Beach, e você está dirigindo um... qualquer coisa amarelo.

Ele entra no estacionamento e balança a cabeça.

— É um Lotus. E estamos andando pelo sul da Califórnia, não pelo *Kansas*.

Dou de ombros, reprimindo uma risada, me perguntando se ele realmente é tão sem noção em relação a pessoas *normais* ou se está apenas brincando comigo.

— Como quiser, sr. Cara Normal.

Quando ele abre a janela, o cheiro de batatas fritas é devastador, e meu estômago borbulha em protesto. Não como batatas fritas desde a última vez em que Emily me obrigou a comer metade da porção dela daquele seu jeito típico: *Arruma uma bunda, tá? Não tem quase nada aí atrás.* Reid pede um hambúrguer com três pedaços de carne e nenhum queijo, embrulhado em alface em vez de pão, e um milk-shake de baunilha gigantesco.

— Tem certeza que não quer nada?

Trinco o maxilar e balanço a cabeça, me obrigando a não respirar pelo nariz.

Quando vai fechar a janela, a garota no caixa diz o total para Reid enquanto vira para ele e, de repente, quase para de respirar. Ele dá uma nota de cinquenta para ela, e as mãos dela tremem quando pega as notas e moedas na gaveta do caixa. Ela tem que recomeçar a contar mais de três vezes. Finalmente, ela lhe devolve o troco, sem conferir. Com os olhos arregalados e as mãos ainda tremendo, ela simplesmente enfia o dinheiro na mão dele de uma vez.

— Obrigado — ele sorri, e ela parece que vai desmaiar.

— Por nada — ela guincha, se afastando da janela antes de desaparecer num canto.

Reid guarda as notas amassadas no bolso da frente da calça jeans e joga as moedas num apoio de copos enquanto esperamos a comida.

— É só um palpite, mas acho que ela *descobriu* seu elaborado disfarce de *Cara Normal*.

Sua boca se curva num dos lados.

— Espertinha.

— Só estou falando.

Três garotas e um cara, todos os quatro se espremendo no espaço minúsculo da janela, entregam a comida dele, que consiste em uma sacolinha de papel e um copão de isopor. A garota do caixa dá o milk-shake a ele enquanto quatro pares de olhos se alternam entre nós dois, e o cara entrega a sacola. Não demora muito para eles descobrirem a minha identidade também. Ouço quando sussurram o meu nome.

— Quer mais guardanapos? — pergunta uma segunda garota, estendendo uma pilha de cinco centímetros de altura sem esperar resposta.

— Aqui está seu canudo! — A terceira garota entrega pela janela, piscando rapidamente quando Reid estende a mão para pegá-lo.

— Mais alguma coisa? — pergunta o garoto, radiante.

— Não, obrigado, está perfeito. — Reid volta seu sorriso para eles novamente, e quatro suspiros escapam pela janela. Reviro os olhos por trás dos óculos escuros, não que alguém vá perceber.

Estacionamos perto de uma saída, com as janelas abertas, para ele poder devorar o desajeitado hambúrguer de carne e alface. Ele tenta me dar o milk-shake.

— Toma um pouco.

— Não.

Mexendo o líquido para lá e para cá, ele liga o sorriso Reid Alexander na voltagem máxima.

— Pedi o grande pra ter o suficiente pra dividir.

— *Não.*

Ele toma um gole, me espiando por sobre os óculos escuros, os olhos azuis cheios de maldade divertida.

— Hum, está *tão* bom. Não? — Balanço a cabeça. — Pelo menos, segura enquanto eu como, então.

Com os apoios de copos cheios de moedas e copos vazios da Starbucks, sou obrigada a pegar o milk-shake por cordialidade. *Droga.* Seu hambúrguer sem pão idiota cheira bem, ainda com o aroma de batatas fritas fresquinhas que vem do restaurante atrás de nós. Minha boca saliva de saber que o copo que estou segurando está repleto com várias centenas de calorias *do mal*.

— Emma — ele diz, com um tom sedutor —, um gole não vai te fazer mal.

Quando um par de caras com aparência esquisita entra no estacionamento num sedã surrado, olhando não apenas para o Lotus, mas para quem está nele, Reid já conseguiu me seduzir para dar algumas mordidas no seu hambúrguer, que não é ruim, e beber o suficiente do milk-shake, a ponto de eu acabar de dizer que ele é o demônio.

Ele observa os dois homens durante uns vinte segundos antes de murmurar:

— Hum. Hora de ir. — Mal tenho tempo de prender o cinto, e ele liga o motor, engata a marcha à ré e sai da vaga, acelerando direto para fora do estacionamento com o sedã nos perseguindo.

Olho para trás, e eles estão bem perto de nós. Um sorriso maníaco se espalha pelo rosto do carona pouco antes de uma grande câmera preta ocultá-lo. A última coisa que queremos é levar os paparazzi direto para o hotel. Viro para frente.

— Estão colados na gente!

Reid olha pelo espelho lateral e sorri.

— Não por muito tempo. — Atingimos a rampa de entrada, e ele chega aos cento e cinquenta por hora antes de estarmos *na* rodovia. Contornando os carros mais lentos, ou seja, *todos* os outros carros, ele perde o sedã no tráfego mais pesado. Depois estende a mão para o milk-shake, curva os dedos, ainda quentes por segurar o hambúrguer, ao redor dos meus e se inclina para beber da minha mão, em vez de pegá-lo.

— Hum. Caramba, que gostoso.

Pigarreio e tento tirar a mão debaixo da dele, mas ele leva a mão de volta para o volante, me soltando. Em seguida verifica os espelhos e sorri.

— Regra número um para perseguir um Lotus: não tente fazer isso com um Hyundai.

Reid

Estamos quase no hotel quando recebo uma mensagem de Brooke. É um link e nada mais, e tenho quase certeza de que vou encontrar fotos de Brooke e Graham abraçados quando clicar nele. Vou fazer isso quando estiver no meu quarto.

— Então, jantar hoje à noite? — pergunto a Emma, percebendo que ela também está verificando o celular e franzindo o cenho. Ela não responde. — Emma?

— Hummm? — Ela levanta o olhar. Há preocupação nas sobrancelhas caídas e nos olhos cinza-esverdeados desfocados.

— Tudo bem?

Ela pisca e afasta a expressão de agonia.

— Ah. Sim. Tudo.

Meus lábios se contorcem.

— Muito convincente.

Ela pisca de novo e balança a cabeça.

— Não é nada, sério. Só... não é nada.

Alguém deve tê-la alertado para as fotos. Não falo com Brooke há uns dois dias, então não tenho ideia se ela e Rowena tiveram sucesso na noite passada — mas, se a reação de Emma é por causa dessas fotos, a informante pessoal de Brooke deve ter acertado em cheio.

O trânsito fica complicado conforme entramos na cidade, então não posso fazer mais do que olhar de relance para Emma algumas vezes para medir seu nível de confusão. Olhando pela janela, seu reflexo não está mais de preocupação. Apesar de eu não sentir prazer em magoá-la, ela vai ter que estar magoada o suficiente para terminar com Graham, para tudo acontecer conforme planejado.

Ligo rápido para o meu empresário e digo que estamos quase lá.

— De acordo com o GPS, vamos chegar daqui a cinco ou dez minutos.

— Ótimo. Um guarda-costas está esperando no saguão. Vou pedir para ele ficar do lado de fora, só pra garantir. — George é sempre cauteloso, e eu gosto disso. Pouca coisa chega aos ouvidos dele. A exceção são as coisas idiotas que eu faço de vez em quando... como o lance daquela garota menor de idade que eu não precisei mencionar para ele (graças a Deus e a John por isso). Eu detesto decepcionar o George.

* * *

No serviço de valet do hotel há dois caras de aparência entediada usando roupas vermelhas. Três metros atrás deles, nosso guarda-costas do período que vamos passar em San Diego sai do hotel. Ele é grande e malvado, os braços cruzados sobre o peito e com a típica careta intimidadora. Ele poderia ser um daqueles competidores de UFC. Não vejo nenhum paparazzo nem fãs, o que é um alívio, depois da saída apressada na hamburgueria.

Os manobristas se empertigam quando veem o Lotus. Normalmente, tenho ciúme do meu carro e odeio entregá-lo a manobristas, mas estou tão cheio dele que não me importo. Falei para o meu pai conseguir uma verba extra para eu comprar um carro assim que a pré-estreia passar. Definitivamente quero um Porsche. John sugeriu um 911 GT3.

Quando Emma e eu saímos do carro, o guarda-costas dá um passo à frente dos manobristas. Eles se afastam, amedrontados pelo seu tamanho de tanque.

— Sr. Alexander, srta. Pierce, sou Alek. Outro membro da equipe de segurança vai chegar em uma hora, caso um de vocês ou os dois precisem sair do hotel por algum motivo, juntos ou separados. Do contrário, estaremos em quartos próximos à suíte de vocês e à disposição durante a estadia em San Diego.

As sobrancelhas de Emma se erguem.

— Hum, obrigada, Alek. É um prazer conhecê-lo. — Ele aperta a mão dela, dando um cartão para cada um de nós e nos dizendo para ligar antes de sairmos da suíte, para que ele ou o colega possa nos acompanhar aonde quisermos ir.

Os manobristas trocam olhares, claramente sem saber se têm ao menos permissão para se aproximarem de nós.

— Fica esperto! — grito antes de jogar as chaves do Lotus para o que está mais perto de mim.

Alek pegou toda a bagagem, exceto a bolsa de notebook da Emma, que ela coloca no ombro, e a minha, que ela me dá enquanto fecha o porta-malas.

— O que ele quis dizer com "suíte de vocês"? — ela pergunta depois que entrego duas notas de vinte, dou instruções aos manobristas e a sigo para dentro do hotel.

Dou de ombros.

— Acho que vamos descobrir daqui a um minuto. A produção fez a reserva. — Não planejo dizer a ela que fui contatado para saber os detalhes da reserva, então eu sei *exatamente* o que "suíte de vocês" quer dizer.

As portas de entrada de vidro e aço cromado deslizam sem barulho quando nos aproximamos, e o recepcionista nos encontra logo ao entrarmos.

— Boa tarde, sr. Alexander, srta. Pierce. Por aqui, por favor.

A suíte é uma cobertura com dois quartos. Um mensageiro leva a bagagem para cima enquanto pegamos as chaves e assino meu nome, meio que escutando o recepcionista tagarelar sobre os diversos itens exigidos que ele providenciou para nós com antecedência.

Para mim: frango grelhado e ovos cozidos disponíveis no serviço de quarto a qualquer hora, um chuveiro com boxe de vidro — nada de cortina — lençóis de algodão egípcio com no mínimo mil e duzentos fios, dez travesseiros de pena de ganso, dois edredons de pena setecentos, flores frescas diariamente, lavagem a seco recolhida e entregue duas vezes por dia, um aparelho completo de videogame com jogos a escolher, controles sem fio e pilhas, televisão de tela plana com no mínimo cinquenta e duas polegadas, quatro novas escovas de dentes por dia (de cores diferentes), um rolo adesivo de remover pelos e uma caixa de camisinhas Crown.

A lista de Emma: água mineral gelada e uma cesta de frutas. Merda. Em comparação, acabo parecendo a J.Lo. Felizmente, acho que ela não ouviu, pois está encarando a chave na mão, parecendo apreensiva.

Quando estamos no elevador da cobertura — que exige uma das nossas chaves de quarto para entrar —, eu me apoio na parede coberta de pedras, com os braços cruzados livremente.

— Tudo bem pra você a gente dividir uma suíte? Acho que a produção acreditou no próprio bochicho. Só pra você saber, já fiquei aqui antes, e os quartos dentro da suíte são totalmente separados.

O elevador nos deixa diretamente dentro da área de estar, com uma parede de janelas em frente, exibindo uma vista panorâmica do mar.

— Uau — ela diz. Acho que não vai se opor à suíte.

— Vem ver. — Ando até a janela. Quando ela me segue e olha, aponto para a esquerda. — México.

— Uau — ela repete.

— A que horas você quer jantar? Podemos sair ou pedir para um chef vir cozinhar pra gente. — Tenho que rir da expressão em seu rosto: olhos arregalados e boca ligeiramente entreaberta. — Tem certeza que quer abrir mão de tudo isso e ir pra faculdade, Emma? Aposto que seu agente está recebendo pedidos diários de papéis que alguém quer que você considere...

Ela vira e vai até a parte mais baixa de sentar, decorada com padrões asiáticos, e se joga num sofá.

— Ele está, sim. E admito que é tentador. — Ela olha ao redor do ambiente, os dedos alisando o couro macio sob a mão. — *Isso* é tentador. Mas existem coisas das quais não quero abrir mão, nem mesmo por tudo isso. — Sento em frente a ela. — Nunca pude escolher meu próprio caminho. Meu próprio futuro. O que eu queria sempre tinha a ver com a opinião das outras pessoas. Meu pai tinha boas intenções, mas ter boas intenções não é suficiente, sabe?

Não consigo entender seus motivos para querer estudar teatro em vez de se tornar uma megaestrela do cinema, mas é fácil entender por que ela quer direcionar seu próprio destino.

— Só tem um problema com esse negócio de querer tomar todas as suas decisões — digo, e ela me espera concluir. — Se você cometer um erro, seja de carreira, relacionamento ou *guarda-roupa* — sorrio, e ela também sorri —, não é culpa de ninguém, só sua. Você assume toda a responsabilidade, todas as consequências.

Ela faz que sim com a cabeça.

— Verdade.

— Então. Jantar. Voto por tentar o chef. Tipo, *logo*.

Ela ri.

— Como é que você pode estar com fome pra pensar em comida de novo? Eu ia parecer uma picanha se comesse que nem você.

Flexiono um bíceps para ela.

— Você está dizendo que eu *não* pareço uma picanha?

* * *

A mensagem de Brooke é quase exatamente o que eu pensei que seria: fotos dela com Graham. Mas, em vez de serem os dois na rua, ela está na varanda da casa dele, sorrindo e passando os dedos no cabelo dele. E aí os dois entram. O artigo que acompanha faz conjecturas sobre o que eles estavam fazendo durante as três horas e quinze minutos que ela esteve lá. Tem uma foto perfeita dela saindo do apartamento, com seu sorriso do gato da Alice.

Mando uma mensagem para ela:

> Quer dizer que a operação Graham aconteceu como o planejado?

> A filha dele estava lá.

> Hum, o quê?

> Merda.

> Ele tem uma filha??? Vou te ligar.

— A Emma sabe? Claro que sabe... Que diabos, Brooke? — Minha cabeça está a mil. Tento falar baixo, já que Emma está em algum lugar da suíte com nada além da porta fina do meu quarto entre nós, mas ando de um lado para o outro, que nem maluco.

— Reid, você *não pode* falar nada disso com ninguém — sibila Brooke.

— Ele sabe que não pode manter segredo disso, né?

— Claro, mas você tem que me prometer...

— Não vou falar nada. Ele sabe da *nossa* indiscrição secreta, afinal. Foi por isso que você contou pra ele, não foi? — Óbvio. Faz até um tipo esquisito de sentido. — E a sua lacaia fotógrafa? De jeito nenhum *ela* deixaria de revelar isso.

Ela solta um suspiro.

— Ela não sabe, e eu não vou contar... ainda. Quero que as primeiras fotos públicas da Cara sejam de nós três juntos.

Paro de repente. Ela planejou isso em mais detalhes do que eu imaginava.

— Você é muito assustadora. Você sabe disso, né?

— O que você quer dizer? — Ela sabe exatamente o que eu quero dizer.

— Nada. — Nada, exceto que estou feliz por ela não estar me manipulando sem o meu conhecimento. — Emma e eu estamos em San Diego. Na próxima semana, fazemos alguns canais de San Francisco e *Ellen*, e na outra semana *Conan*, depois a pré-estreia. Ela está um pouco confortável demais, no momento. Vou desequilibrá-la um pouco, garantir que ela saiba que ainda estou interessado.

— O que isso quer dizer?

— Brooke, você sabe que eu não saio contando tudo por aí.

— Reid... não f...

É, eu realmente não preciso ouvir essa falação.

21

Emma

Enquanto come um sanduíche de ciabatta com brie, Reid me pergunta sobre Marcus. Admito que estávamos saindo e que ele estava certo ao supor que eu tinha terminado tudo pouco antes da desastrosa noite do baile de formatura.

— Por que você foi com ele, então? — Ele enche nossas taças de vinho e coloca a garrafa de volta no balde de gelo. Uma chef veio fazer nosso jantar. Ela está na pequena cozinha gourmet, e nós estamos sentados um ao lado do outro no sofá, conversando baixinho.

— Eu me senti culpada.

Sua boca se curva para cima num dos lados, e ele abaixa o queixo, uma expressão que me faria derreter pouco tempo atrás.

— Continua.

Dou de ombros, me concentrando em espalhar o brie igualmente sobre a superfície do pão.

— Sempre é difícil terminar com alguém.

Ele pega a faca de espalhar queijo da minha mão quando eu termino.

— Por que não esperou até depois do baile de formatura, então? Você deu muita chance pra ele ser babaca, e ele aproveitou.

Meu rosto fica quente.

— Eu estava preocupada que ele estivesse esperando... que as coisas ficassem mais sérias. — Levanto o olhar e percebo que ele está remoendo as idas e vindas que ocorreram entre *nós*. — Achei que era melhor ser sincera de uma vez.

Ele ri baixinho.

— A política da honestidade nem sempre funciona tão bem, né?

Franzo os lábios.

— Bom, na verdade, funcionou. Eu não me senti mais culpada depois daquilo. Percebi, pelo modo como ele reagiu, que eu tinha tomado a decisão certa em relação a ele, mesmo tendo sido uma noite terrível.

Minhas palavras também se aplicam a ele no último outono, da mesma forma que se aplicaram a Marcus duas semanas atrás, e seus olhos me dizem que ele sabe.

— Sinto muito, você sabe — ele diz. Engulo em seco e ignoro quando seu olhar dança até a minha boca e volta.

O ajudante que veio com a chef sai da cozinha e para a alguns metros de distância.

— Com licença. O jantar está servido. — Ele aponta para a pequena mesa enfeitada com toalha de linho, porcelana e um conjunto romântico de velas. Eu me preocupo de Reid ter arrumado tudo isso enquanto fingia que a produção era responsável, e a repetição de seu pedido de desculpas de março não ajuda a contradizer essa preocupação.

Quando penso que ele desistiu do assunto, Reid se recosta na cadeira, mexendo a taça de vinho na mão e me observando, com os olhos tão escuros quanto os de Graham na luz fraca.

— Então, por que você terminou com o Marcus tão de repente? — Ele inclina a cabeça. — Tem outra pessoa, não é?

Graham acha que eu tenho cara de ótima jogadora de pôquer, mas esse não é o caso hoje à noite com Reid. Ou ele está me espionando, ou meus pensamentos são transparentes como vidro para ele. Eu poderia mentir agora mesmo, mas ele saberia. Já está sorrindo como se soubesse.

— Quem é? — Ele se empertiga, à espera da minha resposta.

Sou salva pelo ajudante de novo, que chega para retirar nossos pratos de salada e entregar o prato principal de pappardelle e cogumelos assados, mas o adiamento tem vida curta, e Reid não deixa o assunto de lado.

— E aí?

Suspiro.

— Graham.

Seus olhos se arregalam um pouco e se afastam momentaneamente dos meus.

— Sério? — E aí esses olhos disparam até os meus e se afastam, como se ele soubesse de algo que eu não sei. — Hum. Interessante.

— Interessante por quê?

Ele balança a cabeça minimamente, com a atenção no prato enquanto pega uma garfada. Jantamos em silêncio, e eu o espero concluir, mas ele não diz mais nada. Finalmente, ele repousa os talheres sobre o prato e cruza os braços. Então me encara.

— Tenho um pedido.

Pedido?

— O quê?

— Se ele fizer merda, quero mais uma chance. — Antes que eu consiga responder, ele levanta uma das mãos e acrescenta: — Não quero uma resposta. Só quero que você saiba em que ponto estou. E não vou interferir no que vocês estão vivendo — ele sorri, com uma expressão bem longe de angelical —, a menos que você me peça.

* * *

Dois dias atrás, Graham me disse que Brooke ia visitar Nova York — reuniões com pessoas sobre o filme que ela planeja gravar no fim do verão. Eles jantaram juntos na noite passada, e ele chegou tarde no Skype por causa disso — mas ele foi totalmente sincero com o fato de que ela fora até a casa dele e passara algumas horas com ele e Cara. E eu não me importei com isso.

Até eu receber uma mensagem da Emily hoje mais cedo, com um link para fotos deles dois, tiradas por paparazzi. De repente, sua amizade dedicada com ela não é tão fácil de engolir. Por um lado, eles se conhecem há anos e têm uma história de apoio mútuo que eu nem pretendo desafiar. Por outro, minha melhor amiga está cuspindo marimbondos e me dizendo que ele não é melhor que o Reid. Sua última mensagem faz a pergunta que eu não consigo responder:

> Ele nunca te disse que tinha uma FILHA. O que mais ele está escondendo?

É verdade. Eu só sei o que ele me diz, e meu coração não tem problemas para confiar em todas as palavras que ele diz. Mas eu fui burra em relação a Reid. Fui burra em relação a Marcus. E se eu estiver sendo burra em relação a Graham, mas ainda não sei?

Tudo que eu podia esperar era que as fotos não parecessem tão terríveis numa tela inteira quanto pareciam no meu celular. Depois que Reid e eu fizemos check-in no hotel e eu me fechei no quarto, abri os links no notebook. Na tela de quinze polegadas, as fotos definitivamente são piores. Graham está parado na porta da casa dele, um lugar aonde eu nunca fui, sorrindo para Brooke enquanto ela passa os dedos no cabelo dele, com os peitos roçando no peito dele. Não tem nada de constrangimento ou irritação no rosto de Graham. Parece até tranquilo que ela o toque desse jeito.

Mas eu *não* estou tranquila.

Ciente de que eu tinha um tempo antes da nossa hora marcada no Skype, passei a tarde cochilando, lendo, vendo Reid jogar videogame, jantando e terminando com a declaração repentina de Reid. Ele me pediu para não responder, e eu não respondi.

Ele parecia quase confiante de que Graham estragaria tudo. Na melhor das hipóteses, ele tinha visto as fotos; na pior, seu relacionamento novo e melhorado com Brooke faz com que ele tenha informações que eu não tenho. Sua alegação indireta plantou uma semente de dúvida que não posso rejeitar totalmente, por mais que eu queira.

Às nove horas, entro no Skype e fico tão feliz de ver o rosto de Graham que quase desisto de bater de frente com ele.

— Oi — ele sorri.

Às 9h01, recebo uma mensagem da Emily:

> Você não pode ignorar isso. PERGUNTA PRA ELE.

— Oi. Acabaram as provas?

Ele solta um suspiro profundo.

— É. Mais um trabalho pra fechar e eu termino tudo. Como você está? Confortável no seu quarto de hotel, estou vendo.

— É. Estou totalmente preparada pra voltar a acordar depois que o sol nascer. Levantei antes das cinco todos os dias da semana.

Às 9h02, Emily prova que me conhece muito bem com outra mensagem:

> Estou falando sério, Em. PERGUNTA. PRA. ELE.

Mordo o lábio, escolhendo as palavras.

— Graham, hum, a Emily me mandou um link de umas fotos... — Espero que ele já saiba delas, que ele possa explicá-las.

— Que fotos?

— De você e da Brooke? — Detesto a inflexão na minha voz, como se fosse uma pergunta inocente.

— Da Brooke? Não estou entendendo. — Ele não sabe. *Droga*.

— Vou te mandar o link. — Meu coração está martelando enquanto eu o observo abrir o navegador e clicar no link, sem nenhum som, exceto o barulho das teclas do notebook dele.

É óbvio quando o link carrega — suas sobrancelhas se unem, e ele parece puto da vida.

— Que *inferno*. Isso foi ontem à noite. — Ele analisa as três fotos de perto, depois seus olhos passeiam de um lado para o outro enquanto ele lê a reportagem. Espero sua resposta em silêncio.

Finalmente, ele abre a tela do Skype, e meu primeiro instinto é esconder o rosto.

— Emma, você sabe que nada disso é verdade, certo?

É isso que eu quero que ele diga. Exatamente isso. A última coisa que eu quero ser é a garota grudenta que é tão insegura que não consegue ver seu namorado conversar com outra garota, mas não consigo disfarçar o desconforto.

— Mas as fotos... o modo como ela está te tocando... — Ouço uma batida na porta e fico feliz pela fuga. — Só um minuto.

Quando a abro, Reid está parado, com o cardápio do serviço de quarto na mão.

— Ei, você queria... o que aconteceu, Emma?

Balanço a cabeça, me sentindo idiota e tentando não chorar.

— Estou bem.

Ele joga o cardápio numa cadeira e leva as mãos aos meus ombros.

— O que tem de errado?

— Estou bem — repito, dando um passo atrás e pegando o cardápio. Eu o devolvo para ele. — Não estou com fome, mas obrigada.

Ele vê o notebook aberto na minha cama e arqueia uma sobrancelha. Sua voz diminui até virar um sussurro.

— Está falando com o Graham?

Faço que sim com a cabeça.

Ele pega meu queixo com a mão, olha nos meus olhos e, no mesmo tom baixo, diz:

— Vem conversar comigo quando terminar, se precisar. — Fantástico, ele definitivamente viu as fotos.

Faço que sim com a cabeça de novo, para ele ir embora, e fecho a porta depois que ele sai.

A expressão de Graham está séria quando eu retorno.

— Era o Reid?

— Sim.

— Por que ele foi até o seu quarto?

Minha resposta escapa, antes que eu pense nas implicações.

— Estamos numa suíte.

Ele me olha em silêncio, depois se recosta lentamente, ficando borrado. Sua mão está encurvada sobre a boca, como se ele estivesse literalmente se impedindo de falar. Seus dedos se mexem, e duas palavras escapam.

— Uma suíte?

— São *dois* quartos. — Meu tom é defensivo. Ele está questionando o fato de Reid dividir uma sala de estar comigo, enquanto o *mundo inteiro* está vendo fotos dele com Brooke encostada no seu peito enquanto olha para ele, com os dedos alisando sua testa, numa carícia íntima.

— Ótimo.

— O que você está insinuando, Graham?

Ele respira fundo.

— Não estou insinuando nada. Só não confio nele. — Ele desvia o olhar da tela, depois fica em silêncio, e a imagem que tenho dele fica ainda mais distante para eu adivinhar suas teorias. Mas seu recuo físico é fácil de entender, apesar de estar a milhares de quilômetros de distância.

A sensação apertada que me impede de engolir também me impede de responder. O fato de não confiar em Reid não deveria afetar a confiança de Graham em *mim*.

Por fim, ele olha para a tela e se aproxima, e eu engulo o nó na garganta, que desliza como uma toranja na traqueia.

— Tenho um trabalho de pesquisa pra terminar e entregar ainda hoje, então a gente conversa amanhã, tá bom? — ele diz, e eu faço que sim com a cabeça, sussurrando um boa-noite.

Graham

O que foi que eu disse a Emma antes? Que não sou ciumento? Que se dane.

Durante as últimas três semanas, ficamos uma hora ou mais no Skype todas as noites que não passamos juntos. Ela contou histórias sobre a madrasta, sobre seus trabalhos de atriz na infância e sobre Emily, e eu dedilhei meu violão e cantei versos de músicas que posso ou não ter escrito, que podem ou não ser sobre ela.

Hoje à noite, desligamos em quinze minutos. Sua ingenuidade em relação a Reid Alexander estava me emputecendo, e eu estava prestes a falar um monte de coisas das quais poderia me arrepender depois.

Já observei meus pais quando eles brigam. Eles raramente discordam a ponto de discutirem alto, mas, sempre que o maxilar do meu pai fica trincado demais, parecendo que poderia polir diamantes entre os dentes, ele sai para dar uma volta no quarteirão. Também não importa o clima; já o vi sair no meio de uma tempestade e voltar encharcado até a alma, com um guarda-chuva virado do avesso. A questão é nunca dizer coisas das quais podemos nos arrepender.

— Achei que vocês queriam *se comunicar* — disse Cassie uma vez para minha mãe, anos atrás, depois que o meu pai saiu pisando duro pela porta da frente. — Não é nisso que sua *carreira* toda se baseia em dizer às pessoas pra fazer?

Brynn e eu estávamos ouvindo escondidos num canto. Nós nos encaramos, reconhecendo o golpe certeiro de Cassie. Ela sempre era a defensora do meu pai, apesar de minha mãe normalmente mandá-la ficar fora do assunto. Dessa vez, ela simplesmente suspirou.

— É, mas existem exceções. Quando você está prestes a dizer alguma coisa que ultrapassa certo limite, alguma coisa que pode causar um dano irreparável, às vezes o melhor que você faz é não dizer essa coisa.

— O papai nunca diria nada assim — bufou Cassie.

Minha mãe deu uma risada, mas sem nenhum tom de diversão.

— Exatamente.

Eu realmente tenho que entregar um trabalho amanhã, mas o conteúdo já está pronto; só faltam as referências. Inadvertidamente, instituí minha própria versão de dar uma volta no quarteirão, porque tem um monte de coisas passando pela minha cabeça neste momento, e *nenhuma* delas é simples nem objetiva.

Não culpo Reid por sua multidão de transas casuais. Sou homem, já fiz muito isso, e não sou hipócrita. Eu o culpo pelas duas vezes, que eu saiba, que ele incentivou uma garota a cair de bunda para cima por ele, como Brooke diria, quando não tinha nenhuma intenção de ficar com ela. Eu poderia perdoar o que ele fez com a Brooke pela imaturidade, se ele não tivesse feito a mesma coisa com a Emma *recentemente*. Basta não conseguir o que quer, e ele sai por aí transando com todas as garotas que encontra pelo caminho.

Emma parece pensar que, como ele está sendo legal, Reid está acima de qualquer suspeita. Como se ele aceitasse um não como resposta quando o assunto é ela. Mas eu o observei naquela noite em que todo mundo saiu junto — o olhar calculista que ele lançava para ela. Se isso fosse duzentos anos atrás, eu teria pensado em dar uma surra nele por olhar para ela daquele jeito — e aquela coisa de *promessa de dedinho* que ele fez com ela seria mais um motivo para tornar essa surra bem real.

***

Depois que entrego o trabalho, praticamente terminei a faculdade. Houve uma época em que pensei em me formar e virar professor como os meus pais, mas isso foi há mais ou menos um ano, antes de eu conseguir trabalhos mais constantes como ator. Ficar em pé diante de uma turma, tagarelando monotonamente sobre simbolismo analítico e teoria retórica enquanto lutava pela estabilidade e fazia pesquisas? Estranhamente, parte disso é atraente. Mas gosto mais de atuar, e não preciso chegar ao status de Reid Alexander para me sentir bem-sucedido nisso.

São quase onze da noite em San Diego, mas Emma tem que acordar cedo para ir para o estúdio. Por mais que eu tenha certeza em relação a ela, por mais que eu queira ter certeza, não quero pensar no fato de que a deixei magoada e com raiva hoje à noite, sem ninguém para conversar além de Reid Alexander. Não foi minha atitude mais brilhante.

Droga.

Não perguntei a ela sobre a entrevista em San Bernardino. Não descobri se a viagem até San Diego no carro Matchbox amarelão do Reid foi tão rotineira como ele previra. Não contei a ela o fim da história em que eu sou monitor na sua turma de literatura, e ela é a aluna que esqueceu de entregar o trabalho no prazo...

Nem pisquei ao ver a foto e o artigo de Reid beijando Emma no aeroporto. Ela me disse que foi no rosto (o ângulo da foto tornava impossível saber) e que acabou tão rápido que ela nem sentiu.

Sei como os paparazzi fazem esse tipo de jogo.

E eu realmente confio nela.

Então, ela deveria confiar em *mim* quando eu digo que não há nada entre mim e Brooke além de uma amizade forte e comprometida.

Abro as fotos de novo e leio a matéria.

```
Existe outro romance escondido no elenco de Orgulho
estudantil? Brooke Cameron (famosa por A vida é uma praia)
foi vista se agarrando com o colega de elenco Graham
Douglas no fim desta quarta-feira, na porta da casa dele
```

em Manhattan. Eles passaram uma longa noite pondo os assuntos em dia, supomos, porque a srta. Cameron saiu da casa sozinha e tranquila depois de uma visita que durou pouco mais de três horas. Cameron e Douglas representam Caroline Bingley e Bill Collins, respectivamente, num dos hits adolescentes mais esperados do verão.

Envio uma mensagem para Emma:

> Desculpa por ter desligado tão rápido. Skype amanhã às 9?

> Ok

> Saudade.

> Saudade também.

22

Brooke

Chega uma mensagem de Reid:

> Na mosca. Ela praticamente chorou.

> Goooool!

> Você tem muitos problemas com empatia, né?

> Quando necessário, sim. E você a consolou?

> Ofereci. Mas ela ficou no quarto dela.

> Tá perdendo seu charme?

> Meu charme está intacto como sempre, obg.

Crescer no subúrbio de Austin significava jogar futebol. Fiquei muito no gol durante as primeiras temporadas e, como meu time era uma bosta, eu sempre levava gols. Muitas vezes eu saía do campo chorando e secando o muco na manga. Meu treinador, pai de outra jogadora, considerava minhas lágrimas uma típica fraqueza feminina, dando um tapinha no meu ombro e me dizendo para não chorar. Tipo, *da próxima vez elas vão ver só.*

O treinador Will não entendia nada. Eu não ficava triste; eu ficava puta da vida porque meu time não tinha uma única jogadora que merecia ser chamada de *zagueira*, incluindo sua filha incompetente e arrogante. O que meu treinador não conseguia entender era que, por mais que eu parecesse uma *garota* — cachos loiros largos caindo do rabo de cavalo, fitas no cabelo e presas no sapato que combinavam perfeitamente com o uniforme —, na verdade eu era um monstro carnívoro que queria mastigar o campo com minhas chuteiras cor-de-rosa feitas sob medida.

Eu tinha seis anos.

Aos sete, meu pai me inscreveu em acampamentos de futebol no verão, administrados por jogadores de futebol adultos de verdade, e minhas habilidades naturais começaram a se moldar e se transformar numa agressão habilidosa. Quando chegou o outono, meu pai exigiu que eles me colocassem num time melhor, com um treinador que não fosse "um merda sem aptidão que não sabia diferenciar o próprio cu de um buraco no chão". O primeiro jogo da temporada foi contra meu time antigo. Fiz três gols e derrubei a filha do meu ex-treinador com um golpe perfeito que prendeu seu calcanhar e a deixou de cara no meio do campo recentemente enlameado.

Fui suspensa o resto do jogo, que ganhamos por causa dos meus gols no primeiro tempo. Eu era uma estrela a partir daquele momento, e as únicas vezes que joguei sujo foi quando era necessário. As pessoas ficariam surpresas com a frequência em que é preciso jogar sujo quando você é a jogadora mais bonita e mais rápida num time que está em primeiro lugar, especialmente quando esse time se chama Borboletas.

Meu pai parou de ir aos jogos quando conseguiu uma nova esposa, uma nova família e novos e melhores jogadores para criar até certo ponto e descartar. Não sei por que eu dava a mínima para o fato de ele ir ou não aos jogos, mas eu dava. Talvez porque o campo de futebol fosse o único lugar em que eu sentia que ele me *entendia*, e depois era como se eu não existisse mais para ele. Quando comecei o ensino médio, parei totalmente, e minha mãe nem ligou. Ela nunca entendeu a Brooke Esportista Poderosa, de qualquer maneira.

Ela enviou minha foto para uma agência de modelos, e eu consegui fazer uma propaganda impressa, depois um comercial em Los Angeles. Minha mãe sempre se recusou terminantemente a ser mãe de uma jogadora de futebol; mãe de atriz era mais a cara dela. O resto, como dizem, é história.

Reid

— *Déjà-vu*, hein! — Dou a Emma a alça da sua mala, e ela segura a bagagem firmemente entre nós, junto com a bolsa do notebook. Seu sorriso tenso me diz que ela espera que eu respeite a barreira não-tão-sutil que ela ergueu. A menos que eu esteja disposto a derrubar uma barreira de bagagem, não haverá repetição do beijo na bochecha que se espalhou por toda a internet uma semana atrás, dando a impressão de ser mais do que era. Muito mais.

— Acho que te vejo daqui a alguns dias, certo? — ela pergunta, estendendo a mão.

Já beijei essa garota. Dei uns amassos nessa garota. Ainda me lembro do seu "sim" sem fôlego, naquela tarde em que eu disse que a queria na minha cama, antes de tudo desmoronar. Mas, de algum jeito, nenhuma dessas lembranças parece conectada a *ela* — essa garota em pé na minha frente, estendendo a mão como se fôssemos colegas de trabalho respeitáveis e eu nunca tivesse enfiado a língua na sua boca nem as mãos na sua blusa.

Fiquei bom demais na capacidade de me desapegar.

Pego sua mão, mas, em vez de apenas apertá-la, eu me inclino para a frente e a trago até os lábios, beijando-a bem entre dois dedos.

— Acho que você vai me encontrar em San Francisco, afinal, né?

Ela inclina a cabeça e dá um sorriso forçado, puxando a mão e ajeitando a alça da bolsa do notebook.

— Acho que sim. Mas tenho a sensação de que encontros na segunda e na terça às cinco da manhã para mais entrevistas em programas matinais não era o que você tinha em mente.

Correto.

— Vamos lá, Emma. A gente *tem* que ir a algum lugar legal na segunda à noite. — Viro para contornar o carro e ir para o lado do motorista, porque outros passageiros começaram a perceber quem nós somos. Ela vai voar de volta para Sacramento, e eu vou dirigir até Los Angeles sozinho. — San Francisco é um paraíso culinário. E eu te levo de volta pro seu quarto antes da hora da sua conversa por Skype. — Pisco para ela, que revira os olhos.

— Tá *bom* — ela diz, como se estivesse irritada e eu a estivesse cansando.

Sinto que ela acabou de mover uma peça do jogo que a coloca muito mais perto do xeque-mate, e não consigo evitar de pensar que me tornei um belo canalha.

Vale tudo no amor e na guerra. Um sentimento agradável — se isso fosse alguma dessas duas coisas.

* * *

— John. Por favor, me diz que você tem alguma coisa estimulante planejada pra hoje à noite.

A I-5 tem duas horas de serviço de celular intermitente com uma ocasional vista para o mar, até se afastar do Pacífico e perder todo o apelo estético, se tornando frequentemente pontuada pelo tráfego em áreas muito povoadas. Já estou entediado até a alma e ainda falta uma hora, talvez duas, por causa do trânsito em qualquer lugar perto de Los Angeles a esta hora.

— Depende do que você chama de *estimulante*, cara. Numa escala de um a pornografia, onde você pretende estar?

Tem um carro cheio de garotas ao meu lado, todas tentando ver através da janela quase opaca. Pouco antes de o sinal abrir, abro as janelas e dou uma olhada, vendo a boca das meninas formar um o enquanto o sinal fica verde e eu desapareço.

— Um a pornografia. Humm. Eu diria que oito ou nove está bom. John boceja no meu ouvido.

— Oito não está fora de questão. Tem uma garota que estava na minha equipe de projeto de economia e vai dar um jantar hoje à noite...

— *Jantar?* Que merda, cara... não temos trinta e cinco anos.

— É, foi isso que eu pensei, até ela me arrastar para um desses na semana passada, de uma colega de fraternidade. Basicamente, todo mundo fica sentado fingindo ser intelectual e se drogando. Tudo que precisei fazer pra parecer o cara mais inteligente dali foi calar a porra da boca.

— Basicamente, seu estado natural quando está drogado.

— Isso.

Menos de duas semanas até a pré-estreia — até lá, uma entre duas coisas vai acontecer. Mais provável: Brooke vai ter sucesso com a Operação Graham, e Emma, no seu estado emocional indefeso, vai cair nos meus braços com uma boa puxada. Menos provável: Brooke vai fracassar, Graham e Emma vão acompanhar de mãos dadas o pôr do sol e fazer todo mundo num raio de vinte quilômetros vomitar, e eu vou ficar livre para voltar à vida declaradamente hedonista que outros garotos de dezenove anos matariam para ter. É uma situação em que todos ganham, se eu conseguir ir em frente.

✱ ✱ ✱

Quando chegamos, a garota do John abre a porta, grudando nele.

— Você está atrasado. Achei que não vinha — ela repreende. É uma daquelas garotas de voz muito aguda, que se encaixa no seu tamanho mínimo. Em pé atrás dele, não consigo vê-la direito. Só sei que ela está do outro lado porque estou escutando sua voz.

Ele aponta com o polegar por sobre o ombro.

— Tive que pegar o Reid. Você *disse* que precisava de outro cara pra equilibrar a quantidade de garotos e garotas, então eu consegui um.

Seus olhos espiam por sobre o ombro dele e imediatamente se arregalam.

— Você trouxe... *Reid Alexander?* — ela grita. — Era dele que você estava falando quando disse que ia trazer o *Reid?*

John não costuma manter nossa amizade em segredo, já que nosso relacionamento é uma grande parte do seu currículo social. Por outro lado, às vezes ele gosta de ver o choque das pessoas quando me apresenta como amigo ao vivo. Não me importo. Na verdade, eu meio que gosto.

— Não te falei isso ainda? — Sua voz está blasé, e me esforço para não rir. Ele olha para mim com a mesma expressão de quem está evitando uma risada. — Tenho quase certeza que falei.

— Hum, *não*. Eu teria me lembrado disso. Aimeudeus.

Dou um passo para ficar ao lado de John, entregando uma garrafa de vinho que peguei na coleção do meu pai antes de sair. Espero que seja algo antigo e caro, mas não antigo o suficiente para ter gosto de merda.

John faz as apresentações, reforçando a ideia de que não é nada de mais.

— Reid, Bianca. Bianca, Reid.

Ela pega a garrafa de vinho e diz, com a voz estrangulada:

— Muito prazer. — John dá uma risadinha quando ela faz uma cara feia para ele, misturada com um novo apreço, antes de virar e entrar na sala, anunciando: — Ei, pessoal, esse é o John e, hum, o Reid...

Cinco pessoas, três garotas e dois caras, estão sentadas amontoadas a uma mesa que parece surrada e comprada num brechó, mas, observando mais atentamente, percebo que foi feita para parecer assim. As cadeiras e os pratos também não combinam, apesar de coordenarem com as paredes de concreto e os canos expostos. A falsa bagunça me irrita demais por algum motivo, mas não estou aqui para fazer julgamentos sobre a decoração.

Quatro pessoas me encaram, boquiabertas. O outro cara olha para mim, depois para John, depois para os outros e faz o círculo completo de novo, com o rosto confuso. Ele diz alguma coisa para a garota ao seu lado, que diz alguma coisa de volta. "Ahhhh", diz ele, depois sua expressão espelha a dos outros: admiração de boca aberta por uma celebridade, em carne e osso, no seu pequeno jantar íntimo. Olho para John. Ele engole essa merda.

Bianca e uma das outras garotas dividem o loft. Todo mundo estuda na USC, onde John está, chocantemente, ainda tentando terminar a graduação em administração que seu pai diretor financeiro espera. Estamos fazendo hora com o macarrão que mal dá para comer, que as garotas fizeram, John está abrindo a quarta ou quinta garrafa de vinho, e a conversa se desviou para assuntos hipster clássicos: filosofia e música, sendo que nenhum dos dois jamais vai ter uma resposta definitiva. Rola uma conversa animada, e John e eu seguimos seu decreto para lidar com esse tipo de besteira: calar a boca e ficar assim.

A colega de quarto de Bianca, Jo, virou para mim de olhos estreitados várias vezes. Até agora, eu a estava ignorando. Finalmente, enquanto os outros conversam entre si, eu me empertigo, captando seu olhar penetrante, e o mantenho.

— Eu te conheço? — pergunto, e ela ri sem o menor traço de humor.

— Sério? Achei que vocês, celebridades, estavam acima das *cantadas baratas*, especialmente com algo tão ultrapassado. — Sua voz é um contraste direto com a da colega de quarto: rouca e quase masculina.

— Você acha que isso foi uma cantada? — Dou uma risada e balanço a cabeça. — Desculpa, queridinha, mas *não*. Eu só estava me perguntando o que foi que eu fiz pra receber esse olhar fatal. Imagino que eu tenha transado com você em algum momento e não lembro... e você está puta da vida... ou eu não dei bola... e você está puta da vida. Então, qual das duas?

Sua boca se abre de repente, e seus olhos soltam faíscas. Ela pega duas garrafas de vinho vazias e sai batendo pé até a cozinha. Penso em segui-la, mas decido não fazer esse esforço. Pelo menos agora ela tem um *motivo* para me odiar.

Umas duas horas depois, estamos parecendo uma ninhada de cachorrinhos no chão, os pés no colo uns dos outros, os braços estirados na barriga. As pessoas ficam muito mais simpáticas quando estão dopadas, mas não necessariamente mais interessantes. Bianca está meio deitada sobre um dos caras, que está fazendo um discurso sobre o que constitui uma mentira, em termos filosóficos, e citando Kant e Augustine. John está acariciando a panturrilha de Bianca, fazendo-a gemer e depois dar risadinhas quando ele chega ao calcanhar. Ela senta e dá um tapa na mão dele, depois os dois se beijam. Fácil prever aonde tudo isso vai dar.

Quando desvio o olhar dos dois, vejo Jo me dando aquela olhada do outro lado do círculo. Que inferno, nem chapada ela acalma sua vaca interior. Ela me queimaria imediatamente, se pudesse, e eu *não* tenho ideia do motivo. Dou a ela um sorriso disfarçado.

Quando Bianca pega a mão de John e o conduz pelo corredor, um outro casal vai para uma poltrona reclinável no canto, deixando a mim, a Jo e a outro casal, que mais parece querer fazer alguma coisa com a gente do que entre eles. Nós o ignoramos, e eles acabam entendendo a mensagem, se enroscando um no outro no sofá, e Jo se levanta e vai até o quarto dela. Eu me levanto e a sigo.

Eu me pergunto se ela vai morder a minha língua se eu tentar alguma coisa, se vai tirar sangue de mim. Ela está em pé no meio do quarto, e eu vou até ela, me abaixando para beijá-la, encostando apenas as bocas. Traço seus lábios com a língua. Quando ela abre a boca e eu enfio a língua lá dentro, puxando-a para perto, a sensação é boa durante alguns segundos... depois ela enfia a língua na minha boca e coloca minhas mãos nas minhas laterais, assumindo o controle.

Não me importo com garotas agressivas. Que inferno, a Brooke não tinha problema em me dizer o que queria e como queria, e algumas das minhas antigas parceiras fizeram a mesma coisa. Dizer o que devo fazer, aonde ir? Nenhum problema. Enfiar a língua na minha garganta? Não, obrigado. O que é excitante e o que não é individual não tem como mudar.

Isso vai exigir o mínimo de beijos que eu conseguir.

Fecho a porta e tranco enquanto ela desabotoa a blusa. Ainda estou curioso em relação a sua animosidade mais cedo. Especialmente agora.

— Você tem que me contar.

Ela dá de ombros e tira a blusa.

— Não tenho que fazer nada. Cala a boca e tira a roupa.

Durante meio segundo, penso no assunto. É um sexo sem compromisso, e ela é atraente. A maioria dos caras não recusa transar nessas circunstâncias.

Mas não sou a maioria dos caras.

Viro e destranco a porta, tirando o celular do bolso para chamar um táxi. Essa situação é tão próxima de engraçada que estou sorrindo. Antes que eu consiga abrir a porta, ela a fecha com um empurrão, respirando fundo.

— Tá bom, espera. Sim.

Minha mão ainda está na maçaneta.

— Sim o quê?

— Foi a segunda opção. Estávamos numa festa, no maior amasso, e uma *piranha* loira se aproximou, pegou sua mão e você saiu com ela. — Ela diz isso tudo tão rápido que as palavras se atropelam. —

Foi há anos. Antes que as pessoas soubessem quem você era. Mas eu lembro, porque nenhum cara jamais tinha me humilhado daquele jeito. Desde então, ninguém fez isso de novo.

A loira, sem dúvida, era Brooke. Esse era um dos seus joguinhos preferidos — ela escolhia uma garota qualquer numa festa ou numa boate e me mandava ir pegá-la. Depois, ela aparecia e me levava. Eu era tão louco pela Brooke que nunca pensei muito no que as outras garotas sentiam ao serem abandonadas daquele jeito.

— Não sei o que você quer de mim agora, pra compensar. Me mandar pra casa? O único cara hoje aqui que não vai conseguir nada? — Dou um meio-sorriso para ela, esperando pela resposta. Não estou nem um pouco no clima agora.

— Não. Compensa pra mim ali. — Ela aponta para a cama e coloca a mão sobre a minha, a que está na maçaneta.

Merda. Estou preso. Acho que já estive preso em encontros piores do que fazer sexo quando não estou muito a fim.

— Desde que você saiba que é só por hoje.

Ela ri.

— É, eu sei do seu namorinho. É de verdade ou só publicidade?

Levo um segundo para perceber que ela está falando de Emma.

— Bom, eu *não* vou discutir isso.

Ela faz que sim com a cabeça.

— Claro. Tá bom. Eu entendo.

Tiro a mão da maçaneta.

— Tudo bem, então.

Ela pega a minha mão e me conduz pelo quarto.

— Tudo bem, então.

23

Emma

Liguei para o hotel hoje de manhã para ter certeza de que Reid e eu tínhamos reservas em quartos separados para as duas noites em San Francisco. Não porque eu não confio no Reid, mas porque o Graham não confia.

Isso me incomoda, mas eu entendo. Os relacionamentos que tivemos com Reid e Brooke ativam aquela vozinha de *e se* em cada um de nós. Ele pensa *e se ela não tiver superado o Reid*, e eu penso *e se ele realmente estiver apaixonado pela Brooke*.

Na noite de quinta, depois que Graham mandou mensagem dizendo que estava com saudade, respondi que também estava. Depois deitei na cama repassando nossas mensagens antigas, até a primeira, na qual eu pedia para ele me encontrar naquela manhã, antes de meu pai e eu sairmos de Nova York. Ele não tinha respondido, mas ele ia. Naquela manhã, eu o queria tanto na minha vida que estava disposta a aceitar o fato de sermos apenas amigos, disposta a engolir meu desejo, mesmo que pensar nele com outra pessoa provocasse uma dor profunda até a alma.

Eu não conseguiria fazer isso agora. Mergulhei fundo demais. Quero muito além disso.

Penso também no pedido do Reid. Eu o ignorei, porque é claro que o Graham não vai estragar tudo. E aí eu vejo Brooke, encostada nele, tocando nele, e digo a mim mesma, pela centésima vez, que ele não está mentindo para mim. Mas estou preocupada de ele estar mentindo para si mesmo.

Queria nunca ter visto aquela foto de paparazzi. A coisa que eu mais temo seria bem mais fácil de ignorar se ela não tivesse sido queimada na minha retina em cores vivas. Enquanto penso nisso, desejo que a *Emily* nunca tivesse visto. Ela não deixa de lado o fato de que ele manteve segredo sobre a Cara, mesmo quando digo a ela que ele não é dissimulado, ele é *reservado*, e, sim, há uma diferença.

— Emily, eu *confio nele* — digo, e ela resmunga. Talvez ela perceba o medo na minha voz. Porque é isso: não é desconfiança. É medo.

Quando entro no Skype, Graham está me esperando.

— Mais dez dias — digo, e ele sorri.

Falamos sobre rotina. Ele levou Cara ao parque. Pela primeira vez, fui apalpada no aeroporto, de um jeito levemente traumático e muito constrangedor.

— Estranhamente, o fato de ela colocar luvas de borracha antes *não* me fez sentir melhor. Ela ficava parando e dizendo "área sensível" quando estava prestes a ir a algum lugar que eu não deixo ninguém tocar. — Fico vermelha quando percebo que não é exatamente verdade e, mesmo que a webcam não revele o tom de pele mais vermelho, eu devo ter deixado alguma coisa transparecer, porque Graham arqueia uma sobrancelha.

— Humm.

— O quê?

Ele balança a cabeça devagar.

— Acho que talvez você tenha sido uma viajante muito safada, Emma.

Caio no colchão, rindo, envergonhada e excitada.

— Chega de luvas azuis! Por favor! — digo da minha posição de bruços. No máximo, ele consegue ver o contorno do meu quadril.

— Você sabe as regras — ele diz. — Sem luva, sem amor.

Eu me sento.

— Não consigo *acreditar* que você disse isso depois do que eu passei hoje.

Ele ri de novo, enquanto faço biquinho.

— Não consegui resistir. Desculpa. — Ele me diz que já passou pelo apalpamento e por alguns escaneamentos de corpo ao viajar, e sempre que ele usa uma camiseta de uma banda específica, isso parece provocar uma revista de bagagem aleatória. — É bizarro. A camiseta do Radiohead significa revista de bagagem. *Todas. As. Vezes.* Fico meio preocupado de eles procurarem as cavidades do corpo em algum momento.

Conversamos mais alguns minutos, depois ele pigarreia e diz:

— Hum, preciso te falar uma coisa.

Seu tom me diz que não é uma coisa boa. Durante alguns segundos, não consigo respirar. Meu coração está martelando no peito.

— Tá.

Ele respira fundo.

— Você sabe que eu me formo na quarta-feira.

Faço que sim com a cabeça.

— Sei. — Sinto que ele não está esperando parabéns.

— A Brooke vem pra cerimônia. — Ele passa a mão no cabelo. — Eu teria te contado antes, mas, sinceramente, esqueci dos planos dela sempre que a gente estava conversando, e eu não queria mandar uma mensagem pra você falando isso.

Brooke vai na formatura de Graham. Franzo a testa.

— Quando foi que você a convidou?

— Não convidei, sério, ela simplesmente se ofereceu, na semana passada. Nós nos conhecemos pouco antes de eu entrar pra Columbia, e acho que ela só quer dar uma força...

— Entendi. — Eu o interrompo, antes que ele dê mais detalhes sobre a antiga amizade dos dois. — Vocês são muito próximos já tem alguns anos, antes de você me conhecer, então não tem nada pra eu me *preocupar*. — Sentir *ciúme*. *Ciúme* é o que eu quero dizer. Mas *estou* preocupada. *Estou* com ciúme. Sou Emma, o monstro de olhos verdes.

— Emma, não quero que você fique chateada...

Tarde demais.

— Não está rolando nada entre a gente. Não mais do que entre você e o Reid.

Engulo em seco.

— Isso é completamente diferente.

— Você está certa, é completamente diferente. Você teve intimidade de verdade com o Reid. — Ele percebe, no meio da frase, onde foi que se meteu, mas é tarde demais para voltar atrás.

— O que você quer dizer com isso?

Ele não olha para o meu rosto na tela. Seus olhos estão virados para outro lado, então espero. Por fim, eles piscam para mim, escuros e ilegíveis.

— Acho que eu não sei o que quero dizer. E sei que não é da minha conta, e que não tenho direito de perguntar.

— Perguntar *o quê*? Se eu dormi com ele?

Um músculo se contrai na sua têmpora.

— Não estou te perguntando, Emma. Não é da minha conta.

— Então você não se importa?

Ele suspira e se recosta nos travesseiros. Odeio quando ele faz isso, porque não consigo ver seu rosto claramente.

— Claro que eu me importo. — Sua voz está muito baixa, e eu não sei se é porque ele está falando baixo ou se é só porque ele se afastou do microfone do notebook.

— Tá bom. Não é da sua conta. Mas eu não dormi. — Não conto a ele que chegamos perto. Ele não precisa saber disso. Seus olhos se fecham, e ele solta outro suspiro. — Sua vez — digo.

Uma ruga aparece entre suas sobrancelhas.

— Minha vez de quê?

Inclino a cabeça.

— Você. E a Brooke.

— Não. — Ele não hesita. — Eu nunca dormi com a Brooke. Achei que eu tinha te falado, na manhã em que conversamos sobre tudo isso pela primeira vez...

— Você me disse que não a amava, mas nunca disse que não tinha dormido com ela. — Ficamos em silêncio depois dessa conversa, e o enorme espaço entre nós parece carregado eletricamente. Minha garganta se fecha e, apesar de eu estar aliviada, sinto vontade de chorar.

— Emma, o que tem de errado, baby? — Ele nunca me chamou assim. Perto da webcam agora, seus olhos estão preocupados. — Desculpa. Não quero que você se sinta...

— Insegura? — Uma lágrima escorre pela minha bochecha, e eu a seco com o polegar.

Ele balança a cabeça.

— Você não é insegura. Isso é novo pra nós dois... esse relacionamento. E estamos tentando construir tudo de longe, depois de meses de separação... — Ele passa a mão no cabelo de novo e faz um barulho frustrado. — É difícil. Mas não é impossível. Sinto muito pela Brooke e por perguntar sobre o Reid...

— Eu não sinto muito. Quero que você saiba. — Minha voz diminui. — Você precisa saber, certo? Que vai ser a primeira vez pra mim...

— Acho que sim. Eu não tinha... pensado nisso dessa forma. Eu nunca, hum... — Ele morde o lábio, abaixando os olhos e depois levantando de novo para ver o meu rosto na tela. — Eu nunca transei com uma virgem.

Minha mente está acelerada, mas não chega a nenhuma conclusão.

— Ah.

Ele passa a mão no rosto.

— Meu Deus — ele murmura. — Vou fazer você desejar não ter nada comigo.

— Graham — digo, e ele leva a mão até a boca, descobrindo os olhos e me observando. — Acredite. Isso já não é mais possível.

Reid

Emma e eu vamos nos encontrar no saguão às cinco da manhã para a primeira entrevista no canal local. Temos outra na terça, seguida de uma entrevista ao vivo na rádio à tarde. Na quinta, temos *Ellen*.

Quando digo a Brooke o que falei para Emma — que eu queria mais uma chance se Graham estragar tudo —, ela surta.

— Ai, meu *Deus*, Reid. *Merda*. Isso foi muito arriscado... Mas talvez ela corra direto pra você quando perceber que ele está comigo.

— Foi isso que eu pensei. — Estou passando por canais de televisão mudos, recostado numa montanha de travesseiros na cama do hotel. Emma está no mesmo corredor. Mandei mensagem para ela mais cedo, disse que eu estava aqui e sugeri que nos encontrássemos no saguão amanhã de manhã. Fiz planos para nós amanhã à noite, então hoje não vou pressionar.

— Mas ela te disse alguma coisa?

— Falei que eu não queria resposta. Que só queria que ela soubesse em que ponto estou. — Deixo a televisão sintonizada em vídeos de música e coloco o volume baixo, como ruído branco. Emma deixa vídeos tocando ao fundo no seu quarto de hotel, como um tipo de trilha sonora da vida dela, e eu fiquei imaginando, mas me esqueci de perguntar, se ela faz isso em casa também. — Então, o que te faz pensar que você ama o cara?

— O quê? — Sua voz está confusa.

Não sei se herdei a capacidade de argumentar ou simplesmente a adquiri enquanto crescia com um advogado, como forma de autopreservação. Já estou imaginando o que Brooke pode dizer e como contestar.

— Você disse algumas vezes que era "a pessoa certa" pro Graham. Você acha que o ama?

Ela fica em silêncio por um longo instante, e acho que está prestes a me dizer que o que ela sente por ele não é da minha conta e, falando nisso, vai pro inferno.

— Sim.

— Por quê?

— Por que o quê, Reid? — A irritação satura suas palavras. — Não estou entendendo o que você quer saber, e isso não é da sua conta, de qualquer maneira. Mas estou com vontade de te divertir. Então, por que *o quê*?

— Por que você acha que ama o cara? — Destaque para *acha*. E ela percebe.

— Que jeito estranho de falar — ela reflete. — *Por que você acha que ama o cara* em vez de *por que você ama o cara?*

— Você sabe que eu não acredito no amor. — Uau... isso foi meio amargo. Cruel, até. Merda.

Ela fica em silêncio de novo. E depois:

— Você acreditava.

— É, pois é. Você sabe como *isso* acabou. — *Droga*. Por que estou dizendo isso para ela, entre todas as pessoas? Ela fica calada de novo, e me arrependo de ter feito a pergunta.

— Uma vez, a Kathryn me disse que amar alguém significa que você quer o melhor pra essa pessoa. E eu sou o melhor pra ele. — Kathryn é madrasta da Brooke, uma das. A mais próxima, pelo menos. Ironicamente, elas não precisaram ter nenhum relacionamento, porque Kathryn foi a *primeira* esposa do pai dela, mas, por algum motivo, elas sempre foram próximas. O que é bom, porque a mãe da Brooke é uma vaca maluca.

— Isso me parece uma lógica meio complicada. Meu pai diria que é um conflito de interesses *você* decidir que *você* é o melhor pra ele.

— E lá está meu alterego de novo.

— Você está tentando me dizer pra desistir? Porque você nunca vai conseguir afastar a Emma dele se eu não tiver sucesso.

Uau. Isso acabou completamente com o meu argumento e insultou até minhas partes baixas.

— Não estou, não. Já ouviu falar em advogado do diabo? E que inferno, Brooke? Quer dizer, que merda, eu *sei* que você acha que ele é melhor do que eu. Já entendi. Não precisa enfatizar isso todas as vezes que a gente precisa se falar.

Ela solta um suspiro.

— Essa conversa saiu totalmente do controle. Olha, somos aliados nesse negócio, mas não somos *amigos*. Quando isso terminar, não me importa se vou falar de novo com você, e tenho certeza que você sente a mesma coisa.

— Está certíssima.

— Então vamos parar de fingir que somos melhores amigos e nos concentrar no que estamos fazendo. Esta semana vai ser pra eu conquistar a família. — Meu Deus, que saco. — E você vai continuar emocionalmente disponível para a Emma. Enquanto isso, guarda o pinto nas calças.

— Você realmente é ótima com as palavras, sabia?

— Sou direta. Me processa.

* * *

Eu sabia que Emma ia adorar o restaurante de frutos do mar na Union Square, com sua arquitetura de mais de cem anos e o interior parecido com um mundo subaquático. Uma olhada para o rosto dela quando entramos confirmou minha suspeita. Fomos conduzidos até a sala semiparticular com paredes de vidro que eu reservei, onde podemos observar o resto do local enquanto o guarda-costas que nos acompanha bloqueia a porta e qualquer possível invasão.

— Parece que estamos dentro de um aquário — ela diz, se aproximando. — Fico esperando alguém dar um tapinha no vidro ou fazer cara de peixe para nós.

Comemos caviar e ostras na concha e bisque de tomate, sendo que o prato principal e a sobremesa ainda estão por vir. Emma jurou que vai se exercitar no instante em que chegar em casa amanhã à tarde, até quinta de manhã, quando nos encontramos em Burbank para gravar *Ellen*.

Eu me apoio nos cotovelos depois que o garçom tira o segundo prato da mesa.

— Então, quando foi que essa coisa com o Graham começou? — Eu esperava surpreendê-la com essa pergunta, mas não previ o vermelho que inundou seu rosto. Meus olhos se estreitam. — Espera... foi *antes* daquela noite na boate? — A noite em que Graham ameaçou me dar uma surra se eu magoasse Emma. E eu *não* vou contar isso a ela, porque as garotas adoram essas merdas.

— O quê? — O vermelho aumenta até ela parecer queimada de sol.

Eu não fazia ideia que ela tinha uma consciência tão hiperativa. Claro, eu também não sabia que ela era capaz do que esse vermelho sugere. Ela e o Graham estavam se pegando enquanto eu a estava perseguindo? Que *merda*. Ela está encarando o colo, e eu estou dividido entre divertido como o diabo e seriamente irritado.

— Quer dizer que vocês estavam se pegando antes de você terminar comigo?

Pensando bem, não estou me divertindo tanto. Controlar minha expressão está sendo anormalmente desafiador, e as paredes de aquário de repente parecem a pior ideia *do mundo*.

— Não, não foi assim. — Ela levanta o olhar, indo direto para os meus olhos. Ainda vermelha como tomate, da testa até o colarinho do suéter, ela parece sincera, apesar de eu provavelmente ser a última pessoa qualificada para julgar a honestidade ou a falta dela em alguém. — Nós nos beijamos uma vez, antes de você me beijar. Quer dizer, antes de *você me* beijar fora dos papéis de Will e Lizbeth. Mais nada.

Como um slideshow na minha cabeça, eu me lembro de fotos dos dois em Austin, correndo juntos ou se preparando para correr. E os olhares que eles trocaram, que eu e Brooke percebemos, e o modo protetor como ele às vezes agia perto dela. Não dei importância porque ele parecia ser ainda mais protetor com a Brooke. Agora tudo parece claro, e não tenho certeza se acredito nela.

— Vamos à pergunta inevitável, especialmente porque vocês dois são alguma coisa *agora*: Por que você começou um relacionamento comigo, e não com ele?

Seus olhos descem até o colo, e sua voz está baixa.

— Foi aquela foto minha e sua no show. Ele achou que nós já estávamos envolvidos. — Ela dá de ombros. — Depois que viralizou, ele decidiu não se intrometer.

Quer dizer que ele simplesmente recuou e me deixou tentar alguma coisa com ela sem concorrência? Interessante.

— Humm. Isso me parece meio que um... sacrifício.

A ruga prevista aparece na testa dela.

— O que você quer dizer?

Eu me aproximo, encarando seus olhos na luz baixa, minha voz contida, mas com uma tensão subjacente que eu sei que ela vai detectar.

— De jeito nenhum eu teria a mesma consideração com ele, se as posições estivessem invertidas. — Observo minhas palavras serem absorvidas e depois recuo um pouco, reduzindo a tensão física apenas o suficiente para convencê-la de que estou falando no passado. Provavelmente.

Ela pigarreia.

— Acho que ele simplesmente não é tão, hum, competitivo.

Ela fala como uma verdadeira heterofeminista: a garota que *diz* que admira homens que não têm o gene da agressividade alfa, enquanto sonha com um cara que vai empurrá-la contra a parede e beijá-la até tirar o fôlego antes de dizer para ela calar a boca e aguentar.

— Então, você e ele se encontraram... quando? Depois que eu e você terminamos no último outono?

Se isso for verdade, eles estavam juntos quando eu fiz aquele pedido de desculpas humilhante querendo uma nova oportunidade. Não sei muito bem o que seria pior: se eu disse aquelas coisas sem nenhuma chance ou se eu disse quando ela estava livre e solta, mas me rejeitou do mesmo jeito.

— Não, encontrei com ele por acaso numa cafeteria em Nova York, quando estive lá um mês atrás, visitando faculdades. — Ela deixa de fora a parte Graham-tem-uma-filha, e isso mostra que ela é previsivelmente melhor para guardar segredos dos outros do que a Brooke, apesar de eu suspeitar que a Brooke só deixa escapar o que ela quer revelar.

Ficamos em silêncio enquanto o terceiro prato é servido e nossas taças são enchidas.

— Querem mais alguma coisa? — o garçom pergunta, e nós nos entreolhamos e balançamos a cabeça.

— Não, obrigado, cara, estamos bem.

Imagino Emma vendo Graham numa cafeteria lotada de Manhattan, com a filha ao lado, e fico me coçando para perguntar o que ela pensou quando descobriu. Tipo, isso *não* é um corta-desejo imediato? Que garota de dezoito anos quer que o namorado tenha uma filha secreta? E como diabos ele acabou ficando com a filha? Não consigo imaginar a reação dos meus pais se eles descobrissem que a Brooke estava grávida (eles não souberam) e, depois, eu dissesse: *Ah, falando nisso, quero ficar com o bebê.* Eu estaria sob observação psiquiátrica antes que conseguisse balbuciar qualquer outra palavra.

— Que coincidência bizarra... Encontrar alguém por acaso em Nova York — digo.

— Hum-hum — ela comenta.

— E quando você está planejando se mudar pra lá? No outono?
— É... talvez antes.
— Ah, é?

Ela coloca na boca uma garfada do seu halibute do Alasca grelhado, provavelmente para impedir qualquer comentário, acho eu. Pego uma garfada de cogumelo maitake e a espero acabar.

24

Emma

Nunca sei como Reid me faz revelar informações que podem não ser secretas, mas muito pessoais. Ele tem um jeito de fazer perguntas; como se ele só estivesse curioso e fôssemos velhos amigos, nada de mais, e *bum*, estou falando coisas sobre Graham e nosso relacionamento. Depois eu percebo e penso, *droga, como foi que isso aconteceu?*

Eu ainda nem falei sobre me mudar para Nova York com *Graham* e acabei de mencionar isso para *Reid*, que come seu atum do Havaí grelhado enquanto espera que eu faça mais uma revelação desenfreada sobre minha vida particular. O silêncio fica tenso entre nós, e eu finalmente olho para ele. Seus olhos azul-escuros me analisam com atenção, e seus lábios comprimidos me dizem que ele está se divertindo.

— O que é tão engraçado?

— Você, percebendo que falou mais do que devia.

Suspiro e dou uma risada, e ele também ri.

— Como é que você *faz* isso?

Ele dá de ombros, sem nenhum constrangimento, como sempre.

— Fui criado por um mestre do interrogatório. Além do mais, sou dissimulado.

— É mesmo. Tenho uma ideia. Podemos falar de você?

Ele sorri.

— Tudo bem. O que você quer saber?

Apoio o queixo no punho, no estilo *Pensador*.

— Humm... Tá bom. Você disse, alguns dias atrás, que você e a Brooke tinham chegado a um entendimento. — No último outono, eu jamais imaginaria que os dois pudessem dividir o mesmo ambiente durante muito tempo. Agora eles estão trocando elogios e agindo normalmente. É assustador. — O que você quis dizer com isso?

Suas sobrancelhas se arqueiam para cima.

— Eu não diria que somos amigos. — Eu o encaro, e ele sabe que estou esperando uma resposta melhor. — Mas, como eu disse, meio que decidimos dar uma trégua. O que aconteceu entre nós foi há muito tempo. Éramos crianças.

Não sou tão boa nisso quanto Reid, porque, quando ele para, não sei como pressioná-lo para prosseguir. Mais do que isso, encaro o fato de que meu verdadeiro motivo para investigar tem tudo a ver com Graham. Ele está enrolado na história deles, e eu me sinto deixada de fora. Até agora, essa sensação de ser excluída era inconsciente. Como se eu quisesse ser alguma parte desse acidente de trem.

— E então, sem mais perguntas, promotora?

Meus pensamentos estão cheios de Graham, e eu luto para não clicar meu celular para verificar a hora. Reid prometeu que me levaria de volta a tempo. Seu sorrisinho é superior demais para ignorar, mesmo que ele esteja brincando de ser arrogante.

— Tenho mais uma pergunta crítica — digo, e ele se empertiga, totalmente atento. Reprimindo a vontade de rir, coloco uma expressão intrigada no rosto. — Então... amarelo é sua cor preferida ou o quê?

Ele rosna de um jeito amigável.

— Eu juro: vou me livrar daquele carro na próxima semana, logo depois da pré-estreia. Eu te diria no que estou pensando pra colocar no lugar dele, mas você provavelmente não está interessada em falar de modelos e especificações. Basta dizer que não vai ser *amarelo*.

Arqueio uma sobrancelha.

— Esse é um jeito simpático de dizer que eu não teria a menor ideia do que você está falando?

Ele ri e vira a palma da mão para cima.

— Bom... a menos que você tenha virado uma aficionada por carros nos últimos meses...

Stan, o mecânico do set de filmagem de *Orgulho estudantil*, levou metade de um dia para me ensinar a abrir o capô do carro para uma cena.

— Hum, não, eu não diria isso. Mas sei dirigir, desde que o... hum... motor? seja automático.

— *Transmissão.* — Ele dá risadinhas de novo. — É, Emma, a apaixonada por carros. Só que não.

— Acho que é bom eu me mudar pra Nova York, onde não vou precisar de carro.

Seu sorriso fraqueja, mas ele se recupera rapidamente.

— Se você tem tanto problema com amarelo, como vai aguentar pegar táxi toda hora?

Dou um sorriso.

— Eu estava pensando que podia aprender a usar o *metrô*.

— Essa é uma daquelas coisas normais do dia a dia que eu nunca vou poder fazer: usar transporte público — ele diz.

— Definitivamente não, ainda mais com suas fãs eu-coração-Reid-Alexander.

— Minhas o quê?

Droga. Esqueci que ele não conhece o termo que Jenna usa para suas fãs.

— Hum, nada. Mas parece que você gosta de ser reconhecido em todos os lugares.

Ele dá de ombros.

— Tem seus benefícios. E faz parte do trabalho. Qualquer pessoa que não entende isso quando entra nesse meio está fora da realidade.

— Talvez. Mas nem todo mundo fica tão famoso e conhecido como você. A *maioria* dos atores não fica. O Graham e eu não tínhamos problema pra correr de manhã, mas você nem podia sair do hotel sem ser atacado pelas fãs.

Ele brinca com a colher, girando-a entre os dedos, por cima e por baixo.

— As pessoas adoram o que eu faço, e eu adoro fazer isso. Essas são as partes mais importantes da equação. E eu sou rico o suficiente pra *comprar* mais discrição, se eu sentir necessidade de privacidade, então não posso reclamar. — Ele inclina a cabeça, me observando com atenção. — Você vai ter uma explosão de reconhecimento quando *Orgulho estudantil* for lançado. Mas, se você não fizer outros filmes, provavelmente isso vai acabar. Foi por isso que você quis sair?

— Não. Eu não tenho *medo* da fama, mas eu nunca seria capaz de me sentir tão confortável quanto você. Eu sinto vontade de ser normal. Estou empolgada de ir pra faculdade. Com medo, mas empolgada. E adoro a ideia de atuar num palco em vez de diante de uma câmera. Depois da faculdade, acho que vou fazer o que todo mundo faz. Analisar minhas opções e fazer a melhor escolha possível na época.

Ele faz que sim com a cabeça.

— É justo.

Graham

Minha família não poderia ficar menos animada com o fato de que Brooke vai à minha cerimônia de formatura com eles *e* vai dormir na nossa casa duas noites. Já aguentei e ignorei o que Cassie e Brynn pensam sobre o assunto. Finalmente tive que dar a cara a tapa e contar para minha mãe. A reação dela:

— Putz, que *merda*.

Por sorte, Cara está dormindo. Ela está naquela idade que imita *tudo*. Brynn não consegue ter uma conversa sem pelo menos uma palavra inadequada, mesmo quando ela troca por um *piiii*... e Cara também já entendeu isso. Alguns dias atrás, recebi diversos tipos de olhares quando nossa fila no Dean & DeLuca parou, e Cara exigiu saber, bem alto:

— Que *piiii* está acontecendo ali?

— Não posso falar pra ela ir à cerimônia sozinha — digo. Por trás dos olhos da minha mãe, as engrenagens giram furiosamente, tentando descobrir como fazer exatamente isso.

Meu pai reconhece o olhar distraído no rosto dela pelo que realmente é: conspiração.

— *Audrey*.

— Hum? — Arrancada de seus devaneios (onde ela, sem dúvida, está pessoalmente embarcando Brooke num voo para o Uzbequistão ou algum lugar igualmente distante), minha mãe pisca de um jeito inocente. Meu pai e eu sabemos muito bem que não podemos nos deixar enganar pela expressão angelical.

— Audrey, a *amiga* do Graham está vindo pra formatura. Ele a convidou; não vamos desconvidá-la.

Esse provavelmente não é o momento ideal para admitir que Brooke se convidou.

— Não podemos, pelo menos, colocá-la num bom hotel, onde ela vai ficar mais confortável? — A voz da minha mãe é melosa, com um tom velado de *pelo-amor-de-Deus-por-favor*.

Brooke foi uma hóspede exigente, dois anos atrás — questionou a quantidade de fios dos lençóis do quarto de hóspedes, perguntou onde guardávamos as escovas de dentes e lâminas de barbear novas para visitantes e até mesmo pediu uma marca específica de água mineral. Minha mãe passou o tempo da visita de Brooke borbulhando de raiva, e ela não perdoou nem esqueceu.

— Na época das festas de formatura da Columbia e da NYU, os hotéis ficam todos lotados. — A voz da razão do meu pai cai em ouvidos moucos.

— Ela podia ficar aqui perto. Em Jersey, digamos.

— Mãe! — Dividido entre a diversão e a irritação, não sei qual das duas devo acrescentar à exclamação.

Meu pai suspira.

— Ela vai ficar aqui, Audrey. É melhor arrumarmos o quarto de hóspedes.

— E avisar os empregados — ela resmunga. — Ah, sim. Essa sou *eu*.

Coloco o braço sobre seus ombros enquanto ela limpa os pratos e eu me preparo para encher a lavadora de louças.

— Mãe, a Brooke amadureceu nos últimos dois anos. Duvido que você vá ter os mesmos problemas que teve com ela antes. — Eu devia cruzar os dedos nas costas.

— Não vou esperar muito, Graham.

* * *

Emma aparece alguns minutos atrasada no Skype, e eu garanto a ela que não é nada de mais, apesar de ela ter saído para jantar com Reid. Em San Francisco. Uma das cidades mais românticas dos Estados Unidos. Quando ela não consegue evitar de falar entusiasmada sobre o prédio reformado da década de 20, os candelabros de vidro na forma de medusa e a comida fantástica, escuto pacientemente. Agradeço a Deus pela imprecisão das webcams, que permite que meu sorriso tenso pareça um grande entusiasmo.

Nunca na vida tive problema de ciúme. Ver Zoe com outros caras depois que terminamos (e alguns flertes *antes* de terminarmos, porque acho que ela gostava de me provocar) era chato e frustrante, mas não era nada em comparação a essa queimadura lenta e profunda. Mesmo o que eu senti durante as filmagens no último outono, quando via Reid e Emma, não era assim. Sinto como se tivesse engolido um meteoro.

Não posso falar sobre isso com a minha mãe, nem com Brynn e Cassie.

"Ciúme não passa de insegurança", diria minha mãe.

"Essa palhaçada de macho protetor é só um babaca demarcando território para outros cachorros ficarem longe", diria Brynn.

"Graham, você não é esse tipo de cara chauvinista. Você é melhor do que isso", diria Cassie.

Elas estão certas... e estão erradas. Neste momento, se eu pudesse manter Reid fisicamente afastado de Emma, eu faria isso. E se isso me tornar *esse tipo de cara*, não dou a mínima.

— Parece que você teve uma noite perfeita — digo a Emma. Com firmeza.

Ela balança a cabeça, me dando aquele seu sorriso sutil — a boca inclinada para cima de um lado, como se quisesse contê-lo, enquanto ele se infiltra de um dos lados.

— Se tivesse sido perfeita, você estaria lá comigo — ela diz, e o meteoro no meu estômago se derrete para um tamanho mais aceitável.

Quando falo que Brooke chega a Nova York amanhã, falo de um jeito tão inconsciente que não digo a Emma onde ela vai ficar.

— Já avisei pra ela que vou ficar enfurnado no meu quarto com você às nove da noite.

— Ela vai ficar com você?

Ai, meu Deus, esqueci de contar pra ela.

— Com a minha família, sim. — Como se isso melhorasse a situação. — Os hotéis ficam sempre lotados durante a semana de formatura da NYU e da Columbia. — Nunca tive a intenção de mandar a Brooke para um hotel, mas vou guardar *isso* para mim mesmo. — E várias faculdades menores fazem suas festas na mesma semana.

— Ah.

Eu queria que houvesse um jeito de lhe garantir que Brooke não é uma ameaça. Odeio ver essa expressão no seu rosto, essa incerteza que conheço tão bem. Eu ia dizer a ela que Brooke falou *informação demais sobre os detalhes do sexo virtual!*, quando lhe contei sobre nosso ritual noturno no Skype, mas, de repente, isso não é tão engraçado, e estou procurando alguma coisa para dizer.

— Então, *Ellen* na quinta, hein!

— É. — Sua voz está tensa. Merda de distância. Se eu pudesse beijá-la, ela saberia exatamente como me sinto em relação a ela.

— Sinto a sua falta, Emma.

Não tenho certeza, mas parece que seus olhos ficam marejados.

— Eu estava ótima durante meses sem você — ela diz, com as palavras sussurradas e desoladas. — Por que dói, agora?

Suspiro e passo a mão no cabelo, e eu sei, por experiência, que isso deixa mechas espalhadas em várias direções, rebeldes e com cara de louco. Talvez eu me sinta exatamente um louco.

— Porque agora temos esperança de algo mais.

Ela respira de um jeito trêmulo e suspira. Por enquanto, eu disse as palavras certas.

25

Brooke

Desta vez, lembrei de levar uma escova de dentes e um aparelho de barbear. Achei que a mãe do Graham teria um ataque na última vez que os visitei, quando perguntei se eles tinham essas coisas. Admito que eu estava sendo uma vaca, porque estou acostumada a mães me odiarem. Ou, pelo menos, a não confiarem em mim para que seus filhinhos não sejam corrompidos. Eu não aguentaria outra tentativa fracassada de ser agradável, só para ser tratada como uma vagabunda portadora de DST. Por isso, fui uma vaca desde o início.

Provavelmente, essa não foi a atitude mais inteligente, já que agora eu tenho que voltar atrás e fazê-la gostar de mim, quando já dei um tiro no próprio pé.

A dra. Douglas é terapeuta licenciada, além de professora de psicologia. Ela me analisou o tempo todo que estive lá dois anos atrás — dava para perceber. Não quero saber suas conclusões. Só preciso fazê-la acreditar que não são mais válidas. Nada de mais, certo? Assim que meu avião descer no LaGuardia, vou tentar esquecer como seus olhos pareciam querer soltar lava quando questionei a quantidade de fios dos lençóis do quarto de hóspedes.

Kathryn, a primeira esposa do meu pai, me ensinou o seguinte ditado: "Quando você perceber que está num buraco, a primeira coisa a fazer é parar de cavar". Infelizmente, nunca fui boa em seguir esse conselho. Considero que a culpa disso é do meu modelo parental, minha mãe, que nunca encontrou um buraco que não podia ser só um pouco mais fundo.

Quando cheguei a Los Angeles pela primeira vez, eu não era só desconjuntada nos cotovelos e nos joelhos, mas tinha aquele maldito sotaque fanho. Ele me marcava aonde quer que eu fosse, e não havia nada que eu pudesse fazer em relação a isso, exceto ficar muda. Quando eu entrava numa boutique cara com a minha mãe, as vendedoras eram todas atenciosas e educadas até uma de nós abrir a boca, porque aí começavam os olhares de relance. Eu sabia o que elas estavam pensando. *Caipiras.* Não havia jeito de combater esse preconceito.

Pouco antes de minha mãe e Rick se casarem, ele nos levou para jantar. Estava tentando me agradar para conquistá-la. Ele não sabia que ela não dava a menor importância se eu estava feliz com suas escolhas matrimoniais. Fomos a um lugar da moda, que servia hambúrgueres por quinze dólares e vendia centenas de cervejas nacionais e importadas do mundo todo. A cerveja era a atração — se alguma cervejaria remota a produzia, eles tinham. Esse tipo de coisa.

Rick (que pensava que a minha mãe tinha a voz parecida com a da Scarlett O'Hara... como se isso fosse um elogio) se levantou no meio da refeição para pegar uma porção de picles para minha mãe e mais uma cerveja importada para ele. Quando ele estava a uns três metros de distância, minha mãe o chamou. Ela falou alto o suficiente para toda a nossa parte do restaurante escutá-la:

— Ei, Rick, *mi* arruma *ôtra Currs Light!*

Houve um longo silêncio, porque o pedido de uma cerveja nacional barata no seu sotaque fanho de estacionamento de trailers fez toda a conversa parar. Em seguida, as risadas explodiram. Meu rosto queimava. Eu queria mergulhar embaixo da mesa em vez de ficar sentada na frente da minha mãe caipira grosseira. Eu tinha certeza de que esse era o Momento Mais Vergonhoso da minha vida.

Mas minha mãe não tinha terminado de cavar o próprio buraco, comigo bem ali, rezando para ser invisível. Assim que ela olhou ao redor para todos os clientes pretenciosos que abafavam o riso, seu rosto se contorceu numa expressão arrogante.

— Ah, *vão se fudê cês tudo!* — ela declarou. A onda de risadas me engoliu, e a invisibilidade não foi suficiente. Acho que eu rezei para morrer.

Alguns meses depois, meu novo empresário recomendou seriamente que eu fizesse terapia da fala para me livrar do sotaque. Agarrei a oportunidade. A coisa mais surpreendente foi a objeção de Reid.

— Eu gosto do jeito como você fala — ele disse, passando os dedos no meu cabelo enquanto eu estava deitada no seu colo vendo um filme com ele. — É diferente. É *excitante*.

— Pfff! Não é, não. Pareço uma caipira que só estudou até o quinto ano.

— Mas você não é.

— É assim que eu *pareço*, então é o que todo mundo pensa.

— Quem dá a mínima pro que todo mundo pensa? — ele perguntou. Agora eu vejo que isso é um tipo de mantra para ele há muito tempo. Nunca fui livre assim. Quero ser, e às vezes finjo ser, mas não sou. Estou acorrentada para sempre a dar importância ao que *alguém* pensa.

* * *

— Ela é sua namorada agora? — A ideia de sussurro de Cara é tudo menos isso.

Criei o hábito de evitar minhas meias-irmãs sempre que possível — simples demais, morando em outro estado, especialmente depois de passar da idade da visita obrigatória. Assim, não passo muito tempo na companhia de crianças pequenas. Não estou acostumada ao jeito como crianças da idade de Cara simplesmente soltam perguntas indelicadas. No meio do jantar, menos ainda.

Todos os olhos da mesa vão até os de Graham, que dá um risinho para a filha.

— Não, a Brooke é uma grande amiga, tipo o Daniel e o Rob. — Esses dois são colegas de turma do Graham. Vamos a uma festa de um deles amanhã à noite. Não sei muito bem se quero ser incluída com dois *caras* na cabeça de Graham. Nem me fale em zona da amizade.

Suspiros audíveis de alívio escapam de sua mãe e de sua irmã, Brynn, que veio jantar hoje à noite porque não pode sair do trabalho amanhã de manhã para ir à cerimônia. Grudo um sorriso rígido no rosto ao ouvir os sussurros de graças-a-Deus. Que *diabos*.

A menina bate com o garfo no prato, com a cabeça inclinada como um cachorrinho escutando um barulho desconhecido.

— Então a Emma é sua namorada?

Graham solta um suspiro.

— Cara, é hora de jantar, não de fazer vinte perguntas.

Ela dá uma olhada insolente para ele.

— Foram duas perguntas, papai. *Duas.*

— É, bom, só porque você faz uma pergunta, ou *duas,* não significa que você recebe uma resposta. — Ele pisca para ela, e ela revira os olhos como se já tivesse ouvido *isso* antes e mergulha na lasanha. Em seguida, Graham vira para a família e diz: — A Brooke vai filmar uma comédia romântica aqui em Nova York, a partir de... quando é mesmo, Brooke, meio de agosto?

— Isso. — Ele está avisando à família que vou estar por perto no futuro. Isso é bom. Estou mais próxima de poder dizer a ele que aluguei um apartamento com contrato do início de agosto até dezembro.

— Eles ainda estão falando com o Efron sobre o protagonista masculino?

— Não. Acho que ele tinha outro contrato do qual não pode se livrar. Não sei em quem eles estão pensando agora.

— Parabéns, Brooke — diz o pai dele enquanto a mãe e Brynn murmuram reconhecimentos vagos.

Por fora, agradeço educadamente e sorrio de um jeito inconsciente, como a piranha disponível que eles parecem pensar que eu sou — totalmente inconsciente do seu desdém.

Por dentro, estou resmungando *vão se fudê cês tudo*.

Graham

Cara tem um surto de risinhos quando me vê no uniforme de formatura, e ainda nem coloquei o capelo. Balanço a cabeça enquanto ela se joga no último degrau, deslizando para uma posição de barriga para baixo e rindo como quando Brynn faz cócegas nela. Por fim, para por tempo suficiente para dizer que eu pareço a Cinderela, antes de se desmanchar em outra rodada de risos descarados.

— Ela está certa, Graham — Cassie diz, fazendo malabarismos com Caleb. — Você está *arrasando* no cetim azul-bebê desse vestido de formatura.

Cara dá um tapa no degrau de madeira com a mãozinha pequena, uivando de rir. Tenho medo de colocar o capelo e a borla na frente dela, porque ela pode perder a capacidade de respirar. Mas minha mãe insiste, porque a cerimônia é ao ar livre e, a menos que ela o prenda com grampos antes, uma rajada de vento pode fazê-lo sair voando. Depois que o capelo está preso na minha cabeça, Cara fica fora de si por mais cinco minutos, e eu me pergunto como ela vai reagir quando encontrar milhares de formandos usando capelos azul-claros e *vestidos*.

Os olhos de Brooke estão brilhando e, por uma fração de segundo, percebo como é raro vê-los sem o cinismo reservado dela. Brooke parece ser a última pessoa na Terra a se censurar, quando, na verdade, isso é *tudo* que ela faz.

Algumas horas e uma longa e estranhamente revigorante cerimônia depois, mando uma mensagem para Emma, dizendo que estou oficialmente formado. Marcamos uma hora mais cedo no Skype, por causa da festa de formatura hoje à noite e do seu voo de Sacramento até Burbank amanhã de manhã. Nenhum de nós menciona o fato de que Brooke vai comigo para a festa, vai conhecer meus amigos da faculdade e possivelmente vai produzir mais fotos e histórias para a fábrica de boatos.

* * *

— Então... pareço mais inteligente depois de formado? Ou, pelo menos, mais gostoso? — Passo as mãos sobre a camiseta azul-clara da Columbia antes de me enfiar numa camisa xadrez, deixando-a aberta sobre a camiseta e me jogando na cadeira da mesinha de estudos. Inclino o monitor para que o rosto de Emma fique bem visível.

Ela ri e me dá uma olhada.

— Com certeza as duas coisas. Gostei de você com azul-bebê. Acho que nunca te vi usando essa cor.

— Eu meio que prefiro preto.

— Você devia conhecer a Emily. Preto é noventa por cento do guarda-roupa dela. — Emma morde o lábio rapidamente. Ela anda meio pensativa nos últimos dias quando conversamos, e acabo desejando conhecê-la melhor, para saber se ela está preocupada, chateada ou se simplesmente tem alguma coisa em mente.

— Eu definitivamente preciso conhecer a Emily — digo. Querer que eu conheça sua amiga de infância, sua melhor amiga, sua amiga-irmã é o equivalente a levá-la para conhecer a Cassie. — Talvez depois da pré-estreia...

— Eu estava pensando...

Nós dois paramos.

— Vai em frente — incito, esperando que ela fale. — O que você estava pensando?

Ela suspira e olha para baixo, provavelmente cutucando as unhas, algo que faz quando está nervosa.

— Eu estava pensando que podia... talvez... — Ela suspira, e eu espero.

Fala, Emma. Me conta.

— O que você sentiria se eu me mudasse pra Nova York mais cedo? Tipo, antes do fim do verão?

Minha resposta sai rapidamente, incontida.

— Eu adoraria. — Tento continuar calmo, como se estivéssemos conversando sobre assuntos corriqueiros. — Estamos falando de quando? — Estou vendo Emma aqui, na minha cidade, em todos os lugares que, cinco minutos atrás, eram apenas marcos da minha vida.

Ela dá de ombros.

— Não sei. Talvez no próximo mês. Não sei quanto tempo levaria pra encontrar um apartamento.

Quase digo a ela que posso começar a procurar amanhã. *Hoje à noite.* Que se dane a festa.

Mas aí me lembro de trechos das nossas conversas sobre seu desejo de fazer coisas de garota normal, e me pergunto se conseguir um apartamento tem a ver demais *comigo*. Não quero que Emma abra mão de nada que ela queira ou precise, porque ela teve que fazer isso por tempo demais. Engulo minha empolgação egoísta e digo:

— Achei que você quisesse viver a experiência dos dormitórios.

Uma leve ruga marca sua testa.

— Como a NYU, na verdade, não tem um campus, os dormitórios ficam espalhados por Manhattan, de qualquer maneira. Achei que, se eu tivesse meu próprio apartamento, teria mais privacidade... — Isso *é* por minha causa. Por nossa causa. — Você não concorda?

Meu Graham interior está gritando: *Simplesmente diz sim, eu concordo, seu idiota*, mas afasto o que eu quero. O que eu quero não importa. Essa é a experiência de faculdade *dela*. Emma só vai fazer isso uma vez, depois vai acabar. Depois de me formar hoje, eu sei disso.

Cara nasceu dois meses antes de eu começar a faculdade, então eu nunca nem pensei em sair de casa. Eu tinha sorte porque a minha *casa* era na cidade de Nova York, e meus registros acadêmicos me permitiram cursar a faculdade da Ivy League onde eu queria estudar.

— Não sei, Emma. — Forço uma expressão contemplativa no rosto. — Você devia pensar bem nisso. Mesmo que os dormitórios não sejam agrupados num campus tradicional, existem sessões de estudo noturnas, guerras de travesseiro no corredor, brigas com colegas de quarto, alguém contrabandeando um barril para fazer uma festa... tudo isso faz parte da experiência de estudar numa faculdade. — Sorrio, mas seus olhos estão baixos de novo, e ela não vê.

— Ah.

Ouço uma batida na porta e, quando olho para cima, Brooke está em pé na soleira, segurando duas blusas nos cabides. Eu poderia jurar que tinha fechado totalmente a porta, mas devo ter deixado entreaberta.

— Ei, preciso da sua ajuda pra escolher o que você quer que eu use hoje à noite. — Ela olha para a tela na minha frente. — Ah, Emma! Ai, merda, estou interrompendo... Desculpa! — Emma pisca e olha para Brooke, que sem dúvida está aparecendo atrás de mim agora na tela dela. — Você também pode me dar sua opinião, já que está praticamente aqui. O que você acha: esta? — Ela levanta um suéter de cashmere roxo-escuro de manga curta, bem decotado. — Ou esta? — Ela troca por uma camiseta de seda azul-bebê que combina com seus olhos e com a camiseta que estou usando.

Emma pigarreia.

— É uma festa de formatura da Columbia, então a azul, eu acho.

— Ah, você está certa! — Ela vira para mim, com os dedos roçando no meu peito. — E combina com o que você está usando, Graham.

O brilho que seus olhos tinham hoje mais cedo desapareceu. Os escudos se ergueram de novo. Ela não poderia saber que eu estava falando com Emma no Skype agora, ou eu poderia pensar que ela planejou essa interrupção.

— Fico pronta daqui a, tipo, meia hora. — Ela vira para sair e eu vejo que ela está usando um roupão de banho minúsculo que mal cobre a bunda.

Volto para Emma, cujos olhos estão na bunda mal coberta de Brooke, que se afasta.

— Estou me arrumando pra sair com a Emily, então é melhor eu me vestir também — ela diz.

Tínhamos planejado conversar por mais meia hora, até eu ter que sair. Ela está visivelmente chateada, e a aparição de Brooke no meu quarto na hora errada, vestindo um roupão supercurto, tem que ser o motivo. Travo o maxilar. Amanhã, Brooke vai estar de volta a Los Angeles, e Emma vai voltar para casa depois do último compromisso com Reid esta semana. Tudo vai se ajeitar.

— Divirta-se com a Emily — comento, e ela faz que sim com a cabeça.

— Curta a festa. Falo com você amanhã. — Seu sorriso parece forçado e, antes que eu consiga me despedir direito, ela desliga.

* * *

— Quer dizer que vocês são um casal, então? — Daniel me dá uma cerveja e brinda com a garrafa dele na minha. Metade dos olhares da sala seguem Brooke enquanto ela passeia entre as pessoas, a caminho do banheiro.

Olho na direção dela e de novo para ele.

— Não somos, não.

Ele arqueia uma sobrancelha.

— Cara. Você falou isso pra *ela?*

Isso seria constrangedor.

— Não tem necessidade. Somos bons amigos há muitos anos. Nunca foi assim.

O colega de quarto de Daniel conversa com ele sobre uma cerveja enquanto eu penso em Emma, desejando que ela estivesse aqui comigo, em vez de Brooke. Essa linha de pensamento me faz sentir culpado. Brooke está deixando a própria vida de lado para me apoiar, e eu devia ser mais agradecido. Observo a entrada do corredor onde ela desapareceu. Ela bebeu algumas cervejas, mas parece estar bem.

Quando ela reaparece, várias garotas a interrompem e, segundos depois, ela está com sua expressão genial para conversar com as fãs.

— *Nunca?* — Daniel está encarando de novo, não que eu o culpe. Brooke é uma garota bonita. Seus olhos me encontram, e ela sorri pedindo licença antes de dar as costas para as fãs. — Tem certeza? — ele acrescenta. Brooke não saiu do meu lado a noite toda, mas atribuo isso ao fato de ela não conhecer mais ninguém.

Não respondo, porque Daniel não está escutando. Ele está com a mesma expressão enfeitiçada que já vi em caras centenas de vezes. Ela brinca com alguns, não brinca com outros, mas nenhum deles jamais foi importante para ela durante muito tempo.

Tento, sem sucesso, reprimir um sorriso falso quando Daniel se afasta de mim e se aproxima dela. Ele é um cara legal, mas não para ela. Brooke precisa de alguém maior do que a vida. Maior do que a vida dela, com certeza. Ela precisa de um cara que consiga ver por trás dessa fachada de feitiço, que consiga ver como ela é e aceitá-la.

26

Brooke

Graham fica de olho em mim a noite toda, mas, sempre que um cara dá em cima e eu envio um olhar telepático de *ai, caramba*, ele parece se divertir. Diversão não é a minha reação preferida. Não desde que eu o vi quase perder a cabeça ao observar a sessão de fotos de Reid e Emma. *Essa* é a reação que eu quero.

Quando seu amigo Daniel se junta às garotas que me reconheceram de *A vida é uma praia*, agradeço a interrupção. Passei dez minutos ouvindo as três discutirem meu alterego, Kristen Wells, como se ela fosse uma pessoa de verdade, chegando a ponto de uma delas me pedir desculpas quando uma outra se refere a ela como vaca. As pessoas *sempre* acham que a Kristen era uma vaca, porque ela era calculista, manipuladora e disposta a fazer o que fosse necessário para conseguir o cara ou o emprego que ela queria. É, meio parecida comigo.

Eu adoraria dizer: "Vocês sabem que ela é uma *personagem fictícia*, certo? Não sou *ela* de verdade". Mas não. Minha carreira engloba trazer personagens fictícios à vida, então dou de ombros e rio.

— Oi. Sou amigo do Graham, Daniel. — Charmoso e confiante, ele estende a mão. — E você deve ser a amiga do Graham, a Brooke.

Estendo a mão com um sorriso.

— Sou.

Seus olhos cor de mel estão colados nos meus, o que me diz que ele já passou um tempo me analisando da cabeça aos pés antes de se aproximar. Seu cabelo loiro-avermelhado está perfeitamente penteado com gel e, quando ele se aproxima, percebo o cheiro masculino do seu perfume.

— Bom, Brooke, parece que você quer mais uma cerveja.

Minha análise de cinco segundos: esse garoto passou os últimos quatro anos atravessando garotas como se elas fossem fitas de linha de chegada.

— Daniel, que *grosseria*. Estamos conversando com ela! — Uma das garotas dá um soquinho no braço dele de leve. Ela olha para ele, com mais fogo do que deveria. Ela daria qualquer coisa para ele olhar para ela do jeito que está olhando para mim.

Ahhh, queridinha. Isso não vai acontecer. Os caras não acordam de repente um dia e ficam interessados em garotas que eles nunca perceberam. A menos que você esteja vendo uma sitcom ou um filme água com açúcar.

— É, Daniel, você pelo menos sabe quem ela *é*? — bufa uma das outras. — Essa é *Brooke Cameron*. Ela era a Kristen em *A vida é uma praia*. Você provavelmente nem sabe o que é isso.

— Claro que sei. Ela me deixava com inveja de todas as vítimas de afogamento naquele programa.

Ponto para Daniel. Quase.

— Incluindo os que recebiam respiração boca a boca do Xavier? — pergunto, arqueando uma sobrancelha. (Xavier: meu colega de elenco maravilhoso, que, tristemente, me provou que a correlação das mãos grandes não é necessariamente verdadeira.)

Daniel espelha meu sorrisinho babaca.

— Não. Por mais que o Xavier fosse gostoso, a técnica de boca a boca dele era fraca, de um jeito que eu não sei definir. — Seus olhos disparam até minha boca e voltam. — Vamos pegar aquela cerveja pra você. — Ele segura minha mão e vai em direção à cozinha. Olho para o outro lado da sala, onde Graham está cercado de um novo grupo de amigos. Ele está observando. Reviro os olhos, e ele sorri e revira os olhos em resposta. Nem uma pitada de ciúme no seu rosto.

Maldição.

* * *

Quando o táxi me deixa com Graham na porta da frente da casa dele, são quase três da manhã. Lá dentro, o gato de Cara é o único acordado, e ele começa a miar como uma pequena sirene no instante em que abrimos a porta.

— Noodles, shhh! — Graham diz, e ele ignora. Para calar a boca do gato e fazê-lo parar de se enroscar nas suas pernas, Graham dá um petisco para ele antes de subirmos a escada na ponta dos pés.

Eu o puxo comigo para o quarto de hóspedes.

— Estou ligadona. Vem sentar aqui e conversar.

Ele chuta os sapatos e cai na cama, se apoiando nos travesseiros. Tiro meu sapato de salto alto, os brincos e as pulseiras.

— Então. Daniel? — ele pergunta.

— Totalmente jogador. — Dou de ombros, afastando qualquer pensamento sobre Daniel.

Graham dá um risinho.

— É. Mas eu achei que você gostava disso, às vezes.

Viro para ele.

— Estou saindo dessa fase. — Quando começo a desabotoar a blusa, ele desvia o olhar.

— Acho que vou dormir. — E começa a sair da cama.

Esse *não* é um problema que eu teria com Daniel.

— Não, fica. Só vou tirar essas coisas desconfortáveis. Eu confio em você.

— Hum. Tá bom. — Ele fecha os olhos, apoia a cabeça no travesseiro de novo e cruza as mãos sobre o abdome perfeitamente liso.

Tiro a blusa, sem pressa e encarando-o, soltando os botões como se Graham estivesse me observando como eu gostaria. Desejando que ele abra os olhos, deixo o tecido sedoso farfalhar nos ombros, agora nus, e solto a blusa no chão. Um instante depois, o sutiã azul-gelo segue o mesmo caminho. Em pé a uns três metros dele, não estou usando nada além de uma minissaia. Não há resposta, movimento, *nada*. Obviamente, ele nem está espiando.

Eu me livro de todas as roupas, com o tecido farfalhando enquanto tiro a saia. Deliberadamente, fico imóvel. E então não sei ao certo qual será a reação dele se abrir os olhos. Merda. Eu *nunca* fico apreensiva por causa *disso*. Sedução é uma manobra estratégica na qual sou excelente. Exceto com Graham.

Pego um baby-doll na mala e o visto.

— Tudo certo — digo, mas ele não se mexe. Eu me aproximo e percebo que ele caiu no sono. Com todo cuidado possível, eu me aninho ao lado dele. Seus braços me envolvem, mas ele não acorda.

— Emma — ele sussurra. *Fantástico*. Ele pensa que eu sou ela. E eu sou patética o suficiente para deitar aqui e aceitar isso.

Pela primeira vez no último mês, me ocorre que talvez eu não tenha sucesso. Depois da pré-estreia, a necessidade de um romance falso entre Reid e Emma vai desaparecer. Nada vai impedir Graham e Emma de estabelecerem um relacionamento que ameaça tudo que eu quero. Conheço Graham há quatro malditos anos. Ele é meu — e não dou a mínima para como isso soa. Não posso perdê-lo agora, e vou fazer tudo que for preciso para garantir isso.

A luz do poste lá fora na esquina é forte, bloqueada pelas persianas escuras, exceto por minúsculas listras que se espalham no nosso corpo. Eu as rastreio com os dedos, passando de mim para Graham. Para cima. Para o outro lado. De volta. Então deslizo até a ponta da cama e encontro minha bolsa no escuro, procurando o celular. Depois de ajeitar as persianas de modo que elas lancem faixas mais largas de luz sobre a cama e sobre Graham, volto para o lado dele e apoio a cabeça em seu ombro, nosso rosto levemente inclinado na direção um do outro.

— Hummm — ele murmura, seus braços me puxando mais para perto. Antes que eu consiga mudar de ideia, clico na câmera do celular. Preciso tirar três fotos até conseguir uma que esteja clara o suficiente. Está borrada, mas vai servir.

Mando para Reid.

> NÃO mande isso pra ela, só mostre, depois apague. Assim ela não vai ter provas.

> Finalmente agarrou o cara, é?

> Já falei que não se trata disso.

> Mas você não me mandou uma foto de vocês dois entretidos numa conversa.

> Cala a boca.

Reid

As quintas são mais longas para a equipe de *Ellen*, porque eles gravam os programas de sexta *e* segunda nesse dia. Emma e eu temos sorte, porque estamos no programa de sexta, então vamos entrar primeiro e teremos a apresentadora e o público descansados.

Nos bastidores, temos algum tempo antes do nosso segmento. Emma está bebericando chai e tentando todas as técnicas de respiração profunda para aliviar o estresse que ela consegue imaginar. Ela está no meio de uma pose de ioga, com os olhos fechados, e estou pensando se mostrar a foto para ela agora a faria surtar demais. Mas provavelmente não vou vê-la de novo até a próxima semana — o dia da pré-estreia.

Com uma última inspiração/expiração, ela abre os olhos, descruza as pernas e abaixa os braços. Seu rosto fica cor-de-rosa quando percebe que eu estava observando.

— O que foi?

Balanço a cabeça devagar.

— Só estou pensando se devo ou não te mostrar uma coisa que pode te chatear.

Ela olha para o celular na minha mão.

— Uma foto desagradável de paparazzi ou outra barriga de grávida? Hum, não, obrigada.

— Hummm, não. Acho que essa não vai chegar aos tabloides. — Agora que estou pensando no assunto, não tenho tanta certeza. Eu não colocaria a mão no fogo pela Brooke, se ela quisesse realmente deixar vazar as fotos para os tabloides.

O rosto de Emma desaba, e ela suspira.

— Deixa eu ver. — Ela senta ao meu lado no sofá.

— A Brooke provavelmente só está tentando me provocar. Esse tipo de coisa acontece há muito tempo entre nós. — Pronto. Isso é o máximo que posso fazer para suavizar o soco. Algumas circunstâncias nunca podem ser suavizadas. Tipo, *seu namorado está transando com outra pessoa.*

Abro a foto em tela cheia e dou o celular para ela. Emma fica com a respiração acelerada, a outra mão pressionando o centro do peito.

— Quando? Quando essa foto foi tirada?

Ela se pergunta, mas ela sabe. Vejo isso em seus olhos.

— Ontem à noite, acho. — Pego o celular de volta, olho de novo para a foto e aperto o botão de apagar.

— Espera...

— Ah, desculpa... tarde demais. Não quero deixar essa porcaria no meu celular. Sério, tenho certeza que ela armou isso por minha causa. A Brooke tem um senso de humor distorcido. Talvez não seja nada.

Ela afunda ao meu lado, com aquela expressão de Garota Perdida, sem aceitar minha tentativa de abrandar o choque de ver uma foto do namorado dormindo com a cabeça da Brooke no ombro. Desligo o celular e o guardo no bolso, pegando sua mão.

— Eu sabia que não devia ter te mostrado.

Ela encara a própria mão, entrelaçada na minha, mas não faz nenhum movimento para tirá-la. Quando seus olhos encontram os meus, aperto sua mão.

— Não se preocupa com isso agora. A Brooke adora esses joguinhos. Eu devia saber. Eu conheço essa garota há mais tempo que ele.

Há uma batida na porta antes de ela se entreabrir.

— Vocês entram daqui a cinco minutos — diz um cara com um headset. Seus olhos imediatamente captam nossa proximidade e as mãos entrelaçadas. Ele sorri e sai de novo, fechando a porta.

Emma está levemente distraída durante a filmagem, dando a impressão de timidez. Ela é muito profissional para permitir que qualquer coisa pessoal a deixe totalmente desligada. No entanto ela me permite ser mais sugestivo quanto à ideia de um relacionamento, quando chegamos às inevitáveis perguntas sobre nosso possível envolvimento. Enquanto, durante meses, nós só sorrimos e negamos, hoje estou dando respostas bobas, mas cheias de insinuações, e ela ri de um jeito tímido. O público está *adorando*.

Antes de seguirmos nosso caminho, temos um momento sozinhos fora do palco. Agora que as câmeras não estão voltadas para ela, Emma está dispersa e preocupada.

— Emma. — Ergo seu queixo, me aproximo e a beijo, só um sussurro dos meus lábios nos dela, fingindo não perceber que ela recua quando me afasto. — Te vejo na próxima semana.

Na noite da pré-estreia, Emma provavelmente estará no ponto que eu quero que ela esteja, onde quis que ela estivesse desde a primeira vez que a vi. Mas não posso supor que ela vai vir para *mim* quando terminar com o Graham. Ela é autossuficiente o bastante para bater a porta na cara dos dois. Já provou isso no outono passado. Por outro lado, ela vai estar mais receptiva, no mínimo, para descontar em Graham o que ele está fazendo com a Brooke.

Se eu fico tranquilo em ser explorado desse jeito e depois jogado no lixo?

Claro que sim.

27

Emma

Quando Reid me mostrou aquela foto de Graham e Brooke, tudo parou. Perguntei a ele quando, *quando*, mas eu sabia, porque Graham estava usando a camiseta da Columbia e a camisa xadrez desabotoada que estava vestindo quando conversamos pelo Skype na noite passada. Pouco antes da festa.

Não consegui respirar. Não consegui pensar. Minha vida não parecia real.

Momento perfeito para aparecer num programa de entrevistas superpopular e ganhador do Emmy pela primeira vez, não é? Reid foi charmoso e paquerador comigo, com ela, com o público — e eles engoliram. Quando Ellen sugeriu que usássemos seu programa para esclarecer os *boatos* que estavam no ar, ele pegou a minha mão e a beijou (o público gritou "Uaaaaaau!", e fiquei megavermelha).

Em seguida, ele olhou para mim e disse:

— É melhor a gente abrir o jogo. — Eu me perguntei o que íamos falar, e o público todo se inclinou para a frente, na expectativa. Ele assumiu uma expressão muito séria. — Emma está grávida de trigêmeos. — O público ofegou. Meu queixo caiu. Não sei o que Ellen fez, porque eu estava encarando Reid e pensando que talvez eu tivesse sonhado esse dia todo e não havia nenhuma foto de Graham dormindo ao lado de Brooke. Durante um piscar de olhos, fiquei muito aliviada.

Mas, aí, Reid continuou:

— Depois da pré-estreia na próxima semana, vamos nos casar num balão, seguir para a lua de mel em nossa ilha particular e esperar até os bebês nascerem. Ah, e decidimos chamar todos eles de Reid, seguido de números. Mas em francês, *un, deux, trois*, porque é mais chique. — Todo mundo riu. Ha-ha, muito engraçado.

Mostramos clipes de *Orgulho estudantil* e discutimos o livro de Jane Austen que o inspirou. Sorri de um jeito tenso e guardei minha opinião sobre o diálogo idiota do roteiro pela centésima vez. Reid fez propaganda do filme que ele vai gravar no próximo outono em Vancouver, eu falei sobre meus planos de ir para a faculdade, e tudo acabou. Reid e eu fomos para os bastidores. Ele me deu um beijo de despedida, mais ou menos, mas não correspondi de verdade e nem senti. Acho que só percebi naquele momento que eu tinha passado a última hora e meia entorpecida.

Eu devia mandar uma mensagem para Graham depois do programa, antes do meu voo. Não mandei. Pouco antes de eu desligá-lo, meu celular apitou com uma nova mensagem. Não olhei.

Agora estou no ar, entre Burbank e Sacramento, e a raiva provocou um tornado com o restante das minhas emoções, jogando e revirando tudo. Só consigo sentir aquele ponto fatal, onde a indignação atinge a paisagem. Não sinto tanta raiva desde que confrontei meu pai sobre querer tomar minhas próprias decisões. Será que isso significa que eu deveria confrontar Graham agora? Só porque aprendi a me deter, não significa que é certo fazer isso em todas as situações. Nem fácil. Olho pela janela e considero os possíveis cenários de dizer a verdade.

Emily e Derek me pegam quando pouso. O cabelo dela está recém-pintado de rosa-choque e cortado bem curtinho e repicado.

— Gostou? — ela pergunta, e eu digo que adorei.

Derek está lindo como um modelo da Abercrombie da cabeça até os tornozelos — ele está usando um All Star de cano alto no mesmo tom de fúcsia néon do cabelo da Emily. Aponto para os tênis, e ele sorri. Depois dá de ombros.

— Sou um cara que apoia.

No Jeep, ligo o celular e leio as mensagens — todas de Graham. Elas variam desde perguntar se eu já estava no aeroporto até por que eu não tinha ligado. Ele deixou um recado de voz: "Emma, eu sei que você está chateada porque a Brooke ficou na minha casa nos últimos dois dias. Ela foi embora, e eu já falei que ela não pode mais ficar aqui. Por favor, me liga quando pousar... Tudo bem. Falo com você em breve".

Envio uma mensagem para o meu pai, para avisar que já pousei e estou a caminho da casa da Emily. Amanhã é Dia de Folga dos Veteranos, por isso vou dormir na casa dela. Quando o celular toca, meu coração para, mas a foto sorrindo na tela é do meu agente.

— Oi, Dan.

— Como foi na *Ellen?* Tão empolgante! — Dan tem o hábito de responder às próprias perguntas.

— Foi ótimo. O Reid falou pra todo mundo que vamos ter trigêmeos e nos casar na próxima semana. Acho que tinha alguma coisa sobre um balão. De qualquer maneira, foi tudo bem.

Emily vira no assento e me encara de boca aberta, e Dan fica sem fala ou a ligação caiu.

— Dan?

— Emma, não precisa ser tão irônica. Ainda estou tentando gerenciar o que sobrou da sua carreira no cinema, caso você queira voltar um dia... Por acaso, você não mudou de ideia? Porque eu recebi uma ligação hoje da Paramount...

— Não, ainda quero ir pra faculdade. E eu não estava sendo irônica. O Reid realmente disse essas coisas.

Ele fica calado por dois segundos.

— Nunca pensei que ia dizer isso, mas acho que estou feliz por não ser agente desse garoto.

Dou uma risada, e o celular apita na minha orelha. Graham.

— Hum, estou recebendo outra chamada. Tenho certeza que vou falar com você amanhã, depois que *Ellen* for ao ar.

— Claro. A gente se fala amanhã. Tchau!

Respiro fundo antes de apertar o botão de atender.

— Alô.

— Emma. Você está bem? Por que não me ligou? — Sua voz está cautelosa.

Digo a mim mesma que o confronto é bom quando significa me defender. Quando significa colocar tudo em pratos limpos.

— Tem alguma coisa que você queira me contar? — Droga. *Vago*, Emma. Adeus para o *confronto*.

Ele fica em silêncio.

— Emma, me fala o que você quer saber. Já disse que não sou bom com joguinhos nem com perguntas ambíguas.

— Isso não é um *joguinho*, Graham. — Emily e Derek se entreolham no banco da frente. Juro que consigo sentir a adrenalina disparando pela minha corrente sanguínea. O coração martelando, as mãos tremendo. — Eu vi uma foto dela com você. Na cama.

Emily vira totalmente para trás, com os olhos em chamas. Derek coloca uma das mãos na perna dela, e eles têm uma conversa violenta em tom baixo. Acho que ele está dizendo para ela não se meter, e ela está dizendo onde ele deve enfiar essa recomendação.

— *O quê?* — Graham pergunta, mas não respondo nem me manifesto. Ele está xingando, mas não a mim. Afastou o fone da boca.

— Onde foi que você viu essa foto?

— No celular do Reid.

Há uma longa pausa.

— No celular do Reid — ele repete.

— Isso.

— Me manda.

— Não posso.
— Por que não?
— Ele apagou.
— Ora, muito *conveniente*, não é? — Como não respondo, ele suspira. — Emma, eu não queria falar sobre isso por telefone.

Ai, meu Deus. Desligo. Não consigo fazer isso. Espero o celular desligar, mordo o lábio e luto contra as lágrimas inúteis. Emily estende a mão esquerda para trás, e eu a agarro com força até chegar na casa dela.

* * *

Emily e Derek tentam ao máximo afastar meus pensamentos da minha vida amorosa catastrófica, mas meu cérebro tem uma mentalidade do tipo três-strikes-e-você-está-fora sobre a coisa toda, e Graham é o strike número três.

Com Reid, eu estava impressionada demais por seu estrelato para embarcar em algum tipo de relacionamento — mesmo que ele quisesse um relacionamento. Reid Alexander era o cara nas capas de revista e nos cartazes de filme. O cara com páginas e páginas de imagens na web.

Marcus foi um rebote, puro e simples. Uma tentativa de algo "normal". No início, achei que ele era alguém de quem eu podia ser amiga. Um cara do teatro, como eu. A única coisa boa nesse relacionamento foi que eu não estava tão a fim dele, então foi fácil superá-lo.

Graham simplesmente está envolvido em tudo. Eu confiei nele. Ainda quero confiar.

Depois da pizza e do minigolfe, Derek nos deixa na casa da Em. Eu entro e ajudo a sra. Watson a fazer cookies, enquanto Em e Derek se despedem durante meia hora no Jeep, até o pai dela piscar as luzes da entrada de carros várias vezes.

Ela entra calmamente alguns minutos depois.

— Obrigada, pai, a gente achou que estava numa rave! Meus olhos vão ver pontinhos de luz até o próximo fim de semana.

Ele rosna e sobe a escada batendo o pé.

Emily e eu vemos nosso filme preferido, *Núpcias de escândalo*, que é sempre ótimo para uma distração rápida, porque Katharine Hepburn e Cary Grant conseguem afastar minha mente de *qualquer coisa*, mesmo que eu já tenha visto o filme umas cinquenta vezes. Emily é veementemente do time Jimmy Stewart, então temos uma longa história de discussões amigáveis durante e depois.

Hoje à noite, decido que o que Tracy Lord (Hepburn) realmente precisava era de um tempo sozinha.

— Não é um conceito tradicionalmente admirado em comédias românticas; nem na vida real, pra ser sincera — Em diz, gesticulando com uma pinça na mão.

— Verdade verdadeira — respondo na voz do pai da Em, que tenta se relacionar com os filhos entendendo o jargão deles. O fato de que ele está sempre cinco anos atrasado (e de que ele usa a palavra *jargão*) basicamente estraga o efeito. Batemos nossos punhos antes de cairmos numa gargalhada abafada.

Quando o filme acaba, ficamos deitadas no escuro, como já fizemos centenas de vezes.

— Por que você desligou na cara do Graham, se ele estava prestes a te contar a verdade sobre ela? — Entre nós, Emily entrelaça a mão na minha.

— Acho que eu simplesmente não estava preparada para ouvir a confissão dele.

— Então você está esperando uma confissão.

Viro a cabeça e olho para ela.

— O que mais pode vir depois dessas palavras? *Eu não queria falar sobre isso por telefone.* — Minha voz falha.

Hector pula na cama neste momento, andando sobre nossas mãos entrelaçadas, saltitando por entre nossos ombros, ronronando e amassando pãozinho no meu bíceps com suas patinhas de algodão.

— E, na quarta, quando falei com ele sobre me mudar pra Nova York mais cedo e conseguir um apartamento? Ele nem pareceu pensar que era uma boa ideia.

Percebo o estranhamento em sua voz.

— Por que não?

— Ele disse alguma coisa sobre eu ter uma *experiência normal de faculdade*... Depois a Brooke entrou no quarto dele usando um roupão de banho tamanho infantil, querendo ajuda pra escolher que blusa sensual ela devia usar na festa que eles iam juntos! — Mordo o lábio. Estou puta da vida. Eu *não vou* chorar. — Tudo parece fazer sentido, agora. E eu me sinto uma idiota.

Emily se apoia sobre o cotovelo, para eu poder ver seu rosto por cima do monte de pelo branco do Hector.

— Não tem *motivo* pra você se sentir uma idiota.

— Tem, sim. — Eu *não* vou começar a soluçar, mas isso não impede que as lágrimas escorram. Elas molham meu cabelo enquanto encaro os olhos preocupados da minha melhor amiga. — Sou idiota porque ainda quero confiar nele. Meus instintos estão todos gritando pra eu confiar nele.

Emily franze os lábios e se deita de novo, ainda segurando minha mão, como fazemos desde que tínhamos cinco anos.

— Uau. Que merda.

— É.

Graham

Ontem de manhã, acordei na cama com a Brooke. Vestido e por cima das cobertas, mas mesmo assim. Não era exatamente o tipo de coisa que eu gostaria que minha mãe, minha filha ou minha namorada vissem ao entrar no quarto, por mais inofensivo que fosse.

Ela acordou quando eu comecei a sair de baixo da perna dela (que estava prendendo a minha coxa) e da sua mão (no meu peito, agarrando a minha camiseta). Sorrindo para mim, ela disse:

— Bom dia.

Congelei.

— Desculpa. Acho que eu estava bem cansado ontem à noite.

— Eu também. Não tem problema. Eu gostei de dormir com você.

Que diabos responder depois disso?

Então ela subiu um pouco e beijou meu maxilar. Eu estava totalmente acordado no segundo beijo, que pousou pouco abaixo da minha orelha. Ela fez um barulho de decepção quando eu me sentei, enquanto procurava algo para dizer. Sentada atrás de mim, ela pressionou o peito nas minhas costas, os dedos descendo pelo meu braço, e eu me levantei e virei para encará-la.

— Brooke, espero que o fato de eu ter dormido ao seu lado não tenha te dado a impressão errada, mas nada mudou entre a gente. Você é uma das minhas amigas mais antigas... mas é só isso que somos. Amigos. Você entende isso, certo?

Ela sorriu com aqueles olhos semicerrados.

— Eu sei, Graham. E estou numa boa com isso.

Sei que Brooke tem parâmetros de relacionamento diferentes dos meus, mas ela vai ter que se submeter aos meus. Beijar? Dormir junto? Não são coisas que eu faço com amigas.

— Hum. Tudo bem.

Ela jogou as pernas para o chão e pegou as minhas mãos.

— Isso não significa que eu seja cega e não veja como você é maravilhoso, nem que às vezes eu não pense em você de outras formas, sabia?

Merda.

— Brooke...

— Ei, *shhh*, só estou falando. Não tem perigo, viu? — Ela soltou minhas mãos, ainda sorrindo. — Mas é bom a Emma cuidar bem de você, senão ela vai ter que se ver comigo! — Seu tom foi tão casual que quase me senti um bobo pelo alerta daquelas palavras.

— Talvez seja melhor você não ficar mais aqui em casa. Eu sei que você vai estar em Nova York enquanto filma no outono...

Ela acenou uma das mãos.

— Estou procurando um lugar para mim. Não se preocupe.

— É mesmo?

— É, eu achei que ia ficar aqui uns três ou quatro meses, e recentemente pensei em me mudar pra Nova York, então achei melhor alugar um apartamento e ver se gosto daqui.

Enquanto eu tentava imaginar Brooke, totalmente garota da Califórnia, morando em Manhattan em vez de Hollywood, ela jogou a mala vazia sobre a cama e me deu um empurrão delicado.

— Agora se manda. Tenho que arrumar a mala e me preparar pra voltar pra Los Angeles.

* * *

O celular da Emma está desligado desde ontem, logo depois que ela desligou na minha cara. Ela não apareceu no Skype ontem à noite, eu não sei o número do telefone da casa dela e não está na lista. Também não tenho o número da Emily. Minhas opções ficaram limitadas a vê-la na *Ellen* ou pegar um avião.

Escolhi fazer as duas coisas.

Não costumo tomar decisões precipitadas. Mesmo assim, embarquei num voo para o outro lado do país cinco horas atrás, sem nenhum pensamento em mente além de *ver a Emma*.

Ainda não entendo a coisa toda da foto-na-cama, e Brooke não respondeu à mensagem na qual eu lhe pedia detalhes. Se essa foto existe, Brooke deve tê-la tirado e mandado para o Reid? Em que mundo isso faz algum sentido?

Ver Emma e Reid na *Ellen* foi a gota-d'água para eu fazer alguma coisa, *qualquer coisa*. Quando ele pegou a mão dela e a beijou, tive de me levantar e andar pelo quarto para não destruir a televisão. E, quando ele disse: "É melhor a gente abrir o jogo", acho que meu coração parou de bater. Ele prosseguiu pegando todas as fofocas de tabloide que já foram escritas sobre os dois e embrulhou tudo numa história maluca, mas o modo como ele olhava para ela dizia mais do que suas palavras.

Eu sei que ele ainda a quer. Por que não ia querer? Está certo que ele não tem lá muita capacidade de entender que ela é uma pessoa adorável, mas mesmo assim... Ele é vazio e tem todas as garotas incríveis que quiser, em qualquer lugar que ele vá, e é raro uma delas o rejeitar. Ele pode querer a Emma apenas pelo motivo de esclarecer esse deslize em seus registros perfeitos, e isso desperta essa coisa protetora e possessiva em mim como nunca.

Pego um táxi direto para o hotel onde fiz reserva, já que, mesmo ganhando três horas entre Nova York e a Califórnia, não consegui chegar cedo o suficiente para passar na casa dela. São quase onze da noite. Depois de fazer o check-in, tento ligar para ela de novo. O celular ainda está desligado. Ou isso, ou ela bloqueou o meu número. Meu *Deus*, como ela é teimosa. Não consigo evitar de sorrir, uma vez que foi isso o que a impediu de dormir com Reid no último outono.

Aperto o número de Brooke na discagem rápida. Se ela não está respondendo às mensagens, talvez atenda a ligação.

— Graham! Oi, baby. — Que ótimo. Ela está mais do que um pouco chapada.

— Oi, Brooke. Pergunta rápida: te mandei uma mensagem ontem à noite sobre uma foto que você talvez tenha tirado de nós dois...

A música pop superalta e as vozes gritando ao fundo me dizem que ela está numa balada.

— Uma foto? O quê? Não estou escutando direito. — Ela dá uma risadinha e fala alguma coisa sobre outra rodada com alguém. — *Ah*, você está falando da que eu tirei de nós dois dormindo? Ai, merda... eu apaguei! Como foi que você conseguiu? — Bom, isso responde a uma pergunta.

— Pra quem você mandou, Brooke?

— O quê? Ah. Acho que só pro Reid.

— Você *acha*... — Eu me levanto e começo a andar pelo quarto. Inspira. Expira. — Por que diabos você mandou isso pra ele? Na verdade, por que diabos você *tirou* a foto?

— Não fica com raiva, Graham. Sinto muito mesmo. Eu ainda estava chapada quando fiz isso. Foi idiotice. Sinto muito, *muito* mesmo! — Meus dentes trincam, e eu quase desligo, porque já consegui a informação que preciso, e ela está tão fora do ar que provavelmente nem vai se lembrar dessa conversa.

— Ótimo. Te vejo semana que vem, Brooke.

— Espera. Graham, por favor, não fica com raiva, tá? Vou falar pra ele apagar. Prometo. *Descuuulpa*.

— Tudo bem. Até. — Desligo e sento na cama do hotel, encarando a paisagem de Sacramento, com seus subúrbios tão diferentes de Nova York.

Essa situação está longe de *tudo bem*. Brooke não estava bêbada quando voltamos para casa depois da festa de Daniel. Um pouco tonta, talvez. Mas bêbada? Não. Não consigo entender por que ela teve a ideia de armar essa foto e, principalmente, por que ela a mandou para Reid Alexander. Não sei que diabos está acontecendo entre eles dois, mas estou começando a não dar a mínima.

O que importa para mim são os sentimentos da Emma. Eu realmente não tenho um plano. Sinto que acabei de pular de um avião sem conferir se tenho um paraquedas preso às costas. Sempre fui o cara que analisa e avalia tudo. Considero os prós e os contras. Estudo as opções. Tomo decisões pensadas. Essas precauções não eliminam os erros, mas certamente reduzem a probabilidade de errar.

Então eu conheci a Emma e, por mais que ela seja coerente, fico impulsivo ao lado dela. Não meço consequências. Meus planos e meu bom senso voam pela janela quando penso no que ela me faz querer. Ela me apavora e acalma a minha alma ao mesmo tempo. Talvez o amor seja exatamente isto: uma total contradição que, de alguma forma, se equilibra.

28

Emma

Emily vai me deixar em casa pouco antes do meio-dia. Ela tem um turno de meio período, que começa às seis, no shopping, então está com a roupa da Hot Topic. A versão de hoje é estranhamente semelhante à fantasia da Chloe de "Madonna na época de Like a Virgin" no último Halloween.

Mas eu *não* vou falar isso para ela.

— A gente te pega às sete. Fica pronta e gostosa. Porque o Joe é *tssss*.

— Emily, eu realmente não me sinto...

— Ei-ei-ei! — Ela levanta uma das mãos e fecha os olhos, como se essas coisas pudessem impedi-la de ouvir minhas objeções a mais um encontro às cegas com outro amigo do Derek.

Tento uma abordagem diferente.

— Já atrapalhei duas noites de vocês... Vocês não querem um tempo sozinhos?

Ela abaixa o queixo e me dá uma olhada por cima dos óculos de lentes roxas.

— Queremos. É por isso que vamos juntar você e o Joe hoje à noite. Agora seja uma menina boazinha e obedeça. Te vejo às sete.

Coloco a bolsa de viagem sobre o ombro, derrotada. Sei que ela e Derek só estão tentando evitar que eu fique deprimida por causa de Graham, mas eu levei meses para superá-lo na última vez, e nem havia um relacionamento importante para superar. Provavelmente terei vinte e cinco anos quando superar isso. Mas não posso revelar essa previsão patética para minha melhor amiga, porque ela responderia: "Desafio. Aceito". E eu teria de me sujeitar a um desfile de garotos durante o verão todo... Se bem que parece que essa estratégia já começou. Argh.

Ela liga o som e se afasta enquanto eu me arrasto para entrar em casa, onde sem dúvida serei atacada pelo cheiro de Pinho Sol e água sanitária. Sábado é dia de faxina, e Chloe *adora* Pinho Sol. Quando eu tinha oito ou nove anos, perguntei a ela por quê, e ela respondeu:

— Tem cheiro de limpeza!

— Tem cheiro de cem aromatizadores de carro pendurados num hospital — retruquei antes de meu pai dizer meu nome em sua voz de *para-de-provocar-sua-madrasta*. Desde então, eu limpo meu próprio banheiro, usando o mesmo produto não tóxico e ambientalmente seguro que minha mãe usava. Já ouvi dizer que o sentido do olfato é mais poderoso quando se trata de amor. Eu não me lembro se a minha mãe usava perfume ou se seu xampu tinha cheiro de flores ou frutas, mas me lembro do cheiro de menta da cozinha depois que ela limpava os balcões.

Destranco a porta da frente e, surpresa, *Pinho Sol*. Blargh.

— Pai, Chloe, cheguei! — grito, fechando a porta e indo em direção à escada e ao santuário do meu quarto, onde não é permitido o uso de Pinho Sol.

— Emma? — meu pai grita da sala de estar. — Vem cá, docinho. Você tem uma visita.

Ainda sorrio quando meu pai me chama de docinho.

E aí eu registro a outra parte e volto da escada. Uma visita? Dan, talvez? Ele só esteve aqui algumas vezes, mas Reid e eu vamos fazer *Conan* na segunda, então pode ser que...

Graham está sentado no sofá.

Graham. Está sentado. No sofá.

Fico congelada do outro lado da sala e o encaro, sem fala.

— Bem, vem cá, Chloe, temos limpeza pra fazer. — Meu pai a empurra para fora da sala.

Sem afastar os olhos dos meus, Graham se levanta, passando as mãos nas coxas num gesto nervoso. Ele parece mais alto, em pé aqui na minha sala de estar. Está usando botas de sola grossa, com o cadarço solto, calça jeans casualmente dobrada na barra, camiseta com estampa (é claro) da banda que Emily estava me apresentando agora mesmo no carro.

Ele passa a mão no cabelo e respira fundo. Por fim, com uma expressão triste, atravessa a sala. Minhas sandálias me deixam bem mais baixa do que ele, e preciso inclinar o pescoço para olhá-lo, porque ele não para a uma distância segura. Suas mãos agarram meus ombros.

— A gente não vai se separar — ele diz, com um tremor delicado na voz.

— Ah, é? — digo, ainda surpresa. Graham está em pé na minha sala de estar.

— Eu caí no sono perto dela. Só isso. Não sei por que a Brooke tirou aquela foto. Não sei por que ela mandou para o Reid. Mas não é nada. E eu *não* vou te perder por causa disso.

Trêmula, respiro fundo, como se eu não tivesse respirado direito nos últimos dois dias. Talvez eu não tenha mesmo. A imagem de Graham fica borrada por causa das minhas lágrimas. Pisco para afastá-las.

— Desculpa — ele diz, com uma das mãos deslizando nas minhas costas enquanto a outra envolve meu rosto. Ele me beija de leve.

— Desculpa. — O segundo beijo é mais profundo, mais demorado.

Eu me apoio nele e fico na ponta dos pés quando ele me puxa para perto. — Desculpa — ele sussurra, e balanço a cabeça, com os braços entrelaçados em seu pescoço, puxando-o para mim. Sua língua vasculha minha boca, e eu me entrego.

— Ah! — minha madrasta exclama da porta da cozinha.

Chloe. Estraga. Prazeres.

— Desculpa! Hum. Café na cozinha. Se vocês quiserem. — Ela sai apressada. Acho que nunca a vi andando rápido. Dou uma risada, abafando o som ao me encostar no peito de Graham. Ele também está rindo baixinho.

— Deve ter sido um belo beijo — ele diz, e olho para seus olhos escuros. Com uma sobrancelha arqueada, cada pedacinho dele parece um garoto muito convencido.

— Você não sabe se foi?

Ele se aproxima um pouco, com a respiração no meu ouvido.

— Ah, eu sei que foi. Deixa eu te provar.

— Hum — digo.

Ele dá uma risadinha, a ponta da língua passando na pele atrás da minha orelha. Quando estremeço e me derreto nele, seus braços me envolvem, me puxando com força antes de ele invadir minha boca de novo.

* * *

Escrevo para Em:

> Mudança de planos... O Graham está aqui.

> Brooke—>cama—>foto—>não falar com ele???

> Mal-entendido.

> E o Joe? ARGH. Te ligo quando sair do trabalho.

Com um suspiro, guardo o celular no bolso da frente e estendo a mão para Graham enquanto andamos pela metade do último quarteirão até o parque.

— Ela não está feliz, né? Se você quiser sair sem mim hoje à noite...

— *Não*, eu não vou sem você. — Paro de andar e puxo minha mão da dele, cruzando os braços e fazendo cara feia.

Ele vira para trás, seus olhos com aquele tom de caramelo que assumem à luz do sol. Meu Deus, como ele é lindo. Mas eu queria que ele parasse de ser tão... *complacente*. Ele analisa minha postura, sorri de cabeça baixa e solta uma respiração presa. Sua expressão é hipnótica, quando seus olhos se erguem até os meus.

— Emma. — Ele dá um passo à frente, passando os dedos desde os meus ombros até os cotovelos. — Você está chateada porque eu não sou tão... ciumento?

— O quê? Não... essa é a última coisa que eu queria. — Meus braços se soltam. A lembrança de Meredith e Robby no último outono me faz tremer. Quando falei com ela algumas semanas atrás, as coisas não estavam bem. Os telefonemas cheios de raiva e as acusações tinham recomeçado, e as emoções dela estavam muito confusas. Só espero que os insultos de Robby nunca se tornem físicos.

— Sério?

Reviro um pouco os olhos — a ideia que Graham tem de ciúme provavelmente seria composta de um olhar penetrante e respostas curtas.

— Bom. Talvez não seja a *última* coisa...

Ele ri.

— Ah, é? E qual seria a última?

Mordo o lábio, sem encontrar seus olhos, até ele erguer meu queixo. Ele está com um sorriso convencido que estou prestes a deixar ainda mais convencido.

— Desinteresse. Adeus. — Dou de ombros. — Essas seriam as últimas.

Em vez de um olhar presunçoso, ele balança a cabeça e desliza os braços ao meu redor, apoiando a testa na minha. Minhas mãos pousam no seu peito.

— Nunca, Emma.

Graham

— Esqueci de perguntar: Quando foi que você chegou, quanto tempo pode ficar e você vai ficar na minha casa? — Suas perguntas são uma metralhadora e deixam suas bochechas meio rosadas.

Estamos sentados num banco do parque, observando as pessoas. O parque do bairro de Emma tem um laguinho artificial com uma fonte no meio. É mais ou menos metade da Turtle Pond no Central Park e tem uma coleção de patos gordos e preguiçosos. Quando as crianças pequenas jogam migalhas de pão na água, os patos só pegam se estiverem perto. Qualquer coisa jogada à distância de mais de um metro ao redor de um pato simplesmente fica molhada e afunda.

— Pousei em Sacramento ontem, tarde da noite. Vou embora amanhã ao meio-dia. Então vou chegar ao JFK perto das oito, no horário de Nova York, e ficar num hotel no centro da cidade.

Seus olhos seguem um casal idoso que passeia na calçada pavimentada, de mãos dadas.

— Por que você não me ligou quando chegou, ontem à noite? — Lanço um olhar velado para ela e espero que ela se lembre do celular desligado. — Ah, tá. Mas você não pode ficar até mais tarde amanhã ou mais uma noite?

Rindo de um garotinho cujo objetivo parece ser acertar os patos na cabeça com migalhas de bagel, eu me permito um sorriso particular pela tristeza mal disfarçada no seu tom.

— A Cassie tem que levar o Caleb pra fazer um checkup, e o resto da família trabalha na segunda, então vou ficar com a Cara. E prometi a ela um passeio até o zoológico, já que andei afastado ou estudando muito ultimamente.

— Ah, claro. — Observo seu rosto enquanto ela finge olhar os patos e os patinadores ao mesmo tempo em que contempla minhas responsabilidades com a minha filha. Também sinto a outra pergunta que ela não fez.

— Eu adoraria que você ficasse comigo hoje à noite — digo, e seus olhos veem até os meus. — Mas prefiro que seu pai goste de mim.

— Ele gosta.

— Prefiro que ele *continue* gostando de mim.

Emma encara os patos de novo, e todos eles fugiram do alcance de levar migalhas na cabeça.

— Falei com ele sobre ir para um apartamento em vez de dormitório. — O vento bate e joga uma mecha de cabelo em seu rosto, e automaticamente estendo a mão para ajeitá-lo atrás da orelha. Ela se vira para mim, sem entender direito, os olhos procurando os meus. — Sei que você acha que morar num dormitório seria mais coisa de garota normal ou sei lá o quê, mas eu quero um apartamento. Quero um gato desde que a Chloe me fez doar o Hector, e nenhum dormitório vai permitir isso. E quero as plantas que a Chloe disse que iam sugar todo o oxigênio.

Estreito os olhos, certo de que ela está inventando tudo isso.

— Ela não fez isso.

Ela faz que sim com a cabeça, rindo.

— Ela *fez*. E também disse que elas iam estragar o chão, o que pode ser verdade, mas eu não me importo. Quero tentar cuidar das coisas. Quero cozinhar. E fazer café fraco. E deixar sapatos na sala de estar e tigelas na pia. E nunca, nunca, nunca usar Pinho Sol.

Tiro outra mecha de cabelo do seu rosto. Sua pele é macia, e ela é tão linda. Meus dedos estão inquietos, mexendo em seu cabelo, acariciando atrás da orelha.

— E, Graham, eu falei pra ele que queria mais privacidade do que eu teria num dormitório... por sua causa.

Minha mão congela. O pai dela não me deu um soco na cara nem tentou me matar hoje de manhã, quando apareci na sua porta sem avisar. Ele nem foi grosso. Meu polegar acaricia seu lábio inferior.

— O que eu falei antes, sobre morar num dormitório, foi porque eu não queria ser mais uma pessoa para te impedir de viver a vida como quiser. Quero que você seja livre para fazer as escolhas que forem melhores pra você, sem pensar em mim.

Suas mãos pequenas se fecham sobre meu antebraço, e ela apoia o rosto na palma da minha mão.

— Então você precisa confiar em mim pra tomar essas decisões. Mesmo que algumas delas tenham tudo a ver com você. — Quando ela fala, as vibrações da sua voz passeiam pela minha mão. — Só porque eu penso em você quando estou tomando uma decisão, não significa que a escolha é menos *minha*.

Fecho os olhos. Eu não mereço isso. Não mereço a Emma, mas ela está aqui.

Ela me beija uma vez, um roçado rápido e tímido dos seus lábios.

— Eu queria tomar café com você amanhã, antes de você pegar o voo pra casa, se você não se importar.

— Tá bom.

— E hoje à noite você vai conhecer a minha melhor amiga, e ela vai te adorar ou vai se arrepender de ter nascido.

Dou uma risadinha, e ela também.

— Acho melhor dar um jeito de fazer com que ela me adore, então. Não quero ser responsável por você perder a sua melhor amiga.

* * *

Quando Emily liga, Emma vai para o corredor com o celular, me deixando sentado na sua cama, vendo com atenção velhos álbuns de fotos que a mãe dela organizou antes de morrer. O lado de Emma na conversa do corredor é perfeitamente audível, mesmo que em tons sussurrados.

— Não, você não pode mencionar o Joe *pra comparar.*
— Eu sei, e sinto muito.
— Emily, eu desliguei o celular. Ele não teve outra opção...
— *Não,* você não tem direito a voto.
— Ele não é nem um pouco parecido com ele.
— Tá bom. Te vejo daqui a uma hora.

Ela volta para o quarto, com a boca retorcida numa careta.
— Acho que você escutou tudo, né?

Abafo um sorriso e dou um tapinha ao meu lado.
— Vem cá.

Com os olhos nublados de preocupação, ela joga o celular na mesinha de cabeceira e para ao meu lado. Eu a puxo para a cama e a beijo até ela relaxar em mim.

— Para de se preocupar. Vai dar tudo certo.

Uma ruga continua na sua testa.
— Como?
— Isso a gente vê depois. Mas vai. — Pego o álbum de fotos e aponto para uma série de fotos que foram tiradas em Griffith Park.
— Você é parecida com a sua mãe.
— Exceto pelos olhos. — Ela apoia a cabeça no meu ombro.
— Os olhos da minha mãe eram castanhos muito escuros, como os seus. Os meus são como os do meu pai.

Uso essa desculpa para analisar seus olhos de novo. Se eu fosse pintá-los, usaria uma base cinza, com manchas verdes por cima e minúsculas faixas douradas.

— Lembro que pensei isto quando nos encontramos na cafeteria: como você não se parece nem um pouco com ele, a não ser pelos olhos. Eu nunca conheci ninguém com olhos como os seus, e eles são exatamente iguais aos dele: a cor maravilhosa, a forma ligeiramente inclinada. Se olharmos só os olhos, qualquer pessoa saberia que você é filha dele.

— A Cara tem os seus olhos.

Faço que sim com a cabeça.

— Tem, sim.

— E o cabelo da mãe? — Respondo que sim com a cabeça de novo, observando sua confusão aumentar. — Mas ela nunca conheceu a Cara, não ligou, não pediu uma foto, nada?

Balanço a cabeça.

— A Cara fica tranquila com isso? Ela pergunta da mãe?

— Ela fica bem. Ótima, na verdade. Minha mãe, a Cassie e a Brynn preenchem completamente esse vazio.

Emma encara as fotos da mãe que ela perdeu aos seis anos.

— Isso é bom. Fico feliz. — Observo seu rosto de cima, o modo como suas bochechas se erguem um pouquinho com o sorriso. — Minha avó e a mãe da Emily fizeram um bom trabalho de preencher esse vazio, acho. Elas me ensinaram a ser menina.

Meus dedos descem pela lateral do seu rosto.

— Elas fizeram um trabalho incrível. — Inclino seu queixo para cima e abaixo meu rosto até o dela, agradecendo em silêncio por todas as mulheres que tiveram participação em transformá-la em quem ela é. Até mesmo Chloe, mas isso eu nunca vou dizer a Emma. Uma verdade que aprendi nos quatro anos de estudos literários: nada melhor que um antagonista para moldar o caráter de uma pessoa.

* * *

A aparência de Emily é tão diferente da de Emma que preciso de uma sacudida mental. Cabelos cor-de-rosa. Coturnos. Olhos pintados com delineador escuro. Garota emo com um toque de anime. E um namorado engomadinho?

Claro que essa garota é a melhor amiga dela.

Quando estamos todos sentados num reservado no Chili's, Emily aponta para a minha camiseta.

— Então, você, hum, gosta deles? — Um toque de fã entusiasmada escapa no seu tom despreocupado.

Olho para o meu peito e levanto de novo o olhar.

— Ah, sim. Eles são brilhantes. Você já viu a banda ao vivo?

Ela dá de ombros.

— Ainda não, mas com certeza vou ver. E você?

Faço que sim com a cabeça.

— Algumas vezes.

— O quê? Sério? — Acabou a indiferença. Ela pressiona os lábios fechados para tentar controlar o interesse, enquanto Derek e Emma trocam sorrisos disfarçados.

— É, eu conheço o baixista e o baterista. Eles estudavam comigo em Columbia. Uns caras legais.

Sua boca despenca.

— Não *acredito*.

— É. Eles vão fazer um *Unplugged* no verão, eu acho. Posso te levar na gravação, se você estiver em Nova York. — A mão de Emma desliza até a minha, e ela a puxa para o seu colo. Aperto sua mão, e ela aperta em retorno.

Emily pisca, chocada. Ela não costuma ficar chocada facilmente.

— Hum, é, seria ótimo.

Derek pigarreia para disfarçar uma risada.

— Então você estudou na Columbia, cara? — ele pergunta. Faço que sim com a cabeça. — Teatro, né?

— Não. Literatura. — Espero que a reação dele seja como a de Reid: *Ah*, e nada mais. Mas não, ele planeja estudar língua inglesa na csu Long Beach, onde Emily deseja estudar antropologia. Quando começamos a discutir teoria literária e programas de redação do mesmo jeito que alguns caras discutem estatísticas de esportes, as garotas zombam do nosso jargão acadêmico, mas sorriem uma para a outra disfarçadamente.

E, num piscar de olhos, sou aceito.

29

Reid

A última expressão que espero ver no rosto de Emma na tarde de segunda é alegria.

Depois que os maquiadores fazem seu estrago, esperamos nos bastidores até sermos chamados para o set de *Conan*. Acho que ela está fingindo estar feliz para sobreviver à entrevista. Depois, percebo que é de verdade. Quatro dias atrás, mostrei a Emma uma foto que deveria tê-la arrasado e acabado com qualquer possível relacionamento que ela havia começado com Graham. Em vez disso, ela parece a *luz do sol*.

— Que transformação inesperada... — Dou um sorriso tenso para o seu rosto radiante. O sofá da sala verde é pequeno, e nossos joelhos encostam levemente um no outro. Ela não parece perceber. Na minha cabeça, não há dúvidas de que seu atual estado mental não tem nada a ver *comigo*.

— Você estava certo sobre aquela foto.

— Ah, é?

— Eles caíram no sono um ao lado do outro, mas não aconteceu nada. Você deve estar certo sobre ela fazer joguinhos com você ou qualquer coisa assim, porque parece que ela só mandou a foto pra você.

Quer dizer que Graham não confessou, mesmo depois da foto, e conseguiu convencê-la de que *não aconteceu nada?* Estou chocado. O cara tem *culhões* maiores do que eu pensava. Acredito em duas possibilidades: ou ele pretende enrolar as duas, ou ele considera Brooke uma transa de uma noite só — um erro que não pretende repetir.

— Sei o que você está pensando — diz Emma.

Duvido.

— O que estou pensando?

— Que ele está mentindo pra mim. Mas eu sei que não está.

Inacreditável. Praticamente tudo que eu fazia no último outono deixava Emma desconfiada, mas isso ela está disposta a deixar passar?

— Quer dizer que, mesmo depois de uma foto comprometedora, alguns poderiam até dizer incriminadora, dele *na cama* com Brooke, você não está preocupada que ele *possa* estar te traindo? Tenho que reconhecer: o cara é um deus, se conseguir escapar com essa.

Ela suspira.

— Nem todos os caras são jogadores, Reid.

— Ai.

— Eu não quis dizer isso.

Olho firmemente para Emma, mas não pergunto o que ela quer dizer com isso. As possíveis respostas são uma mistura de coisas incisivas, sérias, duras e paqueradoras, e, no fim, nada vai funcionar, então não digo nada. Depois de alguns segundos, ela desvia o olhar.

Um assistente de palco aparece para dizer que temos cinco minutos. Não podemos chegar lá assim, sem graça e sem fazer contato visual. Tentando uma conversa casual para nos deixar centrados novamente, pergunto o que ela fez no fim de semana.

— Saí com a Emily. E, hum, o Graham estava em Sacramento no sábado e no domingo.

— Ah. — Que diabos? Meu cérebro está a mil, pensando nos motivos pelos quais Graham viajaria para o outro lado do país para tranquilizá-la. Desconfio de que Brooke não sabe desse pequeno acontecimento.

— Vimos um filme no sábado à noite, e eles passaram o trailer de *Orgulho estudantil*. Sei que isso é rotina pra *você*, mas me ver naquela tela enorme foi muito estranho. Mas o filme parece bem legal.

— Você parece surpresa.

Ela ri.

— Acho que estou, um pouco. A última vez em que Jane Austen foi modernizada num filme foi em *As patricinhas de Beverly Hills*.

Dou um sorriso forçado para ela.

— Arrogante literária.

Ela me dá um sorriso forçado em retorno.

— Totalmente culpada.

Antes que eu entenda melhor a ideia de *Graham em Sacramento*, a porta se abre, e o assistente de palco reaparece.

— Hora de vocês.

O programa *Conan* é tranquilo — a combinação entre o ambiente de comédia e o fato de que essa é a nossa última entrevista ajuda a torná-la uma das melhores que já gravamos. Quando nos perguntam sobre as histórias que inventei na *Ellen*, eu as aumento com a ajuda de Emma, que pergunta se Conan quer sentir os bebês chutando. O público nos acha hilários. Apresento alguns clipes do filme — um deles inclui um beijo ardente entre mim e Emma, que faz todo mundo ficar excitado e meio incomodado, e aí nós saímos.

Antes de irmos embora, dou um abraço rápido em Emma e um beijo na sua bochecha, porque ela oferece o lado do rosto quando me inclino em direção a ela. Em seguida, ela entra numa limusine para o aeroporto e eu entro no meu carro, discando o número do celular de Brooke.

— Você sabia que o Graham esteve em Sacramento no fim de semana?

— O *quê?*

— Vou entender isso como um não. Com certeza ele está enrolando vocês duas. Emma apareceu pra gravação de *Conan* feliz pra caralho. Ela estava *felicíssima* e totalmente convencida de que não tinha acontecido nada entre vocês dois. Ele é mais parecido comigo do que eu pensava.

— Ele não é *nem um pouco* parecido com você. — Seu tom é de ataque.

— Meu Deus, Brooke, sério? Ele te convenceu também? Ou ele está planejando transar com você por fora, com o seu consentimento, é claro, enquanto mantém a Emma num relacionamento em *público*...

— A gente não transou, tá? — Suas palavras são cheias de raiva, como se ela as cuspisse para mim. — O que ele disse pra ela é verdade. Ele caiu no sono, e eu caí no sono ao lado dele.

Estou dirigindo em estado de choque. Preciso fechar a boca com a mão.

— Tá bom, espera. Você está me dizendo que ele não pegou *nenhuma* das duas? Você está certa. Esquece o comentário *igual a mim*.

— Nem me fala.

Minhas mãos apertam mais o volante.

— E agora? — Nunca ninguém na vida fez uma pergunta mais idiota. Não existe *e agora*. Acabou. Perdemos. Por outro lado, nenhum de nós *perdeu* nada de verdade. Só conseguimos terminar exatamente onde começamos, como aquele maldito jogo de tabuleiro com escadas e escorregadores que minha mãe jogava comigo quando eu era criança, antes de ela decidir ser bêbada em tempo integral.

— Noite da pré-estreia — ela diz.

— Noite da pré-estreia *o quê?* Você está planejando se jogar na mesa do bufê e esperar conseguir a atenção dele? Pra mim, parece que o Graham já escolheu.

— O que acontece entre mim e o Graham é da *minha* conta, não da sua — ela dispara. Eu a imagino espumando pela boca, porque, sinceramente, é assim que ela parece. — Seu papel é estar lá pra consolar a Emma quando ela precisar, porque ela vai precisar.

Balanço a cabeça, sem acreditar na confiança dela diante do fracasso.

— Certo.

Ela me ignora e fala suas estratégias em voz alta, e eu as escuto, apesar de achar que não vão dar certo.

— Vai até o quarto dela antes de todos nós sairmos para pré-estreia. Conversa sobre andar no tapete vermelho juntos, sobre a disposição dos assentos no cinema, sobre a festa, qualquer coisa. Enquanto estiver lá, deixa alguma coisa no quarto dela, em algum lugar não muito visível... tipo seu celular. Coloca em silencioso e tranca, é claro. E apaga todas as mensagens, pra garantir.

Brooke ultrapassou o poço fundo do agente duplo.

— Acho que a Emma não é do tipo de bisbilhotar celular dos outros e ler as mensagens...

— Cala a boca e me deixa pensar. — *Maldição*, não vejo a hora de acabar tudo isso. Eu adoraria mandá-la para o inferno, mas ela ainda está me oferecendo Emma como uma possibilidade, então mordo a língua. — Assim que estivermos de volta nos quartos depois da festa, liga pra ela do telefone do seu quarto. Diz que você deixou o celular no quarto dela e pergunta se ela pode levar o aparelho até o seu quarto, porque você não está se sentindo bem. Quando você desligar, liga para o meu celular. Fica pronto pra sair e cuidar dela. Acha que consegue fazer isso?

— Sim, claro, eu consigo *cuidar* dela. Do que exatamente eu vou ter que cuidar?

— Não sei. Tenho que pensar. Simplesmente esteja pronto. Quando eu desligar, deixa passar alguns segundos e vai até o corredor encontrar com ela.

Graham

Voo para Los Angeles com Tim Warner — o sr. Bennet em *Orgulho estudantil* —, que também mora em Nova York. Discutimos projetos futuros e conversamos sobre Reid — especificamente, sobre o relacionamento de mentira entre Reid e Emma. Eu me vejo tamborilando no braço da poltrona e sem fazer contato visual quando ele menciona que os dois são fofos juntos.

— Alguma coisa errada? — Tim pergunta com uma leve inclinação de cabeça.

— Hum, não. — Tento parecer confuso pela pergunta e dou de ombros levemente.

— Humpf. — Ele não acreditou. — Graham, fui um garoto gay no Alabama, no início da década de 80. Para o meu próprio bem, aprendi a ser discreto e a mentir descaradamente, então eu reconheço essas coisas quando vejo. Você consegue ser discreto, mas, filho, não consegue mentir de jeito nenhum. Ouvi dizer que desabafar faz bem pra alma. Então, o que está te incomodando?

Assim como Brooke, ele não tem sotaque.

— Você não parece que é do Alabama — desvio do assunto.

Ele dá de ombros.

— Fugi para Nova York quando tinha dezessete anos, determinado a deixar para trás todo o meu passado. Uma boa coisa no geral, mas também um pouco trágica. Mas não vamos falar de *mim*. Vamos falar de *você*. Já que temos um voo de cinco horas pela frente, acho bom você começar a falar. — Ele ergue uma sobrancelha. — Vou acabar te vencendo pela insistência.

Suspiro, percebendo a derrota.

— Você já teve que fingir que estava num relacionamento com alguém do elenco, porque a produção queria isso?

Ele me lança um olhar penetrante.

— Não, mas certamente já tive que fingir que *não* estava num relacionamento com alguém do elenco porque a produção não queria.

Encaro minhas mãos.

— É? Bom, eu também. Se bem que a produção não sabe do meu relacionamento. É mais uma cláusula implícita, por causa da ordem que deram para que a Emma e o Reid pareçam estar *envolvidos*.

— Eu achei que eles estavam. Eles tiveram uma discussão ou...

— Não, eles terminaram no último outono.

Nós dois aceitamos o café e um cookie aquecido da comissária de bordo. Podem falar o que quiser — voar de primeira classe é um exemplo chocante da diferença entre os privilegiados e os não privilegiados. Enquanto Tim e eu vamos receber uma refeição completa, vários petiscos, toalhas quentes e toda a atenção que poderíamos querer, centenas de pessoas no fundo do avião terão sorte se conseguirem um saquinho de pretzels e uma lata de refrigerante.

— Ah... Bom, como meu gaydar faz *pfffff* quando se trata de você, imagino que sua amante secreta seja a Emma, não o Reid. Há quanto tempo essa ordem está rolando?

Dou uma risadinha só de pensar em mim e Reid juntos num relacionamento, mas meu sangue se derrete ao pensar em Emma como minha amante.

— Hum, sim, Emma. E até depois do lançamento.

— A pré-estreia é hoje, e o lançamento é na sexta; só faltam dois dias! Qual é a da carinha de cachorro triste?

Passo a mão no cabelo. Gay ou não, Tim é *homem*.

— Não consigo aguentar ver os dois *fingindo*. Talvez porque eles *realmente* tiveram alguma coisa no último outono... Fico imaginando os dois juntos, e sei que isso é estúpido e não faz sentido, mas está me deixando maluco. Nunca me senti assim.

Ele assente, com os lábios comprimidos.

— O homem das cavernas — diz finalmente.

— O quem?

— Todo homem tem um homem das cavernas interior. A menos que ele seja uma drag reluzente, e, nesse caso, ele tem uma piranha ciumenta e de olhos selvagens interior, como era o caso de um ex meu. Mas estou divagando. — Ele começa a comer o cookie, e acho que talvez ele tenha terminado as reflexões sobre os impulsos neandertais, até ele me olhar nos olhos. — Imagine você e a Emma sozinhos. Ela olha dentro dos seus olhos e declara: *você é meu*. Como você se sente com isso?

Fica muito evidente como eu me sinto: meus dedos se fecham na palma das mãos, minha pulsação dispara, minha respiração acelera, e eu não ficaria surpreso se minhas pupilas se dilatassem.

Ele dá um risinho.

— Em particular, entre vocês dois, não tem nada de errado com um pouco de... sentimento de homem das cavernas. Ou mulher das cavernas, conforme o caso. É natural.

Eu teria praticamente arrastado Emma pelo quarto de hotel e a levado para a cama na primeira vez que a vi depois que decidimos ficar juntos. A chance de isso acontecer de novo, assim que eu chegar ao hotel hoje à tarde, é enorme. Quero tanto tocá-la que minha pele se contrai ao pensar nela, as terminações nervosas sensíveis e doloridas. Essas reações são viscerais, primitivas, e tento reprimi-las desde o primeiro instante em que a vi. Que desperdício de energia!

— Obrigado, Tim.

— É bom ser útil. — Ele balança as sobrancelhas e coloca os fones de ouvido, reclinando a poltrona até o fim.

30

Emma

Estou prestes a mandar uma mensagem para Graham para ver se ele já chegou ao hotel quando ouço uma batida na porta. Olho de relance para o espelho ao passar por ele e desejo ter tido dois minutos para ajeitar o cabelo e escovar os dentes. Respiro fundo e me obrigo a ir andando para atender, mas minha vontade é correr.

Abro a porta e sinto meu sorriso sumir e voltar pela metade.

— Reid.

Ele suspira.

— Meu Deus, mulher, pelo menos *tenta* fingir que eu não sou a última pessoa na face da Terra que você gostaria de ver na sua porta. Minha autoestima pode nunca mais se recuperar. Você não quer ser responsável por destruir a minha carreira, quer?

Reviro os olhos para o exagero de Reid — como se eu pudesse atingir de alguma forma o seu ego — e ignoro o seu discurso bobo, recuando para deixá-lo entrar.

— E aí? — Eu não deveria esperar pelo Graham. Eu nem sei se ele já chegou ao aeroporto.

Reid se joga no pequeno sofá.

— A gente devia conversar sobre a logística de hoje à noite. O tapete vermelho, onde sentar durante a exibição, se você vai precisar ou não de um saco de papel pra respirar enquanto vê um *filme inteiro* cheio de Emma Pierce naquela tela enorme...

— Ha, ha — digo com uma agitação nervosa no estômago ao pensar nisso. O desconforto de se ver na tela não é algo inédito: algumas celebridades até se recusam a fazer isso, o que me impede de me sentir uma esquisita total. Não vou precisar de um saco de papel se Graham estiver sentado ao meu lado. Ele consegue me acalmar com um olhar ou um simples toque.

Em vez de me juntar a Reid no sofá, volto a desarrumar as malas e ligo para a recepção para pedir que venham pegar o vestido que vou usar na pré-estreia, pois preciso dele passado para hoje à noite.

— Acho que vamos entrar e sentar juntos durante a exibição, mas eu queria que o Graham ficasse do meu outro lado.

Sua boca fica levemente tensa, com um sorriso que não chega aos olhos.

— Acho que tudo bem. No mínimo, vai aumentar o drama. Imagino que a produção não tenha a menor ideia sobre você e o Graham, certo?

Balanço a cabeça, pegando os lindos sapatos de salto alto que tenho certeza que vou odiar até o fim da noite. Chloe me ajudou a comprar o sapato e o vestido. Ela ficou empolgadíssima quando concordei em deixar que ela me ajudasse, e ela teria ganhado o selo de aprovação Emily pela repreensão que deu na vendedora da boutique, que não estava sendo muito atenciosa:

— Essa é *Emma Pierce*, e estamos escolhendo um vestido pra pré-estreia mundial do filme *Orgulho estudantil*, que ela protagoniza ao lado de *Reid Alexander!* Chama alguém que saiba o que isso significa, senão vamos comprar em outro lugar!

Com os olhos arregalados de pânico ao ouvir o nome de Reid, a vendedora arrogante correu até os fundos da loja. Minutos depois, fomos levadas a um salão particular para experimentar roupas e nos ofereceram champanhe enquanto nos apresentaram dezenas de vestidos. Depois de analisá-los como se estivesse escolhendo armas para uma batalha, Chloe me fez experimentar os poucos que eram adequados. O vestido verde e prata que escolhemos — nós duas concordamos que esse foi o segundo choque do dia — tem as costas nuas e vai até o meio da panturrilha.

Mal posso esperar para Graham me ver nele.

Reid me vê tirar o vestido da mala e pendurá-lo na porta.

— Isso vai ficar *lindo* em você, com seus belos olhos verdes.

Pigarreio e murmuro:

— Obrigada. — E me lembro do que ele disse algumas semanas atrás: que, se Graham estragasse tudo, ele queria uma nova chance. E aquele beijo na segunda-feira, o que foi aquilo? Mesmo que eu não tenha sentido ou reagido, o fato de ele ter me beijado foi desconcertante.

Quando me afasto da porta, ele está parado tão perto de mim que me assusto, o coração galopando no peito.

— Meu Deus, Reid. — Reconheço instantaneamente sua expressão tempestuosa e coloco as mãos no peito dele. — *Não*.

Ele não se aproxima, mas também não recua.

— Você acha que também está apaixonada por ele? — Sua voz está muito baixa, os olhos muito escuros na entrada do meu quarto, longe das janelas e da luz.

— Também?

Uma batida na porta me faz tropeçar e cair em cima dele. Ele segura meus ombros com firmeza enquanto meu coração se acelera por causa da batida forte e inesperada.

— Deve ser da lavanderia, pra pegar o vestido. — Minha voz está ofegante, e ele sorri.

Em seguida estende a mão para trás de mim, pega o vestido no cabide e me dá, depois abre a porta. Do outro lado, não está um funcionário do hotel. A pessoa que bateu com força é Graham, e seu sorriso desaparece quando vê Reid em pé atrás de mim, no meu quarto.

Ainda estou segurando o vestido. Viro e o coloco nas mãos de Reid, e ele o pendura de novo, sem falar nada.

— Oi. — Abro mais a porta, para deixar Graham entrar e Reid sair.

Reid vai para a porta e se vira para mim.

— A recepção vai ligar quando as limusines chegarem. Acho melhor irmos juntos para o Grauman's, para facilitar na hora de sair. Vai ter um monte de flashes, e vai ser muito difícil enxergar alguém que não esteja bem do seu lado.

— Tá bom.

Reid se vira para Graham. Eles estão a poucos centímetros de distância, a tensão oscilando entre eles como socos. De repente, Reid fica completamente à vontade.

— Graham — ele diz.

O maxilar de Graham continua rígido.

— Reid.

Garotos.

*R*eid

Anos atrás, aprendi que nunca ficamos tão indefesos do que quando acreditamos que amamos alguém. Digo que não acredito no amor, mas isso não é totalmente verdade. *Amor* é só o nome de uma emoção. É *gostar* com esteroides. É *luxúria* com ética. E as emoções, medo, ódio, o que for, vêm e vão.

O que eu não acredito é na ideia de *estar* apaixonado.

As pessoas falam de paixão como se fosse algo acidental, como se isso as surpreendesse muito. Entendo essas impressões, porque era assim que eu me sentia com Brooke. Mas, diferentemente da maioria das pessoas, depois que acabou e me distanciei emocionalmente, pude ver o que realmente era: uma obsessão.

Consequentemente, acreditar que estou apaixonado não é um barato que eu deseje; foi uma perda total de controle que espero nunca mais viver. Eu me sinto atraído por Emma. Eu me divirto e me distraio com ela. Posso até dizer que me importo com ela. Mas não estou *apaixonado* por ela. Não preciso sacrificar meu coração metafórico numa bandeja quando tudo o que quero é uma diversão passageira.

* * *

Com todo o elenco reunido no tapete vermelho, os paparazzi estão como piranhas, num frenesi faminto. Entre os habituais assobios e gritos dos fãs, o nível de barulho é uma loucura. Os guarda-costas estão ocupados, impedindo as pessoas de pularem as cordas de veludo. Pego a mão de Emma quando saímos da limusine, e ela aceita o apoio, apertando minha mão com tanta força que fico preocupado de ela estar prestes a surtar. Mas todas as vezes que olho para o seu rosto, ela está sorrindo e parece perfeitamente calma.

Como previ, o vestido está maravilhoso nela. O verde de seus olhos mais intenso ainda, ao lado do tecido sedoso cor de esmeralda, os fios prateados brilhando a cada flash. Não consigo resistir a passar os dedos por suas costas nuas nem a ajeitar as alças em seus ombros. Ela parece uma deusa, e eu ficaria feliz de me jogar aos seus pés para adorá-la. Ela ofusca todo mundo aqui, até mesmo Brooke e seu previsível vestido preto.

Minha ex está com ciúme. Posando para fotos entre Graham e Tadd, ela sorri cheia de charme, mas, quando lança um olhar descuidado na direção de Emma, o ressentimento é palpável. Quando seu olhar se volta para mim, meu sorriso deliberado faz seus olhos se inflamarem.

É. Definitivamente ela ainda me mataria, se pudesse.

Nenhum de nós consegue enxergar direito durante cinco minutos depois de finalmente terminarmos a longa caminhada de quinze minutos desde a limusine até as portas do cinema, e também estamos meio mortos. Pego o assento ao lado de Emma, e Graham fica do outro lado dela. A linguagem corporal dela é clara. Quando ele se aproxima para fazer algum comentário ou observação, ela se inclina na direção dele como se houvesse uma força gravitacional que os unisse. Brooke pega o assento do outro lado de Graham.

O filme não é perfeito, mas nenhum deles é. É meio água com açúcar e se esforça demais para ser como o livro, que lhe serviu de base. Mas isso vai aumentar as vendas da bilheteria, e as garotas vão engoli-lo como bala. Sinto muito, namorados de todas as partes, vocês estão condenados a ficar sentados durante uma hora e quarenta e sete minutos de baboseiras adocicadas. A compensação? Entre meu rosto, o abdome de Tadd e os bíceps de Quinton, sua garota vai estar preparada para decolar assim que os créditos terminarem. Por nada.

A festa oficial de estreia será realizada na varanda do terceiro andar do hotel. Alguns de nós aproveitam para trocar de roupa, outros não. Fico feliz que Emma não muda. Todos os caras continuam com ternos escuros e gravatas, apesar de os paletós estarem largados, as gravatas estarem frouxas, os botões abertos e as mangas enroladas. Tadd está usando a gravata e o chapéu de caubói que comprou em Austin e, ao lado dele, MiShaun está usando o vestido de seda branco e dourado que usou no cinema. Meredith e Jenna trocaram de roupa e estão de calça jeans, e Brooke trocou o vestido de festa preto por um microvestido azul-bebê que combina com o azul gelado de seus olhos e revela suas pernas lisas como as de uma modelo. Seu esforço gera resultados impressionantes, mas não o suficiente para ultrapassar Emma.

— Belo vestido — digo, quando Brooke se junta a mim na mesa. Ninguém mais está sentado aqui no momento; estão todos admirando o bufê e suas esculturas de gelo e fondue de chocolate, ou se esfregando na elite de Hollywood. — Combina com seus olhos.

Dou uma risada quando ela estreita os olhos para mim.

Ela olha ao redor para garantir que não tem ninguém perto.

— Você sabe onde ficam os quartos, certo? O do Graham é naquele pavilhão do outro lado dos elevadores, e o meu e o da Emma estão entre o seu e o dele.

Faço que sim com a cabeça. Eu verifiquei a localização que ela me deu antes de sair.

— Você teve alguma coisa a ver com a localização dos nossos quartos, Brooke?

Ela dá de ombros, e eu me pergunto se ela não deixou passar a vocação de agente da CIA.

— Você deixou o celular no quarto dela?

Sorrio.

— Engenhosamente escondido entre as almofadas do sofá.

— A gente vai embora quando eles forem. Assim que você estiver no seu quarto, liga e convence a Emma a levar o celular até o seu quarto. Quando terminar de falar com ela, liga pra mim. Vou estar no corredor entre os quartos de vocês, e ela vai ouvir a minha *conversa*. Quando nós dois desligarmos, você sai do seu quarto e a encontra. Fica com o rosto dela virado pra você. Isso é *muito importante*, está me ouvindo?

Alguma coisa no seu jeito superior de dar instruções simplesmente me dá vontade de não prestar atenção.

— Ãhã. Pedir pra ela levar meu celular. Ligar pra você. Ir até o corredor. Muito complicado.

Seu maxilar fica tenso.

— Reid, eu juro por Deus, se você estragar isso...

— Reid Alexander! — Uma mulher aparece perto da nossa mesa com uma garota de uns doze ou treze anos, que me encara com uma expressão atônita.

— Hum, sim?

— Sou Johanna, e essa é Christina Noel. Somos *muito* fãs! — Ela estende a mão suada para eu apertar e grita: — *Christina Noel*, aperta a *mão* dele! — A garota obedece, com a mão trêmula. — Ganhamos ingressos para a pré-estreia e para este baile e viajamos dois mil, duzentos e oitenta e seis quilômetros pra estar aqui! — a mulher exclama, se abaixando para sussurrar: — Este hotel custa uma *fortuna!* — Ela volta a se empertigar e acrescenta: — Vale cada centavo, mas são *muitos* centavos! — Em seguida uiva de rir enquanto a garota fica vermelha como um pimentão. — Enfim, estamos simplesmente *sem palavras* por estar aqui!

Sem palavras não é o termo que eu teria escolhido para ela, apesar de parecer adequado para a filha infeliz.

— Ah, olha só! — Encarando Brooke, ela dá uma cotovelada na menina. — É a *Caroline*. — Sinto Brooke se enrijecer ao meu lado por causa do tom condescendente. — Você estava naquela seriezinha de TV a cabo... Como era mesmo? *A vida é uma praia?* Não deixamos Christina Noel ver coisas inúteis, sem querer ofender, por isso não assistimos. Mas tenho certeza que é simplesmente uma *graça*, apesar de tudo.

Ai, merda. Esvaziamento na Mesa Um em três, dois...

— Você tem uma câmera? — pergunto. — Que tal uma foto minha com a Christina, hum, Noel? — Faço um sinal para a garota ficar em pé ao meu lado, já que ficamos praticamente da mesma altura se eu continuar sentado. Ela se aproxima, tremendo visivelmente. A mãe dela vasculha a bolsa caçando a câmera, jogando lenços de papel, mapas com endereços de celebridades e frascos de hidratante e álcool gel para as mãos sobre a mesa, sem perceber que Brooke está lhe lançando um olhar de marcada-para-morrer.

— Arrá! — Ela pega uma câmera barata e a liga, mas, em vez de enquadrar a foto, joga a câmera na mão de Brooke. — Seja legal e tire a nossa foto, por favor? — Ela se espreme do meu outro lado, praticamente empurrando Brooke para fora da cadeira.

Brooke tira uma foto antes de me lançar um olhar penetrante, como se eu tivesse alguma coisa a ver com o discurso ofensivo.

— Me liga. *Mais tarde.* — Ela enfia a câmera de volta na mão de Johanna, vira e vai em direção a MiShaun e Tadd. De alguma maneira, o desastre foi evitado.

— Ora, que situação! Que bicho mordeu essa menina? — Johanna murmura.

31

Brooke

Meu celular toca. Quando atendo, Reid diz:

— Sua vez.

Emma está no corredor, quase dobrando a esquina. Meu coração está batendo com tanta força que mal escuto seus passos. Encaro a janela, como se fosse normal dar uma olhada para o pátio às três da manhã enquanto se fala ao telefone, nada de mais. Lá vamos nós.

— O Graham deve me ligar em breve, mas eu queria te contar as novidades fresquinhas — digo, ouvindo os passos de Emma. Ela escuta o nome de Graham e para no canto, como eu sabia que faria.

— Então vou saber dos detalhes sórdidos? — Reid pergunta, determinado a tornar essa conversa artificial miserável, só porque ele pode.

Eu me concentro no que quero que *ela* escute.

— Você sabe como sou impaciente. Vou ficar feliz quando ele cuidar disso, pra podermos ficar juntos em público. Tudo que temos são momentos roubados quando ela não está por perto.

— Sua crueldade não tem limites, não é mesmo? — Reid indaga. Quero dizer para ele calar a porra da boca. Ele só está na linha para saber quando deve sair do quarto, esse babaca.

— Ele não quer magoá-la, mas nós fomos feitos um para o outro. — Tento parecer casual, mas os comentários de Reid estão me deixando com os dentes trincados. — Meu *Deus*, aquela noite que passamos juntos... Quer dizer, já estive com muitos caras — Reid ri baixinho no meu ouvido, esse canalha —, mas ele foi *absurdamente gostoso*. Melhor do que todos os outros, desde *sempre*.

— Ah, se isso fosse verdade... — Reid diz. Vou matar esse cara.

— A gente devia ter aceitado isso *anos atrás*, em vez de nos esforçar para continuar sendo apenas amigos.

— Quer dizer que ele nunca tentou nada, *em quatro anos?* — Reid ri. — Cara, isso deve ter sido péssimo para esse seu ego sexual do tamanho do mundo.

Filho de uma... *ignora, ignora, ignora.*

— Tenho certeza que ele vai falar logo com ela. O Graham sabe que eu sou melhor pra ele. Eu estou preparada para ser a madrasta da Cara, e ele *sabe* que a Emma é nova demais pra isso. Ei, ele está ligando... tenho que ir.

Finjo atender outra ligação. Imagino Emma no canto, encostada na parede, escutando tudo que eu digo. Hora de aumentar a pressão.

— Oi, lindão — falo com a voz ronronada. — Quando é que você vai contar pra ela? — Emma provavelmente está apoiada na parede, chocada. Afasto a culpa. *Sou a pessoa certa para ele.* — Graham, eu sei que parece brutal, mas você tem que arrancar o band-aid. Quero ficar com você em público.

— Brutal mesmo — Reid murmura.

— Sim, posso ir até aí agora mesmo. — Começo a virar na direção de Emma. — Eu também te quero. Você vai ver o quanto assim que eu chegar no seu quarto.

Reid começa a fazer outro comentário, e eu desligo na cara dele.

Emma cambaleia até o nicho com uma placa de *Gelo e Máquinas de Venda* pouco antes de eu virar a esquina. Quando ouço o soluço baixinho, mas audível, hesito, mas me obrigo a ir na direção do quarto de Graham sem olhar para trás. *Sou a pessoa certa para ele.* Viro no corredor curto onde fica seu quarto e espero. Eu diria que agora é o momento crucial, mas toda essa coisa maldita é crucial. Acho que ela não vai até o quarto dele para nos confrontar. Apostei pensando no fato de que ela não *me* confrontaria, dez segundos atrás, mas não há como saber. E é por isso que Reid está prestes a interceptá-la *inadvertidamente*.

— Emma? — Escuto sua voz do outro lado da esquina, bem na hora. — O que aconteceu?

Espreito silenciosamente em direção à esquina, sem coragem de olhar ao redor ainda. Eu a ouço ofegar e espero que ela não passe mal ou algo assim, porque isso estragaria nossos planos rapidamente.

— Não consigo... não consigo... — ela diz, o soluço preso na garganta, querendo se libertar.

Viro a esquina bem devagar e com cuidado. Reid está de frente para mim, e Emma, de frente para ele. Seu olhar é neutro, apesar de eu saber que ele está me vendo. Ele pega o rosto dela nas mãos e encara seus olhos com o olhar mais compreensivo que já vi em seu rosto. Meu Deus, ele é bom nisso.

— Vem comigo — ele diz. — Não podemos conversar aqui no corredor. — Ela soluça de novo, e ele a puxa para si, com uma das mãos delicadamente na nuca dela, e a outra espalmada nas costas. Ele inclina a cabeça na direção dela e murmura alguma coisa que não consigo decifrar, e ela assente. Eles viram, abraçados, e vão em direção à porta do quarto dele. Então entram.

Viro de novo a esquina e vou em direção ao quarto de Graham, olhando as fotos que acabei de tirar, garantindo que todas estejam claras.

Essa pode ser a coisa mais dissimulada que eu já fiz, e a culpa é meio esmagadora. Eu me consolo pensando que Reid realmente parece saber cuidar dela. Ele vai cuidar muito bem. Durante um tempinho.

Afasto as lágrimas de Emma da mente e me concentro no objetivo à frente. Minha mãe costumava ser fã de ditados populares, como: *Não coloque todos os ovos numa única cesta*, e *Não se pode fazer uma omelete sem quebrar os ovos*, e *Estou sempre pisando em ovos perto de você*. Na última vez que ela falou um desses, eu disse:

— Qual é a da maldita sabedoria com os *ovos*? Isso é alguma coisa do tipo *A gente tira a garota da fazenda...* — E lembro a ela o seu passado alimentando porcos, perseguindo galinhas e sem Neiman Marcus. Ela nunca mais falou nada sobre ovos.

Agora, por algum motivo misterioso, esses clichês estão lotando minha cabeça, porque meus ovos estão todos numa única cesta. E eu acabei de quebrar todos eles para fazer uma omelete gigantesca. E cada passo até o quarto de Graham é um caminho pisado em ovos, porque isso tem que funcionar. Isso tem que funcionar.

Sou a pessoa certa para ele.

Bato na porta e ele abre com um sorriso, que diminui um pouco quando me vê. Meu coração falha. Ele estava esperando Emma. Absorvo o ciúme porque ele destrói qualquer sentimento de remorso. Sua cabeça se inclina um pouco.

— Brooke? — ele diz. Eu me empertigo para parecer mais alta e olho nos seus olhos com uma expressão de pena.

— Graham. Tenho... uma coisa pra te mostrar.

Ele não se afasta da porta.

— O quê?

Aponto para o seu quarto.

— Podemos entrar, por favor? Preciso te mostrar isso em particular.

Ele franze a testa, percebendo que não estou segurando nada além do meu celular, e se afasta para eu poder entrar.

Sento na borda da sua cama e dou um tapinha no espaço ao meu lado.

— Senta.

Ele senta, ainda sem entender direito.

— O que é isso?

Está mais do que na hora, penso.

— É sobre a Emma e... o Reid. — Ele me encara com preocupação, e abro as fotos no celular. — Eu ia pegar gelo para esfriar uma Patrón. Ouvi os dois no corredor, sussurrando, e quando olhei no canto... — Dou o celular a ele, com a primeira foto aberta.

Ele passa pelas fotos, devagar. Uma. Duas. Três. Quatro. E de novo. E de novo. Depois me devolve o celular, em silêncio. Uma pulsação selvagem vibra na base da sua garganta, e ele fica tão calado que tenho medo de respirar.

— Graham...

— Quero ficar sozinho, Brooke. — Ele não olha para mim.

Engulo em seco. A chave para isso funcionar é não haver confronto, nenhuma comunicação entre eles, como no último outono.

— Não posso te deixar sozinho, Graham. — Coloco a mão no braço dele com cuidado. — Você não precisa falar, mas não vou te deixar sozinho com isso.

Cobrindo os olhos com as duas mãos, ele deita de costas na cama, com os joelhos ainda dobrados e os pés no chão. Eu me aproximo, me apoio no cotovelo ao seu lado enquanto ele respira compassadamente para se acalmar. Por fim, suas mãos desabam, e ele encara o teto. Ele não está chorando. Não parece com raiva. Seu rosto está quase sem expressão, como se alguém o tivesse apagado. Exceto nos olhos. Em seus olhos, pensamentos rolam como uma lanterna, vasculhando cantos escuros.

Estendo a mão e viro levemente seu rosto para mim.

— Graham — digo, depois me inclino e o beijo.

Reid

Eu a levo até o sofá de dois lugares. Nós caímos nele, e ela fica largada, chorando, fácil de puxar para os meus braços, para o meu colo. Soluçando, ela se encolhe, embolada, o rosto virado para o meu peito enquanto a abraço. Ela ainda está usando o vestido de deusa, descalça e tão inegavelmente adorável. Meus dedos roçam suas costas, a pele quente e macia.

No início, achei que seria simples. Não necessariamente simples na execução, mas simples nas conclusões possíveis. Brooke seduziria Graham, e eu colheria os benefícios quando Emma precisasse de consolo e de um ombro para chorar. E aqui, literalmente no meu colo, está minha conclusão esperada.

É com a execução que estou tendo problemas.

Presumi que Brooke teria sucesso em seduzir Graham, mas isso não aconteceu. A ligação telefônica, por algum motivo, foi uma farsa que não consigo deixar para trás com a facilidade que gostaria. Graças ao esquema inteligente de Brooke, Emma e Graham acham que o outro está traindo. E saber do esquema todo me torna cúmplice de ter partido o coração de Emma de propósito. Como meu pai diria na argumentação final: não há nenhum outro veredicto.

Eu sei como é essa sensação, de achar que você ama uma pessoa, de achar que você é amado por ela, só para ser derrotado pela traição. Brooke fez isso comigo.

Eu a acaricio distraidamente e percebo que ela ficou mais quieta, mas ainda respira de um jeito trêmulo. Pego uma caixa de lenços de papel na mesa lateral, tiro alguns e lhe dou. Emma assoa o nariz e seca os olhos, e isso, de alguma maneira, faz o processo todo recomeçar. Dez minutos se passam até ela ficar calma.

— Emma — digo, o som da voz como o estalo de um rifle. Um alarme está disparado na minha cabeça, me avisando para não dizer o que estou prestes a dizer. Eu o ignoro. — No último outono, você não me perguntou sobre a Brooke nem sobre a gravidez. Você não me perguntou se teve circunstâncias atenuadoras, nem como eu me senti na época, ou se eu queria ter tomado uma decisão melhor.

Suas lágrimas voltam a fluir, mas ela não diz nada.

Fecho os olhos, inspiro o conhecido aroma herbal de seu xampu, memorizo a sensação dela nos meus braços. Não posso dizer que amo essa garota, mas conheço alguém que pode amar.

— Você precisa perguntar desta vez, Emma — digo com a voz baixa e suave.

Ela olha para mim, em silêncio, e eu a encaro. Surpreendentemente, seus olhos estão confiantes, e eu não sei por quê. Não mereço a confiança dela. Não posso e não vou lhe contar tudo.

— O que você está dizendo? — Sua voz está rouca, o rosto, manchado de lágrimas. Ela nunca esteve tão vulnerável na minha presença.

Pressiono os lábios na sua têmpora, na bochecha, no canto da boca, e seus olhos se fecham. Ela não protesta. Que inferno, seria tão fácil. Tão fácil. Já se passaram dez, talvez quinze minutos. Graham pode ou não ter sucumbido às mentiras e às fotos enganadoras de Brooke. Tenho certeza de que ela usou todos os recursos. Por mais animosidade que haja entre nós, *eu* teria dificuldade para recusá-la nessas circunstâncias, e Graham confia ingenuamente nela há anos.

— Vai. Faz as perguntas que você precisa fazer. *Agora*. Antes que eu mude de ideia. — Envolvo seu rosto na palma da minha mão e coloco outro lenço na dela, acrescentando: — E, se você precisar voltar, pode voltar. Vou estar aqui.

32

Graham

Brooke não me beija há dois anos, desde o episódio de embriaguez que não levou a lugar nenhum, e que nós dois fingimos que nunca aconteceu. Não estou contando os beijos no meu maxilar na última semana. Talvez eu devesse.

Estou anestesiado. Deitado imóvel sob suas mãos e boca experientes, não há nada além da lembrança de beijar Emma, algumas horas atrás. Antes de ela entrar no quarto de Reid, abraçada a ele. É como o último outono de novo, só que muito, muito pior. Meu coração está tão apertado que acho que pode parar de bater. Durante uma fração de segundo, não me importo se parar.

E aí o choque parece sumir. Quando meu cérebro começa a ligar, faz isso de um jeito muito lento, como um motor frio que pode pegar e girar ou não. Registro o fato de que Brooke está me beijando e eu meio que estou correspondendo, no piloto automático. Eu a pego pelos ombros, a empurro delicadamente e me sento.

Ela agarra os meus braços e sobe no meu colo. A sensação que tenho é de que um balde de água gelada caiu sobre mim. De repente, tudo fica muito claro.

Brooke enviou a foto de Reid e Emma se beijando no último outono, tirada com o celular dela. Ela mandou uma foto minha, dormindo abraçado a ela, para Reid. Agora, essa sequência. De novo, no celular dela. Alguma coisa me incomoda, no meu íntimo. Eu afasto Brooke e me levanto.

— Não precisa tirar satisfação com eles. — Brooke segura o meu punho como se pudesse me ancorar aqui, nesse quarto. — Talvez as ordens do estúdio tenham tornado tudo muito difícil. Toda aquela química que eles têm na tela... simplesmente se traduziu com muita facilidade para a vida real.

Fecho os olhos porque tudo que vejo com eles abertos é *vermelho*. Tudo, tudo banhado de vermelho, como um leve jorro de sangue na janela.

— *Não* — digo, e meus olhos se abrem de repente. Ela pisca com força.

Ela vem para a minha frente, agarrando e prendendo minhas duas mãos, que ainda estão amortecidas.

— Graham, fica aqui comigo. Eu faço você se esquecer dela. Sou a pessoa certa pra...

— *Não* — repito mais alto, depois olho para ela e vejo a fome declarada no seu rosto estupefato virado para cima, e o detalhe sarcástico cai como uma ficha no meu cérebro. — Onde está o seu balde de gelo?

Ela franze a testa e balança a cabeça.

— O quê?

— Você disse que tinha ido buscar gelo. Onde está o seu balde de gelo?

Seus olhos se arregalam, se afastam e voltam até os meus no intervalo de dois segundos.

— Eu... eu esqueci... Graham...

Brooke diz que não quer que eu me magoe mais. Eu a ignoro e me concentro numa decisão: não tenho a menor ideia de quanto tempo faz que Emma e Reid estão juntos, nem do que eles estão fazendo neste momento, mas, por Deus, se ela não vai considerar todos os anseios que meu coração e minha alma murmuram, vai ter que fazer isso na minha maldita cara. Saio do meu quarto e vou em direção ao de Reid, com Brooke logo atrás de mim. Não sei se ela ainda está falando, pois não consigo ouvir nada além do monstro que ruge em minha cabeça.

No cruzamento dos corredores, dou de cara com Emma, agarrando os próprios ombros com força. Sou incapaz de diminuir meu passo para evitar um esbarrão. Eu a levanto e a empurro para a frente quando conseguimos parar. Meu primeiro pensamento: seu rosto está arrasado.

Já a vi chorando. Já a vi sofrendo por causa de lembranças de perder a mãe, e vi seu desespero por causa de uma discussão com Emily no último outono — lágrimas que eu achei que eram por ter perdido o Reid. Mas nada fez *isso* com Emma. Ela está perdida e vazia.

Seus olhos disparam por sobre meu ombro, onde, suponho, Brooke surgiu atrás de mim.

— Você... você dormiu com ela? — Emma pergunta, com a voz rouca e falha, as lágrimas escorrendo pelo rosto.

Sinto como se ela tivesse me dado um tapa.

— Não. Não! Por que você está pensando isso?

A angústia nos seus olhos é insuportável.

— Eu ouvi ela falando com alguém no telefone... sobre isso...

— E *ele?* Você foi pro quarto dele, Emma...

— Quando? — ela grita.

— *Agora.* Dez, quinze minutos atrás...

— Depois que eu ouvi ela dizer... — Ela fecha os olhos, incapaz de olhar para mim. — Ouvi ela dizer que você foi o melhor cara que ela já... — Ela solta um suspiro, e suas mãos disparam para cobrir o rosto.

Eu a puxo para mim enquanto tudo começa a se encaixar, como um filme dividido em centenas de pedaços, rodado de trás para a frente.

— Emma. — Tiro suas mãos dos olhos e as seguro. — Você foi pro quarto dele porque achou que eu te traí? — Estou enjoado. Não consigo olhar para Brooke nem pensar na sua proximidade, porque eu nunca fui e nunca serei fisicamente violento com uma mulher, mas, neste momento, minha vontade é de agredi-la. — Você... ai, meu Deus, eu não quero saber...

— Não aconteceu nada. Ele falou para eu vir te perguntar sobre... sobre ela.

— Filho da *puta!* — Brooke esbraveja, tendo um ataque e nos contornando. Meus olhos se estreitam sobre ela enquanto ela dispara, vira a esquina e bate na porta de Reid. Em seguida, não dou a mínima para ela nem para o que está fazendo.

Emma começa a tremer, mordendo o lábio com tanta força para impedir o choro que fico preocupado com que ela o machuque. Uma porta do outro lado do corredor se entreabre. Não dá para saber quantas pessoas estão grudadas no olho-mágico. Que se foda.

— Vem comigo. — Pego seu braço e a conduzo até o meu quarto.

Depois que entramos e trancamos o resto do mundo lá fora, eu a abraço e murmuro as palavras que poderia ter dito na primeira vez que a vi, porque eu me apaixonei por ela naqueles poucos segundos, meses atrás. Só que eu ainda não sabia.

Seus braços envolvem meu pescoço.

— Eu também te amo — ela responde, com a voz rouca da batalha que acabamos de travar e vencer.

Eu a levanto, nós caímos na cama, e eu a beijo com tanto desejo que sei que devo estar machucando sua boca, mas ela responde na mesma intensidade, nossos dedos mergulhando na carne, arranhando a pele e puxando as camadas de roupa que nos separam. Tento ir devagar, saborear a ela e ao momento, mas eu preciso disso, preciso dela, preciso de nós, demais. Eu me ergo sobre ela.

— Olha pra mim, Emma.

Seus olhos estão cheios, com os cílios pesados.

— Graham — ela sussurra.

— Preciso que você me escute. — Envolvo sua cabeça, afasto suas lágrimas e encaro seus olhos. — Eu sou seu. Não existe *mais ninguém*. Tudo o que eu quero é ficar junto de você.

Emma

— Estou bem aqui — digo, tocando seu rosto.

— Sim. — A voz dele está rouca e toca um novo acorde profundo, do tipo que você mais sente do que escuta.

— Estou bem aqui — repito, sussurrando em sua boca. — Eu também sou sua.

Ele me beija, o controle evidente no tremor dos seus braços, sob a palma das minhas mãos. Ele fecha os olhos e apoia a testa na minha.

— Quero entender isso direito, Emma. Não quero que você se sinta pressionada pela emoção desta noite...

— Graham. — Espero seus olhos escuros se abrirem, seu corpo imóvel pressionando o meu no colchão, com muito pouca coisa entre nós. — Eu sei o que eu quero. E não tenho tantos princípios quanto você. Se eu tiver que te pressionar agora, eu *vou* fazer isso. — Passo as mãos nas suas costas, deslizando a ponta dos dedos mais para baixo, passando sob o mínimo de tecido que ainda resta entre nós. Eu me arqueio em direção a ele e observo sua determinação passar do controle para algo totalmente oposto.

Quando sua boca encontra novamente a minha, sei que não preciso dizer mais nem uma palavra. Com a decisão tomada, ele começa a diminuir o ritmo de tudo — todos os beijos, todos os movimentos delicados e cuidadosos —, e sua apreensão desaparece. O ritmo que ele impõe é torturante e perfeito, me dando tempo de perceber, repetidas vezes, exatamente o que eu quero que ele faça segundos antes de ele fazer.

* * *

Em algum momento posterior, nossas mãos estão entrelaçadas pouco acima da minha cabeça, e ele me beija delicadamente. Com meu suspiro, ele sussurra:

— Eu te machuquei? — Seus lábios são macios no meu pescoço, e eu inclino a cabeça na direção do meu ombro.

Sorrindo, meus olhos se fecham enquanto ele acende meu desejo por ele de novo.

— Parece que é normal doer um pouco, você sabe — sussurro de volta. — Desta vez.

Ele se apoia num dos cotovelos, soltando as minhas mãos para passar os dedos na lateral do meu rosto.

— Foi o que eu ouvi dizer, mas isso não significa que posso ser indiferente a isso. Não consigo suportar a ideia de te machucar.

Imito seus carinhos, meus dedos catalogando os contrastes entre nós — o cabelo curto na sua têmpora, as costeletas cerradas, a barba rala e fraca no seu maxilar. Sua preocupação não tem motivo. Não sei se já me senti tão inteira.

— Nunca mais vai doer. Foi o que *eu* ouvi dizer.

Ele dá um risinho baixo e balança a cabeça.

Pigarreio.

— Então... você tem outra... errr... — Meu rosto fica quente, mas timidez é bobagem, a esta altura. — Porque a Emily me fez vir pra Los Angeles com uma caixa gigantesca na mala, e eu não sabia disso até abrir...

Fiquei muito, muito agradecida por não ter sido escolhida para uma revista de bagagem aleatória no aeroporto nesta viagem quando descobri a caixa de camisinhas guardada na minha mala. Havia um post-it colado, dizendo: "Feliz 'PRÉ-ESTREIA'!!! Com amor, Em".

Ele arqueia uma sobrancelha e pressiona os lábios, tentando não rir da minha vergonha sem sentido.

— Você está sugerindo que a gente leve essa comemoração pro seu quarto?

Ao ouvir suas palavras, imagino confete caindo ao redor da cama.

— Isso é uma comemoração?

Seus dedos passeiam pela minha lateral, me mantendo perto enquanto ele tira seu peso de cima de mim e se deita de lado. Nós dois ficamos cara a cara.

— *Claro* que é.

Minhas mãos se enroscam no seu peito.

— O que estamos comemorando?

Ele fecha os olhos, pressiona o rosto no meu e geme soltando uma respiração quente no meu ouvido.

— O fato de que vamos fazer isso... — ele roça o rosto no meu e depois me beija até eu ficar sem fôlego de tanto desejo — ... pelo resto da noite, e na maior parte da amanhã, e pelo tempo que você concordar em ser minha.

Quando consigo respirar de novo, pergunto quanto tempo ele tem.

— Hummm. Sessenta, setenta anos?

— Acho que isso basta — dou uma risada e o empurro, até ele cair de costas.

33

Brooke

O sol praticamente ainda não nasceu quando faço o checkout. Ninguém comenta o fato de que estou usando óculos escuros. Nem o mensageiro, nem o recepcionista, nem o manobrista. Eles todos supõem que estou disfarçando uma ressaca que eu adoraria ter no lugar desse vazio doloroso.

Não demorou muito para Reid abrir a porta ontem à noite. Ele teve coragem de parecer totalmente indiferente, recuando para me deixar entrar no seu quarto, como se eu tivesse batido na porta com educação em vez de xingar e socar com os dois punhos. Como se eu fosse esperada. E acho que eu era.

— Que *diabos malditos*, Reid? Seu canalha mentiroso!

Sua boca se retorceu com diversão, e minhas mãos se tornaram punhos fechados na lateral. A porta se fechou quando entrei, e ele me seguiu enquanto eu entrava enfurecida na sua suíte.

— Você tem certeza que quer despejar esse seu insulto, Brooke?

Bati nele. Ou teria feito isso, se ele não tivesse se esquivado de modo que o soco mal bateu no seu ombro, inofensivo. Tentei de novo. Ele agarrou meu punho e balançou a cabeça como se sentisse muito por mim, mas não de verdade. Ataquei com o outro punho, e ele pegou esse também.

— Era um castelo de cartas, Brooke. Você devia saber disso.

— Você *contou* pra ela. Você *falou pra ela* ir conversar com ele!

Ele me espiou, ainda segurando meus punhos.

— Sei que você acha que eu não tenho moral, mas tenho pelo menos *uma* que você não tem.

Tentei libertar os braços, mas ele os segurou com força. Eu sabia o que ele ia dizer, mas não queria ouvi-lo dizer.

— Eu nunca menti pra levar uma garota pra cama comigo.

— Eu sei — desprezei —, porque você é o poderoso Reid-foda-Alexander e não tem que mentir pra conseguir qualquer garota que quiser. Mas como foi que isso funcionou com *ela? Ela* não te quis.

Pronto. Ele ainda estava com as minhas mãos presas, mas parecia ter levado um tapa. Os olhos arregalados. A boca levemente entreaberta. Ele se recuperou rápido demais para o meu gosto.

— Você está certa. — Sua expressão se transformou de choque em desdém bem na minha frente. Ele não apenas soltou meus punhos, ele os jogou para baixo. Virou e foi até o minibar. — Ela não me quis. — Ele pegou uma garrafa e abriu a tampa, apoiando o quadril no bar. — Assim como *ele* não quis *você*. A diferença é que não estou disposto a mentir para conseguir a Emma, senão eu teria dito, em setembro passado, que estava me apaixonando por ela. Você não acha que ela cairia rapidinho nessa? Não acha que eu a teria convencido? — Sua boca se ergueu num dos lados. Tão charmoso. Tão lindo. Maldito. Ela teria se derretido imediatamente, e eu não sei?

Meu corpo estava em chamas. Eu o odiei, em pé ali como se fosse melhor do que eu. *De novo.*

— Você disse que nunca mentiu para uma garota? Você mentiu pra *mim*. Você disse que *me* amava.

Ele me olhou durante um longo minuto. Bebeu o conteúdo da garrafa toda, sem tirar os olhos dos meus.

— Verdade.

Verdade *o quê*? Ele mentiu para mim? Ele me amou? Isso importa, agora? Nunca vou perguntar a ele.

— Eu te odeio, Reid.

Ele riu sem diversão, só com insolência.

— Eu sei.

Foi aí que a realidade do que tinha acabado de acontecer me ocorreu. O que eu tinha feito. O que eu tinha perdido. Eu tinha bolado um plano completo para Graham, e o plano fracassou. Fracassou totalmente. Mas havia mais do que isso. Depois de anos de amizade entre nós, *eu* tinha traído esse relacionamento. Completamente. Traído a ele. E agora ele sabia.

— Ai, meu Deus. — Minhas pernas cederam sob mim, e eu caí no chão, com as unhas agarrando o carpete. — Ai, meu Deus. — Eu tinha mentido para ele. Tinha enganado o Graham. O impacto total do que eu tinha acabado de perder me arrasou. Nossa amizade tinha acabado. Eu tinha tanta certeza de que estava preparada para apostar no seu fim na esperança de conseguir mais. Que risco absurdo e sem sentido. Comecei a soluçar sem parar.

— Merda. — Reid suspirou e se aproximou, agachando-se na minha frente. — Dá um tempo para o Graham. Talvez ele perdoe e esqueça.

Balancei a cabeça.

— Ele nunca mais vai falar comigo.

Reid não tinha resposta para isso. Eu me esforcei para levantar, ignorando sua mão estendida.

— Brooke, eu simplesmente não consegui...

— Já entendi. Por favor, para de falar.

Eu queria culpar o Reid, mas não podia. Graham já tinha descoberto quando saiu do quarto. A conclusão poderia ter sido diferente se Emma não estivesse a caminho dele ao mesmo tempo. Se eles não tivessem se encontrado no corredor. Se Graham tivesse batido na porta de Reid em vez de mim. Se Reid a tivesse levado para a cama em vez de obedecer ao único resquício de princípio ético no seu corpo.

Mas não, Graham a teria perdoado, não importa o motivo, porque a traidora era eu.

    Minha amizade com Graham acabou no instante em que ele confiou em Emma e não em todas as evidências circunstanciais que eu poderia jogar na cara dele. No instante em que ele saiu do quarto. No instante em que ele viu o rosto dela manchado de lágrimas.

    Os lábios de Reid se achataram, e ele não disse mais nem uma palavra. Fiquei grata por isso. Mas ele podia ser generoso, não é? Ele não estava pior do que quando começamos, ao passo que eu tinha acabado de perder o melhor amigo que já tivera.

Reid

Meu Deus, que noite. Estou com um pouco de ressaca hoje de manhã. Ou à tarde. Qualquer que seja a hora. Beber sozinho até desmaiar geralmente não é a minha cara, mas o confronto com Brooke pedia um certo nível de esquecimento particular.

    O manobrista vai levar meu carro para a saída dos fundos. Os paparazzi conhecem essa saída alternativa, claro, mas é mais estreita, com mais vegetação, tornando mais desafiadora a fina arte de caçar pessoas para tirar fotos. Com meus guarda-costas pessoais e os seguranças do hotel de olho, é uma saída mais fácil. Não estou no clima de ser importunado nem paparicado, o que, muitas vezes, parece a mesma coisa.

    A porta do quarto de Brooke está entreaberta, com um carrinho de camareira no caminho. Não estou surpreso de ela ter ido embora cedo, talvez até logo depois de sair do meu quarto. Não havia motivo para ela continuar por perto. Achei que ela estava preparada para lidar com as consequências se seu joguinho com Graham não funcionasse. Depois da noite passada, nem sei se ela considerou as consequências.

    Uma placa de *Não Perturbe* está pendurada na maçaneta de Emma.

* * *

Paro na entrada de carros, abro a janela e digito o código de segurança. Espero o pesado portão de ferro fundido se abrir. Entro e estaciono o carro que me deixa entediado. Entro na casa, tão familiar que eu poderia correr por ela com os olhos vendados sem esbarrar em nada.

O barulho de um aspirador vem do quarto da minha mãe, junto com a voz da empregada, cantando com seu iPod. Sua voz é complementada pelo zumbido do cortador de grama nos fundos. O resto da casa está em silêncio. Tenho certeza de que meu pai está no trabalho, já que ele praticamente mora lá, e minha mãe deve ter saído.

Assim que jogo a bolsa de viagem na cama, meu celular começa a tocar "Just the Way You Are". Eu o pego no bolso fundo da frente da calça jeans e olho para a tela sem necessidade; eu sabia que era Emma na segunda nota. Ela me perguntou, algumas semanas atrás, por que eu mantive essa música como toque para ela por tantos meses. Eu simplesmente dei de ombros e disse que combinava com ela.

— Oi. E aí? — Pigarreio, me perguntando por que ela está me ligando, depois de ver a placa na sua porta hoje de manhã.

— Passei no seu quarto para falar com você, mas você já tinha ido embora. — Pela evidência rouca das lágrimas da noite passada, ela parece contente. Feliz.

— Você precisa de alguma coisa de mim, Emma? — Meu tom cuidadoso não combina com as palavras concisas. Enfio a outra mão no bolso para me impedir de socar uma parede ou jogar alguma coisa longe.

— Não. Mas quero te agradecer. E dizer que eu estava errada. *Existe* algo mais em você, Reid. Você simplesmente não tinha me deixado ver. — Ela suspira. — Não como deixou na noite passada.

Balanço a cabeça. Parece que, ao abrir mão dela, eu conquistei sua aprovação.

— Emma, a noite passada foi só uma confirmação do efeito que você teve sobre mim.

Hoje à noite, vou sair e me acabar com o John e, amanhã à noite, com o Quinton. Em algum momento da próxima semana, vou me livrar do Lotus, comprar um Porsche novo e espremer uma reunião com meu relações-públicas e meu empresário entre ressacas e obrigações sociais. E, antes de começar a filmar no outono, Tadd e eu vamos nos deixar levar num tour exaustivo pelas boates de Chicago.

— Não, eu não acredito nisso. É claro que existe algo mais do que *você* sabe, também.

Eu me jogo na ponta da cama e esfrego a palma da mão na coxa, como se tirasse uma mancha.

— Bom. Não conta pra ninguém. Tenho uma reputação pra manter, sabe?

Ela ri com leveza, e eu a imagino revirando os olhos e sorrindo devagar.

— É aqui que eu digo, de brincadeira, que *você não tem jeito*. Mas você tem. — Sua voz fica travada, e minha mão forma um punho sobre a minha perna.

— Espero que você esteja feliz, Emma. Que ele seja bom pra você. — Minha voz está rouca, repleta de emoções conflitantes, mas não me importo se ela perceber.

— Estou. — Ela suspira. — E ele é. — Ah, lá está aquele traço de satisfação em sua voz de novo. Um pouco de tortura que ela não sabe que está infligindo.

— Que bom — murmuro, preso em algum lugar entre ser verdade e não ser. — O que eu disse sobre voltar, se você precisar... isso não expirou na noite passada. — Assim como Brooke estava certa de que era a pessoa certa para Graham, estou mais do que convencido de que *não* sou a pessoa certa para Emma. Mas essa consciência não me impediria de pegá-la, se ela aparecesse na minha porta. Não sou tão nobre quanto ela pensa. — Tchau, Emma.

— Tchau, Reid.

* * *

— E aí? — John atende quando ligo para o seu celular.

— Não vai rolar. E não quero falar nisso. — Ainda não são nem cinco da tarde, e já bebi um Jack Daniels com Coca-Cola. Talvez exista um lugar de reabilitação de luxo com opção para mãe e filho. Mas a reabilitação nunca funcionaria; eu teria que parar de beber de verdade enquanto estivesse lá.

— Beleza, cara. Sem problemas. E o Porsche? Você ainda vai trocar de carro?

— Com certeza. Assim que possível. — Meu pai já sacou o dinheiro de um dos meus investimentos; está parado na minha conta. Tudo que tenho que fazer é escolher um carro.

— Relaxa, cara. A gente vai sair hoje à noite. Hora de voltar pra sua vida sem sentido e cheia de prazer. — Isso resume bem. De volta às boates, às festas, às transas sem compromisso. Carro novo. Projeto novo para ensaiar no verão e gravar no outono.

— Isso é tudo que existe: uma vida sem sentido e voltada para o prazer?

Ele suspira.

— Que merda, Reid. Não sei. Se você tiver *sorte*. É isso ou aspirar a ser um babaca tipo Lorde das Trevas como o meu pai, com uma esposa-troféu chata-pra-caralho como a Elise, que não faz nada além de malhar, fazer plástica e trepar com o meu pai. Eu me mataria, se fosse ela.

Meus pais: meu pai trabalha, minha mãe bebe. Além disso, o que mais? Acho que não sou nada parecido com eles — como se minha carreira de celebridade tornasse minha existência mais significativa, mas isso é mentira, e eu sei.

— Acho que estou meio pra baixo.

John faz um barulho de desdém.

— Cara, esquece essa merda. Isso sim é sem sentido.

Não sei do que vou precisar para esquecer que Emma Pierce acredita que tem algo mais em mim.

Talvez eu não queira esquecer.

Impresso no Brasil pelo Sistema Cameron da Divisão Gráfica da
DISTRIBUIDORA RECORD DE SERVIÇOS DE IMPRENSA S.A.